सना

विकास शर्मा
डी. लिट्.

डायमंड बुक्स
www.diamondbooks.in

प्रकाशक : डायमंड पॉकेट बुक्स (प्रा.) लि.
X-30 ओखला इंडस्ट्रियल एरिया, फेस -II
नई दिल्ली- 110020
फोन : 011-40712200
ई-मेल : wecare@diamondbooks.in
वेबसाइट : www.diamondbooks.in
संस्करण : 2025
मुद्रक : रेप्रो (इंडिया)

Sana

Translated by - Swati Chandorkar

आमुख

मेरे एक शोध छात्र के पी-एच.डी के परीक्षक के रूप में रानी दुर्गावती विश्वविद्यालय जबलपुर (म.प्र.) द्वारा प्रोफेसर विकास शर्मा की नियुक्ति हुई। मौखिक परीक्षा के लिए प्रोफेसर विकास का जबलपुर आना हुआ। जबलपुर में हुई मुलाकात पर उन्होंने अपना अंग्रेज़ी उपन्यास 'सना' मुझे सप्रेम भेंट किया। उन्होंने संक्षिप्त में मुझे 'सना' की कहानी भी सुनाई। मैंने पहले तो कुछ विशेष ध्यान देकर नहीं सुना और उपन्यास को रख दिया।

कार से वापस लौटते समय गाड़ी में बैठे-बैठे मैंने 'सना' के कुछ पन्नों को टटोला। शुरुआती 10 पन्नों में ही 'सना' की ओर मैं आकर्षित हो गई। उसकी कहानी में मुझे अचानक दिलचस्पी उत्पन्न हो गई थी। उसी दौरान मेरठ में होने वाली 66 वीं ऑल इंडिया इंग्लिश टीचर्स कान्फ्रेंस में मैंने उनसे 'सना' पर एक शोध पत्र लिखने का वादा किया।

'सना' आज की कहानी है, आज की युवतियों की ज़िद और उनकी सोच का 'सना' अक्षरश: चित्रण है। 'सना' की कहानी केवल एक युवती की महत्वाकांक्षा और उसकी ज़िन्दगी की कहानी नहीं है। यह एक कांच के टुकड़े जैसे नाज़ुक टूटने वाले समाज की भी कहानी है। आज के इस आपा-धापी के युग में सभी केवल और केवल 'आज' के लिए जीते हैं। वह सिर्फ आज के पीछे भाग रहे हैं। लोग सोचते हैं कि अतीत को भूल जाओ और अज्ञात तथा अजन्मे भविष्य की प्रतीक्षा मत करो। कल किसने देखा है। हम केवल आज जानते हैं। आज के लिए जियो।

साहित्य वह सशक्त माध्यम है जो समाज को व्यापक रूप से प्रभावित करता है। साहित्य समाज के प्रबोधन की प्रक्रिया का सूत्रपात करता है। वह लोगों को प्रेरित भी करता है और पाठकों के सामने सत्य-असत्य, अच्छा-बुरा सभी के अनुभवों को रेखांकित भी करता है। असत्य या बुरे का वह अंत कर समाज को सत्य और अच्छे की तरफ जाने के लिए प्रेरित करता है। साहित्य समाज के नवनिर्माण का महत्वपूर्ण अंग है। 'सना' उपन्यास

भी आज की चका-चौंध की दुनिया में रिश्तों की अहमियत पर बोलता है। आजकल रिश्तों में बन्धनों की गांठे काफ़ी कमज़ोर हो गई हैं। सारे रिश्ते काग़ज़ की कश्ती की तरह हैं, पानी में कुछ ही समय तैरने वाली यह कश्ती पानी के हचकोले नहीं सह पाती। आज का समाज ऐसे ही है। जरा से हिचकोले या धक्के पड़े तो यह संबंध तत्काल धराशाही हो जाते हैं, डूब जाते हैं। 'सना' ऐसे ही टूटते, बिखरते रिश्तों की कहानी भी है। सिल्की और नवीन, सिल्की और काव्या, सिल्की और कैटी, सना और रेवती प्रसाद, मोहन अक्षय व ब्रज व्रत सारे ही संबंध केवल जरूरत के रिश्ते हैं। सना व चन्दन का रिश्ता भी जिस्म की जरुरतों को पूरा करने के लिए ही है।

नवीन के सिल्की और कैटी से संबंध समाज में व्याप्त व्यभिचार पर प्रकाश डालते हैं। आज पश्चिमी सभ्यता का दबदबा जहां-तहां देखने को मिलता है। आधुनिकता के नाम पर फूहड़ता का खेल कैसे चल रहा है, यह 'सना' बताता है। हम अपने गौरवशाली अतीत को भूलकर वर्तमान के मायाजाल यानी मृगतृष्णा के पीछे भाग रहे हैं। भारतीय संस्कृति में आई विकृति पर 'सना' खुलकर बोलता है। हमारी छद्म संस्कृति पर 'सना' हमें सोचने पर विवश करता है। पाठकों के मध्य सकारात्मक और विकासशील सोच को बढ़ावा देने का ईमानदार व सशक्त प्रयास प्रोफेसर विकास शर्मा ने किया है। उपन्यास समाज में व्याप्त व्यभिचार, अहंकार, लालच, संस्कार विहीनता को समझने और त्यागने के लिए प्रेरित करता है।

निर्मल व्रत के माध्यम से 'सना' संस्कृति की महत्ता पर प्रकाश डालता है और सुसंस्कृत समाज की ज़रूरत पर ज़ोर डालता है। **उन्होंने ब्रज के दूसरे कंधे पर हाथ रखते हुये बोला, "बेटा दर्शन के मूल तथ्य को कभी ना भूलो, भ्रम की दुनिया में ना जियो, भ्रम की दुनिया बेकार है।"**

मेरे लिए अंग्रेज़ी की प्रोफेसर व मराठी भाषी होने के नाते 'सना' का हिन्दी अनुवाद एक चुनौती था। मगर हिन्दी के पाठकों तक यह 'आज की कहानी' पहुंचे, यह मेरी दिली इच्छा थी। मैंने प्रोफेसर विकास से इसके अनुवाद पर चर्चा की और वह सहर्ष तैयार भी हो गए। एक अनुवादक के रूप में मेरा यह पहला ही प्रयास है। प्रयास में कुछ त्रुटियां सम्भव हैं। स्वाभाविक भी हैं, मैंने आम बोल-चाल की भाषा का प्रयोग करना ही उचित समझा, जिससे कथा का भाव और शैली, वातावरण या माहौल जस का तस पाठकों के सामने

आये। 'सना' वर्तमान तथाकथित उत्तर आधुनिक समाज की कहानी है और वर्तमान समाज की भाषा में ही मैंने उसे अनुवादित करने का प्रयास किया है।

कॉलेज के साथ-साथ पारिवारिक कार्यों के कारण अनुवाद में विलम्ब हुआ है। लेकिन शुद्ध अंतःकरण से यह प्रयास मैंने किया है। आपके हाथ यह अनुवाद देते हुए मुझे अत्यंत प्रसन्नता हो रही है। यह उपन्यास निश्चित ही समाज में व्याप्त विकृतियों से सचेत करता है और एक नई सोच की ओर चलने के लिए हमें मजबूर भी करता है। उपन्यास में प्रोफेसर विकास शर्मा के अंग्रेज़ी प्राध्यापक होने की झलक साफ-साफ नज़र आती है। उन पंक्तियों का शब्दानुवाद न करते हुए मैंने उनके भाव को रखने का प्रयास किया है। आशा है आपको यह कहानी बहुत कुछ सिखा जाएगी। मैं यह अवसर देने के लिए प्रोफेसर विकास शर्मा का हृदय की अनन्त गहराई से धन्यवाद देती हूँ और इस अनुवाद को उनके जन्मदिन 27 नवम्बर पर उपहार के रूप में समर्पित करती हूँ।

डॉ. स्वाती चांदोरकर
प्रोफेसर, अंग्रेज़ी विभाग
पी.एम. कॉलेज ऑफ एक्सीलेंस
स्वामी विवेकानन्द शासकीय स्नातकोत्तर महाविद्यालय
नरसिंहपुर (म.प्र.)

अनुवादक परिचय

डॉ. स्वाती चांदोरकर, वर्तमान में प्रधानमंत्री कॉलेज ऑफ एक्सीलेंस, स्वामी विवेकानंद शासकीय स्नातकोत्तर महाविद्यालय नरसिंहपुर (म.प्र.) में अंग्रेज़ी साहित्य की प्रोफेसर हैं। पी-एच.डी. हेतु रानी दुर्गावती विश्वविद्यालय में मान्यता प्राप्त शोध निर्देशक के रूप में अंग्रेज़ी विषय में शोधकर्ताओं को सतत मार्गदर्शन का कार्य विगत 15 वर्षों से कर रही हैं। आपके मार्गदर्शन में अनेक शोधकर्ताओं को पी-एच.डी की उपाधि प्राप्त हुई है। महिला सशक्तिकरण, इंडियन इंग्लिश राईटिंग्स तथा अन्य सामाजिक विषयों पर आपके राष्ट्रीय तथा अन्तर्राष्ट्रीय स्तर पर 50 से भी अधिक शोध पत्र प्रकाशित हैं। सामाजिक सरोकार में आप विगत 25 वर्ष से सक्रिय हैं तथा महिलाओं की साक्षरता, अधिकार एवं सशक्तिकरण के क्षेत्र में आप की विशेष रुचि है। आपने नर्मदा परिक्रमा पैदल की है तथा परिक्रमा के अपने अनुभवों पर आपकी पुस्तक "मेरी नर्मदा परिक्रमा - एक यात्रा अनुभव से अनुभूति" प्रकाशित हुई है। आपका एक लघु उपन्यास 'वैदेही विद्रोह' काफी चर्चित है। नर्मदा भक्तों के लिए आप नर्मदा परिक्रमा संबंधी मार्गदर्शन प्रदान करती हैं। आपका एक सक्रिय एवं लोकप्रिय यूटयूब चैनल dr.swati chandorkars के नाम से है। सामाजिक क्षेत्र में आप राष्ट्रीय स्तर पर पुरस्कृत हुई हैं।

प्रकाशक

सना

(1)

25 अक्टूबर 2021

नियमित रचनात्मक कार्य से मुक्त होने के कारण भगवान शिव ने कुछ समय अन्य देवी-देवताओं के साथ बिताने का विचार किया। उन्होंने नारद मुनि से भगवान ब्रह्मा, भगवान विष्णु, पीर पैगम्बर, जीसस क्राइस्ट, गुरु गोविन्द सिंह, भगवान कृष्ण, भगवान राम, कुबेर, माँ दुर्गा, भगवान बुद्ध, भगवान महावीर आदि से मिलने की इच्छा प्रकट की। जिससे वह मनुष्य तथा जानवरों की समस्याओं के बारे में ज्ञान अर्जित कर सकें। नारद मुनि ने सभी देवताओं को भगवान शिव के बुलावे का उद्देश्य बताया और वह धरती के लिए रवाना हो गये। धरती पहुंच कर सभी वृद्ध, बीमार, गरीब तथा अपंग मनुष्य तथा जानवरों को बताया गया कि भगवान शिव तथा उनके सहयोगी देवताओं के मार्गदर्शन में इन्टरनेट के माध्यम से प्रतिदिन एक बैठक आहूत की गई है। जिससे भगवान शिव इन सब की समस्याओं से अवगत हो सकें। मनुष्य तथा जानवरों को यह हिदायत दी गई कि सभी को वर्णानुक्रम से अपनी बात कहनी होगी। जिससे वक्ता और श्रोता दोनों ही को असुविधा ना हो। सभी मनुष्य और जानवरों को वर्णानुक्रम से अपनी बारी आने की प्रतीक्षा करनी होगी। किसी भी विषय में कठोर तर्क की अनुमति नहीं है और देवी-देवताओं की अवज्ञा एक दंडनीय अपराध है।

यह सूचना आग के जैसी सभी संबंधितो तक पहुंच गई। सभी के मन में यह आशा उत्पन्न हुई कि लम्बे समय से अनसुनी-अनकही पोषित महत्वाकांक्षाए अब पूर्ण होने जा रही हैं। क्योंकि भगवान शिव स्वयं उनकी समस्याओं को सुनेंगे, यह बात निश्चित थी कि

उन पर कार्यवाही होगी और उनकी शारीरिक तथा मानसिक विकृतियों में अन्तर आएगा। भगवान शिव स्वयं ही इस दिशा में निराकरण करेंगे। समूची पृथ्वी पर आशा का एक वातावरण व्याप्त हो गया। सारे ही लोग अपने दीपावली, कार्तिक मेला, ईद और क्रिसमस आदि त्योहारों के कारण व्यापार में व्यस्त थे, लेकिन फिर भी जब भगवान स्वयं हर दिन बैठक के माध्यम से समस्याओं के निराकरण हेतु बैठ रहे थे तब अधिकांश सांसारिक लोग इस बात को गंभीरता से नहीं ले रहे थे और आधे-अधूरे मन से और आलस्य के कारण भी नहीं आ रहे थे।

भगवान चित्रगुप्त को इस बैठक का नियंत्रक बनाया गया। वायुपुत्र को आवागमन का दायित्व सौंपा गया। इसमें 'पहले आओ, पहले पाओ', प्रणाली लागू की गई। सभी को आचरण के मूल सिद्धांत समझाए गये और यह भी बताया गया कि जो भी भगवान से अपनी समस्याएं बताएगा, उन्हें भगवान चित्रगुप्त इंटरनेट से सत्यापित करेंगे।

निश्चित दिन पर भगवान कोर्ट में पहुंच गए और उन्होंने देखा कि केवल कुछ ही लोग अपनी समस्याओं के निराकरण हेतु उपस्थित हैं। भगवान चित्रगुप्त ने पूछा, "श्रीमान आप यहां क्यों आए हैं?"

क- फ्रांसिस बेकन कहने लगा कि श्रीमान अलेक्जेंडर पोप मुझे सबसे बुद्धिमान, सबसे प्रतिभाशाली लेकिन सबसे नीच कहते हैं और पूछने लगा, "मैं क्यों और कैसे मानव जाति में सबसे नीच व्यक्ति हूँ? आखिर मैंने 'द एडवांसमेंट ऑफ लॅर्निंग', द न्यू एटलांटिस, जैसे प्रख्यात लेख लिखे हैं।" भगवान चित्रगुप्त ने श्रीमान बेकन से कहा, "तुम्हारी अवसरवादिता ने पोप को तुम्हारे प्रति दुश्मन सा व्यवहार करने पर मजबूर कर दिया। यह असाधारण नहीं है। आखिरकार तुम्हें सबसे बुद्धिमान और प्रतिभाशाली भी तो कहा गया। इसी संतुष्टि के भाव से यहां से चले जाओ। क्योंकि किसी को भी जीवन में सब कुछ नहीं मिलता।"

ख- फिर भगवान चित्रगुप्त ने तीनों उपस्थित भाईयों से पूछा, "तुम लोग यहां किस समस्या को लेकर आए हो?"

"महोदय, हम तीनों भाईयों को बहुत भारी शरीर उपहार में मिला है। प्रत्येक का वजन 150 किलो से अधिक है। हमारे धनवान सोने के व्यापारी होने के बावजूद हमसे कोई विवाह नहीं करता। आप कृपा कर हमारा वजन कम कर दीजिए, जिससे हमारे विवाह हो सकें और हम एक साधारण जिन्दगी जी सकें।" श्री जे एवं श्री आई ने जवाब दिया।

"लेकिन पिछले जन्म में तो आप दोनों बहुत दुबले-पतले और कमजोर थे और आप लोगों ने हट्टे-कट्टे होने की आकांक्षा रखी थी। यह उस अनुरोध का परिणाम था कि धन

और सोना अत्यधिक होने के कारण अब आपकी किसी शिकायत की सुनवाई नहीं होगी। चुपचाप चले जाओ।"

ग- भगवान चित्रगुप्त ने चार्ल्स लेम्ब को कतार में खड़ा देख पूछा, "स्वागत अंग्रेज़ी निबंधकारों के राजकुमार आपकी क्या समस्या है?"

"महोदय, अंग्रेज़ी निबंधकारों का राजकुमार होने के बावजूद मैंने सदैव ग़रीब और असहाय लोगों का नेतृत्व किया है। मेरी प्रेयसी एन सिमोन्स भी मेरा साथ ना निभा सकी। मेरी पागल बहन ने मेरी माँ को मार डाला। ईश्वर ने मुझे गीत-संगीत में रूचि दी परन्तु मुझे जीवन भर हकलाना पड़ा। इतना ही नहीं मुझे बौना इंसान बनाया और मजबूरी में मुझे एक अविवाहित, उपेक्षित जीवन जीना पड़ा। इतना दर्दनाक है यह सब!"

"फिर भी तुम अंग्रेज़ी निबंधकारों के 'राजकुमार' कहलाये! अधिकांश लेखक तुम्हारे नाम और यश से ईर्ष्या करते हैं। गरीब होने के बावजूद तुम बुद्धि से अत्यंत समृद्ध हो और तुम्हारे जैसा लिखने का हुनर, बुद्धि और व्यंग्य अन्य किसी में नहीं है।"

लेम्ब संतुष्ट होकर चला गया।

भगवान चित्रगुप्त ने कतार में खड़े कुछ दुबले-पतले चेहरों को बीमारी से ग्रसित देखा और उनसे उनके इस दुख के बारे में पूछा।

घ- मुझे अस्थमा है।

ड- मुझे ब्लड कैंसर है।

च- मुझे ब्रेन ट्यूमर है।

छ- मुझे पुरानी पेंशन नीति का फायदा नहीं मिला।

ज- मैं बहुत भुलक्कड़ हूँ।

झ- मुझे रात-रात नींद नहीं आती।

ञ- मुझे चर्म रोग है और मैं बार-बार खुजलाता रहता हूँ, कोई दवा असर नहीं करती।

ट- मेरी दोनों किडनियां खराब हुई थीं। मेरी पत्नी ने मुझे अपनी किडनी दान दी। लेकिन बीमारी के कारण मेरी नौकरी चली गई और अब मैं बेरोजगार हूँ और घर-परिवार नहीं चला पा रहा हूँ। जब मैं स्वस्थ्य था तब सब कुछ ठीक था।

भगवान चित्रगुप्त ने इंटरनेट पर उसका पुराना रिकार्ड देखा और बोले, "पिछले जन्म के पापों से कोई नहीं बच सकता। तुम पिछले जन्म में एक क़साई थे और तुम ने कई पक्षी, मुर्ग़े और बकरियों को मारा था।"

आगे भगवान चित्रगुप्त को नाथूराम गोडसे खड़ा मिला और उसके साथ कुछ और

हत्यारे भी थे, जिन्होंने अब्राहम लिंकन, इंदिरा गांधी की हत्या की थी। ऊपर आंखे उठाकर देखने का उनका साहस नहीं हुआ और वह चुपचाप खड़े थे। भगवान चित्रगुप्त ने उन्हें कहा, "तुम्हें तीन और जन्म भोगने पड़ेंगे। उसके पश्चात ही तुम्हारी स्वीकारोक्ति के लिए यातनागृह में मुक्ति समारोह का आयोजन किया जाएगा।"

ठ- आगे कतार में हस्तिनापुर के राजा धृतराष्ट्र खड़े थे। उनके साथ उनके पुत्र दुर्योधन भी थे। धृतराष्ट्र फफक-फफक कर रो रहे थे और बोले, "भगवान मैं तो अंधा व्यक्ति हूँ और राजा भी रह चुका हूँ लेकिन मेरे राज में मेरी आज्ञाओं का किसी ने पालन नहीं किया। मेरे ज्येष्ठ भी मुझ से सदैव असंतुष्ट रहे। मेरे 100 पुत्रों का दुखद वध किया गया।"

भगवान चित्रगुप्त ने कहा कि तुम अपने पिछले जन्म के सारे दुखों को भूल जाओ जो अब काफी पुरातन हो चुके हैं। तुम्हारे सारे दस्तावेज हम ने टटोले हैं और हम तुम्हारा भविष्य देख पा रहे हैं। अब हार के साथ तुम्हारा अहंकार भी समाप्त हो चुका है। भविष्य उज्ज्वल है।

पिता-पुत्र दोनों ही असंतुष्ट होकर चले गए।

ड़- "भगवान मेरी मृत्यु जवानी में ही बहुत दर्दनाक तरीके से हुई। मैं आग में जलकर मर गयी। मेरे पति और भाई ने मुझे बचाने के भरपूर प्रयास किये किन्तु मैं बच नहीं पाई। आज मुझे दुख है कि मेरे बच्चे जीवन में उन्नति नहीं कर पा रहे हैं।" भगवान चित्रगुप्त ने उसे अपने पुराने दुख भूलने को कहा और कहा, "तुम दूसरे जन्म में हो और चौथे जन्म में तुम्हें उत्तम सुख मिलेगा।"

ढ़- "बिना किसी अपराध के मैं विधवा का जीवन जीने को विवश हो गई। वह एक प्रतिभाशाली फिजीशियन थे लेकिन अत्यधिक धूम्रपान एवं मदिरा सेवन करते थे। उन्होंने अपनी मौत से हम सब को संकट में डाल दिया और उनकी मृत्यु के पश्चात किसी ने मुझे सहारा नहीं दिया। इंडियन मेडिकल एसोसिएशन ने भी मेरी सहायता नहीं की"।

भगवान चित्रगुप्त ने उसे समझाया कि जीवन में कभी-कभी क़िस्मत के थपेड़े खाने पड़ते हैं। फिर चाहे हम क़सूरवार हों अथवा नहीं। इसे 'ट्रेजिक वेस्ट' कहा जाता है।

ण- "मैं एक गरीब दलित हूँ और मेहनत से मैंने एम.ए. पास कर ली है। दस साल व्याख्याता का कार्य करने के बाद मुझे पेट में तकलीफ शुरू हुई। डॉक्टर ने मेरा गॉलब्लैडर निकाल लिया और आगे चलकर मेरे लीवर में इंफेक्शन हो गया। इस बीमारी के चलते मेरी दो दिन में मौत हो गई और मैं अपनी निरक्षर पत्नी और पाँच बच्चों को छोड़कर चला गया। आज मैं उनके लिए चिन्तित हूँ और वह रोने लग गया।"

चित्रगुप्त भगवान ने कहा, "धीरज रखो। जो हो गया सो हो गया। हमने तुम्हारा पूरा रिकार्ड चेक कर लिया है और तुम्हारा नाम डायरी में लिख लिया है। आगे अच्छा होगा।"

त- "अचानक कतार में रावण खड़ा मिला। अपने रुतबे के साथ बोला "हे भगवान" अगले जन्म में विभीषण को मेरा भाई मत बनाना। मैं उसे कभी माफ ना कर सकूंगा।"

भगवान चित्रगुप्त ने कहा "चिन्ता ना करो। अब समय बदल चुका है। अपना भूतकाल भूल कर संतुष्ट रहना सीखो।"

थ- अचानक इंदिरा गांधी सामने आईं। आकर्षक व्यक्तित्व की धनी वह यह समझ रही थीं कि उन्होंने भारतीय प्रजातंत्र की रक्षा की और खालिस्तानियों के साथ कोई समझौता नहीं किया। लेकिन वह भारत में लगाये गए आपातकाल के लिए माफी मांग रही थीं और यह कह रही थीं कि जिन विपक्षी नेताओं को उन्होंने कारागार में बन्द किया, उनके साथ भी उन्हें कोई बैर नहीं है। क्योंकि उनके पुत्र संजय गांधी की मौत से उन्हें धरती पर ही सजा मिल गई थी। उनके दूसरे पुत्र राजीव गांधी की भी हत्या हो चुकी है और मैं एक दुखी माँ हूँ!

भगवान चित्रगुप्त ने उन्हें कुछ जन्म और इंतजार करने को कहा जिसके बाद उन्हें मुक्ति सम्भव थी।

द- जुल्फिकार अली भुट्टो क़तार में खड़े थे। उनके साथ उनकी बेटी बेनजीर भुट्टो भी थीं। दोनों ही शांति चाहते थे यह सोचकर कि जो बीत गया वह पुनः नहीं लौटेगा।

भगवान चित्रगुप्त के पास उनके लिए कोई शब्द नहीं थे और उन्होंने उनकी आत्मा की शांति के लिए प्रार्थना की।

ध- आगे कुछ अफगानिस्तान के मुसलमान सैनिक अपने दुख के साथ आए और बोले, "हमारी दुर्गति हो रही है। हमें वापिस अपने देश जाने की अनुमति नहीं मिल रही। हमारे लिए और हमारे परिवार के लिए कुछ सहायता करो प्रभु।"

भगवान चित्रगुप्त ने उन्हें समझाया कि अभी बहुत जटिल परिस्थितियां हैं और आपको इंतजार करना पड़ेगा।

कुछ लोगों का समूह था जो निवेदन करना चाहता था कि प्रदूषण के कारण अस्थमा के मरीज़ बढ़ रहे हैं। प्रदूषण को रोका जाये।

भगवान चित्रगुप्त ने उन्हें समझाया कि इस दिशा में चिंतन चल रहा है, जल्द ही समस्या हल की जाएगी।

अगला समूह दुनिया में एक भाषा लागू करने की बात कर रहा था। उनकी यह भी मान्यता थी कि सारी सरहदें मिटा दी जायें और दुनिया एक परिवार बन जाए।

अब भगवान चित्रगुप्त तथा अन्य देवतागण थक गये थे। भगवान चित्रगुप्त जान गये कि मनुष्य की समस्याएं कभी समाप्त नहीं होंगी। व्यक्ति अपने स्वार्थ और सुविधा से अपनी समस्याओं को स्वयं खड़ा करता है और इसके बावजूद वह दूसरों की सहानुभूति की अपेक्षा रखता है।

भगवान चित्रगुप्त ने उनसे अगले साल मिलकर वार्ता जारी रखने का वादा किया था। किसी भी बात के लिए दुःखी होने की आवश्यकता नहीं है। उन्होंने कहा-'किसी का असली स्वभाव उसके महसूस करने से बिलकुल अलग होता है।'

(2)

पं. ब्रज व्रत (उम्र 35 वर्ष) काफी समझदार और चतुर थे, वह प्राचीन भारतीय दर्शन चाहे वह उपनिषद हो, चाहे पुराण, वे उनकी आसानी से व्याख्या कर सकते थे, अपने वक्तव्य को सिद्ध करने के लिए वे अक्सर इनकी सहायता लेते थे, जब से उनके पिता ने उन्हें पंडिताई हेतु प्रशिक्षित किया था, तब से वह अपने अनुयायियों को अपनी मृदु भाषा एवं उच्च आचरण से हमेशा संतुष्ट करते थे। आज से 10 वर्ष पूर्व उनका विवाह गुरुग्राम की सना से सम्पन्न हो गया था। यद्यपि उन्हें अभी ईश्वर ने संतान सुख से वंचित रखा था। ब्रज को इसका बहुत दुख नहीं था क्योंकि वह नियति और उसके चक्र पर पूर्ण विश्वास रखते थे।

उन्होंने नव स्थापित सेक्टर 150 में एक साधारण 03 कमरों का मकान बना लिया था। इस इलाके में अभी तक केवल 05 घर ही बने थे, सना जब भी वहां अकेलापन महसूस करती थी, तो वह उसे समझाते थे,"जनसंख्या बहुत तीव्रगति से बढ़ रही है। अभी देखते-देखते यहां सारे प्लाट भर जाएंगे, प्लाट तो सारे बिक भी चुके हैं और सच पूछो तो बहुत भीड़-भड़क्के में रहने का कोई मतलब भी नहीं है।"

सना के पंडित ब्रज व्रत के मित्र पं. रेवती प्रसाद से मित्रवत संबंध थे। वह अक्सर उनके घर पंडित ब्रज से अपनी पुर्नजन्म, पाप-पुण्य नरक की स्थिति और परिकल्पना और स्वर्ग की रचना पर अपनी जिज्ञासाओं को संतुष्ट करने आते रहते थे। पं. ब्रज व्रत ने अभी तक 100 से अधिक पंडितों को सनातन धर्म में प्रशिक्षित किया था और अपनी इस विद्वता पर उन्हें गर्व भी था। सना भी उनका आदर करती थी और प्रेम भी। परन्तु वह अभी तक अपने संबंधों को अनुकूलित नहीं कर पाई थी। उसका कारण यह था कि आज तक सना को संतान सुख प्राप्त नहीं हुआ था। विवाह के 10 साल बाद भी वह माँ न बन सकी थी।

एक बार पंडित रेवती प्रसाद पं. ब्रज व्रत से मिलने घर आये थे। पं. ब्रज व्रत महामृत्युंजय जाप हेतु आगरा गए हुए थे, आगरा में उनका यह पांच दिवसीय अनुष्ठान था और सच यह था कि पं. रेवती प्रसाद को किसी चेले द्वारा यह खबर लगी थी। मतलब हम मान सकते हैं कि पं. रेवती प्रसाद सना से मिलने आये थे। कलफ का धोती-कुर्ता पहने, माथे पर चन्दन का टीका लगाये पं. रेवती प्रसाद सना से मिलने पहुँचे। रास्ते में उन्होंने सना के लिए 1 किलो अंगूर और आधा किलो किशमिश बिना भूले ले लिए। खिड़की से उन्हें आते देख सना के चेहरे पर भी लालिमा छा गई। वह खुश हो गई और अपने आपको आईने में निहारते व मुस्कुराते हुए उनके स्वागत में उसने दरवाजा खोला, "पंडित जी घर पर हैं" "तो क्या पंडित जी नहीं हैं तो आप मुझसे नहीं मिलोगे" "क्यों नहीं सना जी। आपकी संगत तो मुझे हमेशा ही बेहद पसन्द है। अक्सर, मैं पंडित जी से मिलने आता रहता हूँ। इसलिए आज भी चला आया। क्या वह कहीं बाहर गये हैं?" "वह नहीं हैं तो क्या? क्या आप मुझे देखकर खुश नहीं हैं?" "यह तो मेरे लिए एक सुखद आश्चर्य है," रेवती मुस्कुराते हुए बोले। "आईये आईये बैठिये ना।" पंडित रेवती प्रसाद सोफे पर बैठते-बैठते अपनी तिरछी नजर से सना का सौन्दर्य निहार रहे थे? सना हमेशा की तरह सुव्यवस्थित कपड़ों में थी। उसके लम्बे घने बाल, हिरनी जैसी चमकदार आँखे, चिकने शुभ्र कसे हुये स्तन, गुलाबी पंखुड़ी समान होंठ, लम्बी उंगलियों वाले सुन्दर हाथ-उन्होंने एक नजर में सारा ही निहार डाला। उसकी कमर में शकुंतला की लोच थी और उसकी मेनका सी चाल उनकी आँखों में भर गई। सना ने उन्हें उसे निहारते हुये देख भी लिया और वह काफी कुछ समझ भी गई। किसी काम का झूठा बहाना बनाकर वह रसोई में चली गई। वह रसोई से पानी लेकर आई। पानी के बहाने सना जानबूझ कर इतनी झुकी कि उसकी छाती का उभार और दरार स्पष्ट दिखाई दे सकें। इसे देखकर पं. रेवती को सना में और अधिक दिलचस्पी हो गई। अपने आपको व्यवस्थित करते हुये पंडित जी बोले- आपका सानिध्य तो हमेशा ही पसन्द है। इस समय पंडित जी नहीं हैं। इसलिए आज कोई आध्यात्मिक चर्चा नहीं होगी।" "तो क्या आप समझते हैं कि मुझे आध्यात्म में रूचि नहीं हैं?" सना ने उनके नजदीक आते हुए पूछा। पंडित जी को भी अब उसकी नजदीकियों का एहसास हुआ। सना ने अपना दाहिना हाथ उनकी जांघों की तरफ बढ़ाते हुए कहा, "पंडित जी, आत्मा से श्रेष्ठ भी कुछ होता है। आप जैसे युवा सामने हों तो इस कामदेवता की उपेक्षा कैसे कर सकती हूँ? यह कामदेवता तो आप पर नित्य नये बाणों से प्रहार करते हैं। क्या आपको उस कामदेवता के बाणों का प्रहार महसूस नहीं होता?" और वह हँस पड़ी।

पं. रेवती प्रसाद ने पूरा साहस जुटाने का प्रयास किया क्योंकि वह सना से अभी तक इतने खुलकर कभी नहीं मिले थें। सना की मधुर मुस्कान देखते और उसकी बात को स्वीकार करते हुए, वह बोल पड़े, "बेशक सना जी। मैं अपने आप में एक अजीब सा बदलाव भी महसूस कर रहा हूँ।" यह कहते हुये उन्होंने सना के गालों को चूम लिया। "यह हुई ना एक युवा पंडित की शोभामय बात! आखिर विश्वामित्र भी तो मेनका के प्रति सम्मोहित हुये थे ना? आप तो रम्भा उर्वशी की कथायें भी भूल गये और पंडित जी दुष्यंत और शकुंतला की कथा को भी याद करो ना! मुझे देखिए क्या मैं किसी मेनका, उर्वशी या शकुंतला से कम सुन्दर हूँ? क्या आप मुझ से प्रेम करने, ययाति बनने को आतुर नहीं हैं? और सना ने उनकी गर्दन को चूम लिया। रेवती प्रसाद अब पूरी तरह से उत्तेजित हो गये थे और सना धीरे-धीरे उन्हें अपने बेडरूम की ओर ले गई। उसने उनका धोती कुर्त्ता उतार दिया और उन्होंने उसके आकर्षक उरोजों को दबाया और उसे पूर्णतया वस्त्रविहीन कर दिया। पंडित जी ने उसके नितम्बों को सख्ती से दबाकर और उसके गालों पर चुम्बनों की बौछार कर दी। उन्होंने सना के कामुक होठों को चूसा और अपनी जीभ उसके मुंह में घुमाई। दोनों आलिंगनबद्ध हुये और कुछ ही पलों में दोनों के बीच की दूरियां समाप्त हो गईं। सना की खुशी की अब कोई सीमा न रही। वह परिन्दों की तरह मधुर गीत गाते हुये परमलोक में उड़ने लगी। पं. रेवती प्रसाद ने पूछा, "सना अभी तक तुमने अपना वास्तविक रूप छिपाकर इतना समय क्यों नष्ट किया?" "आप भी कितने मूर्ख हो। यहां आते रहे, धर्मशास्त्र और दर्शन पर चर्चायें कीं, चाय पी और बस निकल लिए। किसी मित्र के घर जाने का क्या ये तरीका होता है? आपने तो मुझे पूरी तरह से नजरअंदाज किया, ऐसे कि जैसे मैं यहां थी ही नहीं। आप कभी मेरे पास यह पूछने बैठे या आपने कभी यह जानने की कोशिश की कि मेरी इच्छायें क्या हैं? मेरी महत्वाकांक्षा क्या हैं? कभी सोचा कि मैं इस सुनसान घर में अकेली कैसे समय काटती हूँ? बस, कुछ भों-भों करते आवारा कुत्ते और यह पक्षी ही मेरे साथी हैं यहां। काश, आपने मुझ पर ध्यान दिया होता तो हमने इतने दिन बरबाद न किये होते। देखिये ना आज भी मुझे ही पहल करनी पड़ी। आप तो किसी काम के नहीं हो", कहते हुये वह मुस्कुराई और बोली,"वादा करो पंडित जी आप हमेशा मेरे सौन्दर्य, रूप-यौवन, इच्छाओं का ख्याल रखेंगे। मैं तो बस बेचारी अबला नारी हूँ। मैं एक सन्यासन की जिन्दगी बिलकुल नहीं जीना चाहती। अकेलापन, हताशा और निराशा जल्द ही किसी स्त्री को डिमेन्सिया की ओर ले जाती हैं। लेकिन प्रेम और प्रेम संबंध उसे सदैव खूबसूरत, युवा और खुश रखते

हैं। अब सब कुछ आप पर ही निर्भर है कि क्या आप अपनी ब्रजबाला को एक गोपी या सन्यासन बनाना चाहते हैं।" और अचानक सना रोने लगी। सिसक-सिसक कर रोने लगी। पं. रेवती ने सना को अपने पास खींच लिया और उसे सान्त्वना देने लगे। पं. रेवती का यह वादा सुनकर सना खुशी के मारे फूली ना समाई और उसके चेहरे पर यह खुशी साफ झलक रही थी। बिछौने पर वह उनसे पूरा सहयोग कर रही थी और दोनों अलग दुनिया में खो गये। रेवती को भी यह सारी खुशियां देर से मिलने का मलाल हो रहा था। उन्होंने पुनः एक बार सना से उसकी इन सारी इच्छाओं को हमेशा पूर्ण करने का वादा किया और सना ने भी उन पर विश्वास कर लिया।

आने वाले पॉच दिन सना घर में अकेली ही थी। रेवती प्रसाद को भी यह अवसर अच्छा था। उन्होंने अपनी पत्नी को बताया कि वह किसी अमीर घर में कुछ अनुष्ठान करने दिल्ली जा रहे हैं। शाम को सना ने दो पिज्जा का ऑर्डर दिया और उस पिज्जा वाले लड़के को ही दो शेम्पेन की बॉटल लाने को कहा। साथ में एक शॉवेलिस व्हिस्की और ब्लैक क्लोव सिगरेट का एक पैकेट भी लाने को कहा। पिज्जा बॉय ने भी सना के आदेशों का बखूबी पालन किया। इस काम को इतने अच्छे से करने के लिए उसे 200 रूपये की बख्शीश जो मिली थी।

सना ने शेम्पेन खोलकर दो ग्लास भर दिये। पंडित रेवती थोड़े से सकुचा गये। बोले, "नहीं ब्रजबाला जी मैं नहीं...।" "देखिये रेवती जी प्यार के मामले में कोई लेकिन, किन्तु, परन्तु नहीं होता। इससे आपको कोई नुकसान नहीं होगा। आप अधिक ताजगी महसूस करेंगे। फिर देखना आप किसी शहँशाह की तरह प्यार करेंगे। आप सोमरस तो जानते हैं ना? आपके भगवान भी तो इसी को ग्रहण करते-करते रम्भा, उर्वशी का नृत्य देखते हैं।" उसने उनके होठों से ग्लास लगाया। रेवती प्रसाद ने बड़े ही भोलेपन से पूछा, "क्या आप भी उर्वशी की तरह नृत्य करेंगी?" हंसते-हंसते सना ने कहा, "क्यों नहीं" और खिलखिलाते हुए उसने ग्लास उठाकर बोला चीयर्स, "चीयर्स, रेवती भी बोल पड़े," फिर दोनों ने पिज्जा खाया और सना ने अपनी बाहों का घेरा रेवती पर डालकर उन्हें नृत्य करने को मजबूर किया। रेवती को कुछ समझ में नहीं आ रहा था। वह उसी के अनुसार करने लगे और कुछ ही पलों में दोनों की शारीरिक उत्कंठा चरम पर पहुँच गई। मदहोश होकर मस्ती में दोनों कब सो गये। पता ही नहीं चला।

सुबह सवेरे सना रोज की तरह जल्दी उठकर नहा ली। उसने राधा कृष्ण, और राम

दरबार के सामने दिया जलाया और चाय बनाकर बोली, "उठिये पंडित जी, अपनी ब्रजबाला के साथ सुबह की चाय का आनन्द लीजिये।" रेवती ने आँखे खोलीं, सामने नहा धोकर गुलाबी साड़ी में सना खड़ी थी। घर में अगरबत्ती की खुशबू फैली हुई थी। आज सना ने डीप-नेक का ब्लाउज पहना था और वह बेहद खूबसूरत लग रही थी। पंडित जी भी बावले होकर उसके प्रति आकर्षित हो गए थे और उसे चूमने लगे। नहाकर उन्हें पहले सना ने ब्रज का धोती-कुर्ता ही दे दिया था। अपने मित्र का धोती-कुर्ता पहने वह कतई नहीं सकुचाये। बातें करते-करते उन्होंने सना से उसकी शिक्षा के बारे में पूछा और सुनकर वह हक्के-बक्के ही रह गये।

सना एमएससी भौतिकशास्त्र कर पी-एच.डी. डिग्रीधारी थी। मतलब वह काफी पढ़ी-लिखी थी और होशियार भी थी। रेवती के मन में स्वाभाविक ही प्रश्न आया कि फिर इतनी पढ़ी-लिखी और सुन्दर उस ब्रज पंडित की पत्नी कैसे? ब्रज की कोई स्थाई आय भी नहीं थी। बहुत सोचकर उन्होंने आखिर सना से पूछ ही लिया कि उसकी शादी पंडित ब्रज व्रत से कैसे हुई। अचानक सना की आँखें भर आईं लेकिन वह चुप रही। बार-बार पूछने पर बोली, "मेरे पिता एक अमीर व्यवसाई हैं। गुरुग्राम में उनकी कई रसायनिकों की फैक्ट्रियां भी हैं। मैं उनकी इकलौती बेटी हूँ। दुर्भाग्य, मैं अपने सहपाठी चन्दन से प्रेम कर बैठी। हम दोनों बास्केटबाल साथ ही खेलते थे। धीरे-धीरे हमारी नजदीकियां बढ़ गईं। अक्सर, हम लोग पिकनिक और पार्टियों में एक साथ जाने लगे। कॉलेज के मुम्बई टूर के दौरान हमारी यह मित्रता नज़दीकियों में बदल गई और हमने अपनी हदें पार कर लीं। सारी टीम तो लौट गई, पर हम दोनों वहीं रुक गये। हमने अपने प्रोजेक्ट का बहाना बना लिया।" और वह सिसक-सिसक कर रोने लगी और बोली, "बाद में पता चला कि चन्दन के पिता एक बदनाम गेंगस्टर थे और अवैध शराब की तस्करी करते और तो और खाड़ी देशों में वह लड़कियों की तस्करी भी करते थे। वह धनवान तो थे लेकिन उन्होंने इन सारे गलत तरीक़ों से पैसा कमाया था।" अपने आंसू पोंछते हुये सना बोली, "जब मैंने अपने माता पिता को अपनी यह प्रेम कहानी सुनाई तो पापा ने चन्दन के बारे में सारी सच्चाईयों का पता लगाया था। वह एक भेड़ के वेश में बदमाश निकला। स्वाभाविक, पापा नाराज़ हो गये और बोले, "इससे शादी करने से तो तुम्हारा मर जाना अच्छा होगा।" "मैं उसी दिन उनके लिए मर गई थी पर मैंने उन्हें समझा दिया, उनसे क्षमा मांगी और अपनी ज़िन्दगी की भीख भी", "अब मेरी जिन्दगी का क्या होगा पापा? मैं इस बदनामी के साथ कैसे जियूंगी? पूरे कॉलेज को मेरे

व चन्दन के प्रेम सम्बन्ध बारे में अब पता चल गया है और मैं उनके पैरों में गिर गई। मुझ पर तरस खा कर पापा ने मुझे उठाया और बोले","अब यह मेरा काम हैं, मैं तुम्हारे लिए योग्य लड़का ढूंढता हूँ, जो जीवन भर तुम्हारा साथ निभायेगा पर मुझे वचन दो कि पहले तुम अपनी पढ़ाई पूरी करोगी और ए.आई. (आरटीफिशियल इन्टेलिजन्स) और रोबोटिक्स पर शोध कार्य शुरू करोगी। यह विज्ञान का युग है। और यहां फालतू भावनाओं का कोई महत्व नहीं है समझीं?" पं. रेवती प्रसाद को इन विषयों का महत्व और गंभीरता समझ ना आई, वह केवल सना की भावनाओं में खो गया और कहने लगा, "देखो सना तुम एक पढ़ी-लिखी उच्च शिक्षित, होशियार नये ज़माने की युवती हो। अपनी पढ़ाई-लिखाई और डिग्री को ऐसे व्यर्थ ना जाने दो।" "लेकिन मुझे कौन नौकरी देगा? मुझे नौकरी कहां मिलेगी?" भरे हुये कंठ से सिसकियां भरती सना बोली। "तुम चिन्ता ना करो, मैं मेरे परिचित एक इंजीनियरिंग एडं टेक्नोलाजी के अंतर्राष्ट्रीय संस्थान में तुम्हारी बात करता हूँ। मगर नौकरी शुरू करने के पहले अच्छे से सोच-विचार जरूर करो और हमारे इस रिश्ते के बारे में कभी अपने पति से बात ना करना। सच कहता हूँ उसे धोखा देने का भाव हमेशा मुझे सताता रहेगा।" सना रेवती के नजदीक आकर खड़ी हुई और उसके गले में हाथ डालकर बोली, "मैं नौकरी तो तभी करूंगी जब तुम हमेशा मेरे दिल के पास रहोगे और मुझे ऐसे ही प्रेम करते रहोगे, देखो और सोच लो।" "हां, मैंने मन बना लिया है और मैं तुम्हारे बिना अधूरी सी हो जाती हूँ!" सना बोली। "अच्छा चलो तो पहले अपनी प्रेम कहानी पूरी कर लेते हैं।" कहते हुये रेवती ने सना को बाहों में भर लिया। पूरी रात सना- रेवती की प्रेम कहानी रंग लाती गई और सुबह रेवती प्रसाद प्यार करने के बाद सना को बिस्तर पर सोते हुये छोड़कर निकल गये।

(3)

सना जब जागी तो उसने रेवती को अपने पास ना पाया। वह समझ गई कि रेवती निकल गये थे। वह बिस्तर पर पड़े-पड़े ही रेवती प्रसाद के बारे में सोचने लगी। बीती रात के ख़्यालों में डूब गई। लेकिन 'नौकरी' वाली बात ने उसे बेचैन कर दिया। "क्या रेवती जी मुझे सही में नौकरी दिलायेंगे? क्या पंडित जी मुझे नौकरी करने देंगे? क्या ससुर जी इस बात पर मेरा साथ देंगे? और क्या मैं पढ़ा पाऊंगी?" लगभग पांच वर्ष बाद पुनः फिज़िक्स के साथ जुड़ना कठिन लग रहा था। बार-बार यह सवाल मन में आ रहा था, "क्या मैं पुनः

फिज़िक्स से जुड़ सकती हूँ? क्या मैं पढ़ा पाऊंगी? क्या इन नये बच्चों का सामना मैं कर पाऊंगी?" इन सारे सवालों के बावजूद सना ने खुद से यह कहते हुये जो होगा देख लेंगे, इस समन्दर में कूदने का मन बना लिया।

पंडित ब्रज व्रत आगरा से लौट आये थे। आगरा से सना के लिए एक सुन्दर साड़ी, कुछ मिठाई और आगरा का प्रसिद्ध पेठा और नमकीन भी लाये थे। हल्के बादामी रंग की सिल्क की साड़ी देख सना खुश हुई। उसे अपने बदन पर डाल आईने के सामने स्वयं को देख वह शर्माई। पंडित जी को चाय पानी जल्दी करा कर वह तुरन्त नई साड़ी लेकर भाग गई। हल्के बादामी रंग की साड़ी सना के गोरे रंग पर खिल रही थी। थोड़ा पल्लू नीचे गिराते हुये ब्लाउज विहीन साड़ी बदन पर लपेटे वह बोली, "साड़ी में कैसी लग रही हूँ पंडित जी।" पंडित जी को ललचाने के लिये इतनी हरकत ही काफी थी। "सुन्दर", कहते हुये पंडित जी ने उसे अपने नजदीक खींचा, चूमा और अपनी पिछली पांच दिनों की भूख को मिटाया। पिछले पांच दिनों में पंडित जी ने जजमान की पत्नी की सुन्दरता तिरछी आँखों से देखी थी। अपने आप को बड़ी मुश्किल से उन्होंने सम्भाला था। आज वह भूख साफ नजर आ रही थी। यज्ञ के दौरान ऐसे कामुक विचार अच्छे नहीं, सोच कर वह शांत थे और यज्ञ में अपने आपको एकाग्र कर रहे थे, पर उनकी स्थिति उस विश्वामित्र सी थी जो सतत सामने मेनका को देख रहे थे परन्तु ध्यान लगाना उनकी विवशता थी। अपनी इसी भूख को बुझाने वह यज्ञ समाप्ति पर सीधे घर आये थे। आज पंडित जी की काम ज्वाला भभक रही थी। वह सना से दूरी कतई बर्दाश्त नहीं कर पा रहे थे। सना के वक्षस्थल में दर्द होने लग गया पर इस दर्द में प्रेम की भूख समाई है, सोच कर सना भी परम आनन्द में थी। अपने उभरे यौवन की अग्नि को वह भी बुझने नहीं देना चाहती थी। "सना तुम कोई साधारण स्त्री नहीं हो। इन्दर लोक से उतरी हुई एक परी हो और ईश्वर ने तुम्हें केवल मेरे लिए धरती पर भेजा है।" कहते-कहते ब्रज व्रत ने सना को और कस के पकड़ा। पूरी रात यह प्रणय लीला चलती रही। दोनों ही परम आनन्द में डूबे थे।

सुबह सना ने नौकरी वाली बात छेड़ने की सोची, पर कुछ घबराहट में बस पूछ ना सकी। उसकी घबराहट का कारण यह था कि कहीं पंडित जी यह ना पूछ बैठें कि नौकरी की बात उसके दिमाग में डाली किसने और सच वह बता ना पाती। उसे यह भी लगा कि कहीं ब्रज नाराज तो नहीं होंगें। "तुम्हें क्या कमी है इस घर में? क्या मैं तुम्हारा ख्याल नहीं रखता? क्या खान-पान में कुछ कमी है? क्या तुम्हें और पैसों की भूख है?" इन सब सवालों से वह डर गई और चुप रहना ही उसने बेहतर समझा, पर समय और प्रसंग को साधते हुये सना ने

अपनी मोबाइल फोन की इच्छा तो प्रकट कर ही डाली। प्यार के इस मौसम में पंडित जी ने उसकी यह मांग तुरन्त स्वीकार की, "हां हां जरूर। मैं भी पांच दिनों से तुम से बात करने को तड़प गया। जरूर तुम्हें मोबाइल दिलाऊंगा"। सना खुश थी कि कम से कम यह इच्छा तो पूरी हुई। वह जानती थी कि इससे अपने माता-पिता से बात करना भी आसान होगा।

पूरे सप्ताह भर ब्रज और सना की यह प्रणय लीला शबाब पर रही। "तुम्हारे बिना जीवन बेरंग सा है जानू, इसका एहसास मुझे अब हुआ। इस संसार में तुम सा कोई नहीं है।" सना ने पंडित जी का विश्वास हासिल करने के लिए कई बार कहा। पंडित जी को तृप्त और खुश करने का सना का यह प्रयास सफल था। लेकिन मन ही मन में सना नौकरी की बात छेड़ने के लिए उचित समय तलाश रही थी। अगली सुबह कुछ खास ही थी। सुबह-सुबह पंडित जी ने पूछा, "तुम्हारा पसंदीदा मोबाइल मॉडल कौन सा है" "सेमसंग 6 जी।" सना ने झट से कहा। आधे घंटे में सना के हाथों में उसका पसंदीदा फोन था। सना ने तुरन्त अपनी माँ, काव्या निश्चल को फोन लगाया। ढेर सारी बातें कर डालीं और अपनी माँ को नम्बर भी दे दिया। माँ भी बहुत खुश हुई क्योंकि वह अब अपनी लाडली दुलारी से जब चाहे बात कर सकती थी। खास बात तो यह थी कि वह अपनी बेटी से एकान्त में बात कर सकती थी क्योंकि पंडित ब्रज को हर बात में सना के माता-पिता का हस्तक्षेप पसंद नहीं था। दस दिन बीत गये। लेकिन मसली हुई सना के उरोजों का दर्द कम नहीं हो रहा था। जगह-जगह पर उसके शरीर पर लाल-लाल रंग के निशान भी उभर के आये। उसने किसी लेडी डॉक्टर के पास जाना उचित समझा, ब्रज व्रत को उसने अपनी समस्या भी बताई और दोनों डॉक्टर के पास चले गये। खुशी की तो बड़ी बात यह थी कि सना का मासिक धर्म चूक गया था। और यह खुशखबरी वह लेडी डॉक्टर से कंफर्म करना चाहती थी। डॉक्टर को दिखाने के बाद सना ने डॉक्टर से कुछ अच्छी दवाई लिखने का निवेदन किया और इस बहाने यह भी बताया कि वह अपना मासिक धर्म चूक चुकी है। डॉक्टर ने सना की सम्पूर्ण जांच की, शरीर के निशानों पर मल्हम भी लिखा और डॉक्टर सुनन्दा ने पंडित जी को कहा, "बधाई हो पंडित जी! अब आप पिता बनने वाले हैं और सना माँ।" बात सुनकर पंडित जी मानों सातवें आसमान पर पहुँच गये। लेकिन डॉक्टर ने उन्हें सना का विशेष ध्यान रखने को बोला। क्योंकि दीर्घ अंतराल के बाद सना गर्भवती हुई थी। लौटते हुये डॉक्टर की यह बात बार-बार पंडित जी याद कर रहे थे और बोले, "चलो सना अपन टैक्सी से चलते हैं, ऑटो रिक्शा में रास्ते के गडढों से तुम्हें तकलीफ होगी।" दोनों टैक्सी से घर पहुँचे। घर पहुँचकर सना ने डॉक्टर सुनन्दा की लिखी गोली खाई और अपने शरीर के लाल चक्तों

पर हल्के हाथ से दवा भी लगाई। घर पहुँच कर पंडित जी ने सना को गले लगाया और बोले-सना डार्लिंग, आज हमारी जिन्दगी की नई शुरूआत हो रही है। इस बीच दस दिन से नदारद रहे पंडित रेवती प्रसाद ने अब आकर सना की नौकरी की बात छेड़ी। आईआईईटी में उसे नौकरी सम्भव थी। पचास हजार के मासिक वेतन की बात हो गई थी। लेकिन उस महाविद्यालय प्राचार्य के समक्ष सना को साक्षात्कार देना जरूरी था। विभाग की ओर से अध्यक्ष डॉ.अक्षय और डॉ. मेहुल विभागाध्यक्ष केवल एक औपचारिकता थी, फिर भी सना ने उस साक्षात्कार को गंभीरता से लिया और तैयारी भी शुरू कर दी। उसने पंडित रेवती प्रसाद को धन्यवाद भी दिया।

सना ने पंडित जी को इतना खुश कभी नहीं देखा था। उनकी इस खुशी का लाभ उठाकर सना मौका नहीं चूकी। कॉलेज में नौकरी का भूत अभी भी सना के दिमाग से उतरा नहीं था। नौकरी की बात सुनते ही पंडित जी थोड़े नाराज हुये, पर वक्त की नजाकत देख बोले, "देखो, इस स्थिति में तुम्हें ज्यादा आराम की जरूरत है। आखिर माँ बनना कोई छोटी सी बात तो नहीं है ना।" पंडित जी ने सना की बात को यह कहते हुये टाल दिया। अब उन्होंने अपने पिता पंडित निर्मल व्रत (55) और माँ बीना व्रत को सना की माँ बनने की खुशखबरी सुनाना जरूरी समझा। ब्रज व्रत की बात सुनकर वह दोनों भी खुश हुये। पिता ने ब्रज को एक गाड़ी दिलाने का वादा किया। शाम ढलते-ढलते 5 बजे तक उनके घर पर एक होंडा सिटी गाड़ी आ गई। सिल्वर वॉइट रंग की होंडा सिटी बड़ी सुन्दर लग रही थी और तो और उनके धनवान पिता ने साथ में वाहन चालक सूर्या को भी भेज दिया था। उसकी तनख्वाह का इंतजाम ब्रज व्रत के पिता ही करने वाले थे और गाड़ी देखकर सना ने पेट्रोल के खर्चे का जिम्मा खुद उठा लिया। अपने महीने की बचत में से वह पेट्रोल का खर्च देने वाली थी। निश्चिन्त भाव से सना बोली-"तुम चिन्ता ना करो, सब आराम से हो जायेगा। पोस्ट ऑफिस वाली मासिक आमदनी स्कीम कब काम आयेगी? तुम बस ठाट से गाड़ी में चला करो।" पंडित जी खुश हुये और सना को होटल खाना खाने को चलने की पहल करने लगे, पर सना ने आज मंगलवार है, कह कर मना कर दिया। सना मंगलवार और गुरुवार को अपने जीवन के महत्वपूर्ण दिन मानती थी। वह गुरुवार ही था जब पंडित रेवती प्रसाद से उसका पहला मिलन हुआ था और वह मंगलवार ही था जिस दिन उसका मासिक धर्म चूक गया था।

रात को भोजन से थोड़े जल्दी निपट कर पंडित जी अपनी नई गाड़ी में सना के माता-पिता से मिलने सेक्टर 99 निकल पड़े। सना को थकान होने के कारण उन्होंने सना से चलने

को नहीं कहा। अपने दामाद की नई गाड़ी देख सना के माता-पिता बहुत खुश हुये। अपनी बेटी की उन्नति हर माँ-बाप को खुश करती है और सना के लिए निश्चल ने भी एक गाड़ी बुक कर ली थी। वह गाड़ी की डिलीवरी दीपावली पर अपेक्षित थी। यह बात सुनकर ब्रज व्रत थोड़ा अहंकार से बोले, "पापा जी, अब वो गाड़ी आप अपने नाती को ही भेंट करना।" और दोनों हँस पड़े। मिस्टर निश्चल अच्छे खासे रईस थे और उन्होंने अपनी बेटी का हाथ यही सोचकर दिया था कि ब्रज व्रत के दादा, मण्डी, हिमाचल प्रदेश के दीवान रहे हैं और ब्रज के पिता के पास भी काफी सम्पत्ति थी। वह 500 एकड़ के जमीदार थे और एक बड़ी जमीन उनके पास फरीदाबाद हाईवे पर भी थी। इसके अलावा वह सूदखोरी से काफी पैसा कमाते थे, हां, पर शायलॉक निश्चित ही नहीं थे। उनके पास भी एक महिन्द्रा की जीप थी जिससे वह रोज अपने खेत व मंदिर घूमा करते थे। वह काफी इज्जतदार व्यक्ति थे। ज्योतिषशास्त्र में उन्हें महारथ हासिल थी और देश भर से लोग उनके पास अपना भविष्य जानने आते थे। कुल मिलाकर, वह अच्छे प्रतिष्ठित और सम्पन्न पंडित थे। उनका कर्म पर पुरजोर विश्वास था और वह सोचते थे कि कर्म किए बिना कोई फल नहीं मिलता। मनुष्य के जीवन में भाग्य बड़ी भूमिका निभाता है और अच्छे कर्म हमें यश और सद्गति देते हैं और बुरे कर्म हमें अपयश और दुर्गति ही देते हैं।

(4)

सना की खुशखबरी सुनकर, नवीन निश्चल और उनकी पत्नी सना से मिलने आये। बेटी के लिए ढेर सारे फल और मिठाई लेकर आये थे। माँ ने बड़े लाड-प्यार से गले लगाया। ब्रज और सना ने पाँव छूकर उनसे आशीर्वाद लिया। ब्रज ने स्वयं ही कॉफी बनाकर बड़े शौक से सभी को पिलाई। सना की माँ ने सना की स्थिति को देखते हुए पूरे समय के लिए एक नौकरानी रखने की सलाह दी ताकि सना को घर के काम से छुट्टी मिले और भरपूर आराम मिले, पर सना ने कहा, "नहीं माँ रहने दो। अभी तो हम दोनों ही हैं। सब काम चल रहा है। समय आने पर रख लूंगी।"

अब ब्रज को सना की नौकरी की बात छेड़ने का उपयुक्त मौका मिला। प्रश्न यह था कि क्या सना को आईआईईटी में नौकरी करनी चाहिए थी या नहीं? नवीन ने सना की ओर देखा। नौकरी करने के प्रति सना को काफी उत्साहित देखकर नवीन ने खुद ही पेशकश की। "बेटा, यदि नौकरी ही करनी है तो क्यों ना हम अग्रवाल सीबीएसई स्कूल को ही पुनः

स्थापित करें और अपने पास साधना आईबी स्कूल भी तो है। वह सब तुम्हारा ही तो है बेटा! तुम जानती हो, मेरे काम से मुझे फुरसत ही कहां है कि शिक्षा का व्यापार भी कर सकूं।" सना को यह बात एकदम रास आई, उसे बात जची भी थी और उसने बड़ी उम्मीद के साथ ब्रज व्रत की ओर देखा। उसे आश्चर्य तो तब लगा जब ब्रज व्रत ने बिना किसी अड़ंगे के सहमति दे डाली। फिर क्या, तय हुआ कि अतिशीघ्र सना के पिता उनके मित्र एक कांट्रेक्टर को बुला कर स्कूल के काम में लगा देंगे। सना के मन में अपनी डिग्रियों का उपयोग न होने की चिंता जाग्रत हुई और वह पिता से बोली, "लेकिन मेरी डिग्री..."पिता ने कहा- "बेटा यह जरूरी नहीं है कि केवल इंजीनियरिंग कॉलेज में पढ़ाकर ही डिग्री का उपयोग होता है। शिक्षा का असली अर्थ तो यह है कि आप उसका सदुपयोग करो और स्कूल में तो तुम बॉस रहोगी। अपनी इच्छा और विवेक से बेहतर से बेहतर काम कर सकती हो। तुम्हारी सहायता के लिए बाकी स्टॉफ भी रहेगा। हम कुछ अनुभवी शिक्षक भी रखेंगे जो तुम्हें उचित सलाह देंगे।" सना को यह बात एकदम पसंद आई। उसका चेहरा खिल गया और वह इस नई जिम्मेंदारी के लिए तैयार हो गई। पिता ने कहा, "सारा काम हो जायेगा बेटा। हम लोगों की शुभकांमनाएँ सदा तुम्हारे साथ हैं।" "पर सबसे पहले घर के काम के लिए तुम्हें एक नौकरानी की जरूरत है जो तुम्हारे खान-पान की चिन्ता करेगी। बेटा, दोनों काम सम्भालना आसान नहीं है और अब तुम्हारी स्थिति भी नहीं है।" माँ ने कहा। उनके मन में पहले से सावी (34) का विचार सना के लिए था ही। माँ ने तुरंत बिना किसी देरी के सावी को फोन कर 15 हजार रुपये महीने पर बात पक्की कर डाली। इस मासिक वेतन के अलावा उसका खाना और कपड़ा भी करना था। सारी बातें पक्की कर नवीन और काव्या वापस लौटे।

दूसरे ही दिन एक चाबियों का गुच्छा सना को भेजा ताकि वह स्कूल और हॉस्टल की वर्तमान स्थिति को देखे। मन ही मन पंडित ब्रज बड़े ही खुश थे कि आखिर वह भी तो स्कूल में बॉस बनने जा रहे थे और फिर स्कूल के संचालक होने से उनका सामाजिक स्तर भी ऊँचा उठने वाला था। रुतवा बढ़ने वाला था। अब वह बड़े ठाट से स्कूल का निरीक्षण करेंगे और आखिर आमदनी में भी तो इजाफा होना था। उनके मन में स्वाभाविक रूप से विचार आया, क्या बात है लागत शून्य और कमाई उमदा। वाह रे ब्रज क्या किस्मत पाई है। ब्रज मन ही मन मुस्कुराये। उन्होंने सोचा, "भाग्य तो देखो। कल ही पिता जी ने कार भेंट कर दी और नन्हे मुन्ने की किलकारी से घर का सूनापन घटेगा। इस बंजर भूमि पर एक प्यारा

सा फूल खिलेगा।" ब्रज सोचने लगे कि अब छोटे-मोटे अनुष्ठान नहीं करने पड़ेगें, केवल बड़े लोगों के यहां बड़े अनुष्ठान ही करेंगे। वह अपनी खूबसूरत पत्नी और नन्हे से बच्चे के साथ समय बिताने के सपनों में खो गये। खुद ही से मुस्कुराते हुए बोले, "आशा करने में क्या खराबी है? प्रभु की इच्छा रही तो अगले साल एक और बच्चा भी होगा। आखिर दुनिया आसमान के न गिरने की आशा पर ही तो टिकी है। उम्मीद और आशा पर ही मनुष्य अपना जीवन काटता है।"

यहां पंडित रेवती प्रसाद पुनः सना से मिलन की आस बांधे थे। पर क्या करें। उनका काम कुछ जम ही नहीं पा रहा था। उन्हें लगा कि सना भी उन्हें भूल गई है। बड़ी हिम्मत से उन्होंने ब्रज व्रत को फोन लगाया, "हेलो पंडित जी! क्या हालचाल हैं? बड़े दिनों से अपनी मुलाकात नहीं हुई। आगरा से कब लौटे?" "बस ठीक हूँ पंडित रेवती प्रसाद, आगरा से लौटकर तो एक हफ्ता हो गया। तुम्हीं गायब हो। तुम्हीं बताओ तुम्हारे क्या हालचाल हैं?" पंडित रेवती मौके की तलाश में ही थे, उन्होंने तुरंत कहा, "सोचता हूँ यदि समय हो तो एक खेल शतरंज की बाजी का हो जाये। बहुत दिनों से अपनी बैठक नहीं हुई।" "वाह क्या बात कही रेवती प्रसाद। जरूर आओ, एक घंटा बैठकर शतरंज की बाजी लगाते हैं।" "क्यों भाई एक ही घंटा? कहीं व्यस्त हो क्या?" "हां! फरीदाबाद में हम लोग दो स्कूल शुरू करने जा रहे हैं। दोनों स्कूल तो मुझे ही देखने पड़ेंगे ना।" "अरे वाह बधाई हो यानि अब तुम पंडित कम और स्कूलों के मालिक ज्यादा हो गये।" "हां ऐसा ही कुछ है। आओ, सारी बातें बताता हूँ।" ब्रज के 'आओ' सुनते ही पंडित रेवती प्रसाद उतावले हो गये और वह तत्काल ही जाने को तैयार हो गये। ब्रज व्रत का बहाना बनाकर प्रेम आतुर हो कर सना को देखने के लिए वह घर से निकल गये। घर पहुंच कर चोरी-चोरी से सना पर नजरें डालकर वह शतरंज के लिए तैयार हो गये। ब्रज ने शतरंज की बिसात बिछाई और सना को दो कप कॉफी बनाने को कहा। सना के हाथों की कॉफी के बहाने अब वह पुनः सना की खुशबू सूंघने की चाहत लिए बैठे थे। सो, रेवती प्रसाद को शतरंज में मजा नहीं आ रहा था। उनकी नजरें बार-बार सना की ओर ही जा रही थीं, पर सना से बतियाने का उन्हें मौका नहीं मिल रहा था। फिर उनको सना के इंजीनियरिंग कॉलेज की नौकरी की बात भी तो करनी थी, पर सना ने तो नौकरी का विचार ही बदल दिया था। बहुत इंतजार करने के बाद रेवती प्रसाद ने खुद विषय छेड़ा, "वो तुम स्कूल के बारे में क्या कह रहे थे? अचानक यह स्कूलों का मामला कहां से आया? और यह स्कूल है कहां?" "अरे भाई ये स्कूल कहां है? हम दोनों

भी जीपीएस से ही ढूढेंगे", ब्रज हंसते हुये बोले, इतने में सना कॉफी लेकर सामने आई। रेवती को देखकर वह भी बड़ी खुश थी। कप उठाते-उठाते हल्के से उन्होंने रेवती के हाथ को छुआ। आज इतना ही काफी है समझ कर वह भी सना को देख मुस्कुराये, "अरे रेवती हम दोनों भी पहली बार स्कूल देखेंगे। तुम्हारे पास समय हो तो चलो हमारे साथ, दो से तीन भले।" ब्रज ने रेवती के सामने प्रस्ताव रखा। प्रस्ताव क्या मानो रेवती की लाटरी ही लग गई थी। प्रेम आतुर भावना ने उन्हें मना करने से रोका और अचानक अपने होठों पर जीभ घुमाते हुये बोले- "चलो-चलो जरूर चलते हैं।" फिर रेवती एक साधारण आर्ट्स ग्रेजुएट ही तो थे। कुछ काम की सम्भावना उन्हें भी दिखने लग गई थी। पूजा-पाठ के अलावा चार पैसा घर में आयेगा। यह सोचकर वह भी खुश हो गये। पूजा-पाठ से घर और बच्चों की देखभाल रेवती प्रसाद के लिए भारी ही पड़ रही थी। घर खर्च पर उन्हें पत्नी तूलिका का व्याख्यान बार-बार सुनना पड़ता था और दिनों दिन महंगाई के कारण उनके खर्चे भी बढ़ रहे थे। उनकी पत्नी तूलिका रसायन विज्ञान की शिक्षिका थी। उसकी नौकरी ने बड़ा साथ दिया था। तूलिका के रसायन विज्ञान की शिक्षिका ना होने की स्थिति में कोरोना काल में उन्हें भुखमरी ही देखनी पड़ती। सारे ख्याल रेवती के मन में उभर गये और वह साथ जाने के लिए तैयार हो गये।

सुधार और आवश्यक परिवर्तन का काम दोनों ही स्कूलों में जोर-शोर से शुरू हो गया। नवीन ने 5 लाख देकर कांट्रेक्टर भी तय कर लिया था। सना काम के एवज कांट्रेक्टर को पैसे देने लगी तब कांट्रेक्टर ने कहा था, "आप चिंता ना करें। बाबू जी ने पहली किस्त दे दी है, आप बस काम देखिए, बाबू जी ने स्पष्ट कह दिया है कि आपके अनुसार ही सारे काम होने चाहिए। कांट्रेक्टर की इस बात से ब्रज को राहत महसूस हुई। स्कूल भी काफी बड़ा था, 30 बड़ी-बड़ी कक्षायें थी, एक बहुउद्देशीय इंडोर स्टेडियम था, सुव्यवस्थित ऑफिस, विज्ञान की प्रयोगशालायें, अच्छी लाईब्रेरी सब कुछ था स्कूल में और तो और उसकी 10 कक्षाओं में एसी भी लगा था, स्कूल अब पूरी तरह सजने लगा था। आस-पास बड़े-बड़े होर्डिंग लगा कर स्कूल का विज्ञापन भी शुरू हो गया था। मुख्य मार्ग तो स्कूल के विज्ञापनों से पट गया था। हर एक विज्ञापन में एसी कक्षायें, बॉस्केट बॉल ग्राउंण्ड, बेस बॉल के चित्र बड़े आकर्षित कर रहे थे। सारे होर्डिंग का डिजाईनिंग सना ने खुद ही किया था। ब्रज व्रत और रेवती प्रसाद ने तो इन खेलों का नाम भी नहीं सुना था। सना ने उन्हें बताया कि आगे चल कर उसका स्कवैश, बिलियर्डस, टेनिस जैसे अत्याधुनिक खेल भी शुरू करने का इरादा

है। दोनों ही स्कूलों में लड़की और लड़कों के अलग-अलग हॉस्टल भी बने थे। अब सना 'सना मैडम' बन गई थीं। सना मैडम ने स्कूल का फी चार्ट भी तैयार कर लिया था। एक छात्र से सालाना लगभग 8 लाख रु. की फीस तय की गई। हॉस्टल की अतिरिक्त 5 लाख फीस रख दी गई थी। सारा आलीशान माजरा देखकर रेवती प्रसाद इतने बावले और प्रभावित हो गये थे कि अविलंब उन्होंने सना और ब्रज के पांव छू लिए और बोले, "इस सुदामा को कृष्ण की सहायता चाहिए, क्या आप मेरी मदद कर मुझे आश्रय नहीं देंगे?" रेवती के पांव पड़ते देख सना मुस्कुराई पर चुप ही रही। रेवती के इस व्यवहार में खुशामद की खुशबू सना को बड़ी पसंद आई। ब्रज जरूर थोड़े सकुचाए और बोले, "जरूर क्या तुम कम्प्यूटर पर लेखा-जोखा सम्भाल सकोगे।" "नहीं" "क्या बच्चों के साथ अंग्रेज़ी में बात-चीत कर पाओगे?" "नहीं" रेवती प्रसाद ने हाथ जोड़कर कहा। वह थोड़े उदास हो गये और दयनीय भाव से बोले, "मित्र मौका दें तो मैं सब सीख जाऊगां लेकिन मेरे बारे में कुछ तो सोच ही लेना। मुझे बहुत सहायता हो जायेगी। आखिर अपनी इतनी पुरानी दोस्ती कब काम आयेगी।" दोस्ती की बात सुनकर ब्रज भी भावुक हो गये। "देखो पंडित रेवती आज से आप हमारे लेखाकार हो और आपको 20 हजार रूपये मासिक के अलावा आपकी स्कूटी के पेट्रोल के 5 हजार अलग से मिलेंगे। हां, लेकिन आप को हमेशा सना के सारे कामों में सहायता करनी पड़ेगी। सीबीएसई के बहुत काम होते हैं। आज ही से तुम टैली और अंग्रेज़ी बोलचाल सीखना शुरू कर दो। याद रखो रेवती, समय कम्प्यूटर का है और आपको कम्प्यूटर पर ही काम करना पड़ेगा, सोच लो और अपना निर्णय कल तक बताओ।" सना के साथ रहने का ख्याल रेवती के मन को उल्हासित कर गया और वह उतावले होकर बोले, "कल क्यों? यह सुदामा तो आज से ही तैयार है।"

"अरे वाह! तो आज ही से काम शुरू कर दो।" कहते हुये ब्रज ने उन्हें सना के ऑफिस और गेट की चाबियां सौंपी और बोले, "ये लो मैडम के ऑफिस और गेट की चाबियां।" जाओ गेट खोलो और वहां के रजिस्टर्स की प्रवेश सूची के नाम अच्छे से पढ़ लो। धीरे-धीरे सारी प्रणाली समझ में आ जायेगी।" रेवती अपने आपको धन्य समझे और बोले, "जी" ये कहते हुये ब्रज ने अपनी दोस्ती का धर्म भी अदा किया, दोनों ही खुश थे, रेवती और ब्रज। सना ने तत्काल रेवती को समझाया। उसकी समझाईश में अचानक वर्चस्व का भाव साफ दिख रहा था, "देखिए! मैं यहां भाभी जी नहीं केवल 'मैडम' हूँ। समझे! मेरे साथ बैठकर यहां चाय-कॉफी कभी नहीं पीना। क्योंकि कांवेन्ट स्कूल का अपना कुछ प्रोटोकाल भी रहता है। हां, और याद रहे, आप एक कांवेन्ट स्कूल में हैं तो अपनी वेशभूषा पर ध्यान

देना। यहां शर्ट-पेन्ट पहनना जरूरी है, यह धोती-कुर्ता नहीं चलेगा।" सना के अंदर की 'मैडम' बोल पड़ी थी। रेवती ने तत्काल कहा, "जी मैडम जी," "ठीक है" कहते हुये सना मैडम निकल गई। उसने उनकी ओर देखना भी जरूरी नहीं समझा। रेवती प्रसाद को स्कूल में ही छोड़ते हुए , सना और ब्रज दूसरे स्कूल की तरफ चल पड़े। उस स्कूल का भी दोनों ने पूरा जायजा लिया। फोन ही पर उसने चार बेस-बॉल सेट की ऑर्डर दी। सना ने गार्ड से पूछा, "क्या यहां बच्चे क्रिकेट खेलते हैं?" "जी हां मैडम" "तो अब यहां बच्चे क्रिकेट नहीं खेलेंगे, उन्हें एक सप्ताह में बेस-बॉल खेलना सिखा दो।" "जी मैडम"

सना और ब्रज ने ब्रज के माता-पिता से मिलना जरूरी समझा। वे उनसे मिलने निकल गये। उन्हें मिलकर सारा किस्सा सुनाया। सास ने अपनी बहू को गले लगाया और दो-दो खुशखबरियों पर बधाई दी। एक अच्छी सास की तरह अपनी लाडली बहू को उन्होंने स्वास्थ्य पर ध्यान देने को कहा। इतना ही नहीं क्या करें, क्या ना करें, की समझाईश भी दी। सना ने भी एक आदर्श बहू की तरह अपनी सास के पांव छुये और उठकर सभी के लिए चाय बनाई। ब्रज ने अपने पिता से उद्घाटन, पूजन सम्पन्न करने का निवेदन किया, "पापा जी आप ही दोनों स्कूलों की पूजा करेंगे। आपका आशीर्वाद हमारे ऊपर सदा बना रहे। कृपा करके आप मना मत करना।" "ठीक है बेटा। मैं मुहुर्त और दिन देखकर तुम्हें फोन करता हूँ, लेकिन ध्यान रहे बेटा मुझ से कह रहे हो तो पूजा मुहुर्त के समय पर ही सम्पन्न होनी चाहिए। मैं पूजा समय पर ही आरम्भ करूंगा, चाहे तुम्हारे खास मेहमान पधारें या ना पधारें। पूजा शुरू करने के लिए तो बस हम चार ही की जरूरत है। बाकी लोग आते रहें। बेटा, चिंता मत करना, पूजन की सारी तैयारी और सामग्री मैं लेकर आऊंगा।" "जी पापा जी" कहते हुए सना ने फिर से उनके पांव छुए। आशीर्वाद देते हुये पापा जी बोले, "सदा सुखी भवः। स्कूल और नन्हें मुन्ने का आगमन दोनों ही शुभ हो।" सना ने शर्माते हुये ब्रज को देखा और वह भी मुस्कुराया। भोजन हेतु रूकने के आग्रह पर अगली बार कहते हुये दोनों वहां से निकल गये। वापसी में रास्ते में पड़ने वाले जयश्री रेस्टोरन्ट में गाड़ी रुकी। स्कूल, गाड़ी और नव आगमन सारी ही बातों पर पार्टी तो बनती थी। ब्रज आने वाली सारी जिम्मेंदारियों को समझ रहा था। उनकी गंभीरताओं को वह जानता था, लेकिन सना माँ बनने और मैंनेजिंग डायरेक्टर बनने के रोमांच में ही बह रही थी। वह भूल गई कि ऊंचा मुकाम नई जिम्मेंदारियां लाता है। उसे पाने के लिए इंसान को व्यक्तिगत स्वतंत्रता खोनी ही पड़ती है।

(5)

कार से लौटते समय बड़े प्रेम से ब्रज ने सना का हाथ अपने हाथों में लिया और कहा, "प्रिये। अब एक नये बंगले के बारे में क्या विचार है?" बात सुनकर सना के चेहरे पर अचानक बिजली सी चमक आई मानो उसके मन की बात ही सामने आ गई हो। उसने ब्रज को गालों पर चूमते हुये बड़े लाड से कहा, "क्या तुमने कहीं कुछ देखा है?" "नहीं! उस दिन पापा जी कुछ कह रहे थे। उनकी इच्छा थी कि हम उनके नये खरीदे बंगले में रहने चले जायें।" अभी-अभी नवीन ने तीन नये बंगले खरीदे थे। सारा पैसा नवीन ने कोरोना के दौरान कमाया था। ब्रज बोले, "दवाई कम्पनियों ने कोरोना समय में तो बस नोट ही छाप डाले। छोटे-मोटे दुकानदार तो बर्बाद ही हो गये। दो-दो साल उनकी दुकानें बन्द रहीं। फिर व्यापारियों को भी काफी नुकसान हो गया था। कई ने तो अपनी सम्पत्ति नुकसान के चलते औने-पौने भाव में बेच दी। धंधे में काफी नुकसान और उस पर बैंकों के लोन पर दवाई कम्पनियों की चांदी रही।" कहते हुये वह हंस पड़े और बोले, "तुम बताओ जानू, अब तीन कमरों के इस छोटे से घर में हम कैसे रह पायेंगे? अब स्कूल के स्टॉफ या अन्य लोगों का आना जाना भी बढ़ेगा और फिर तुम्हारी देख भाल के लिए अब 'आया' है। तो उसे भी एक कमरा चाहिए। इसीलिए पापा जी चाहते हैं कि हम नए बंगले में शिफ्ट हों।" "ठीक कह रहे हो डियर। मैं भी नए घर के लिए बहुत दिनों से उत्सुक थी। सना ने ब्रज का हाथ पकड़ते हुये कहा और तुरंत उसने अपने पापा को फोन ही लगा दिया। पापा जी ने तत्काल चाबियां भेजने का वादा किया। पापा का वादा सुनकर ब्रज और सना खुश हुये। लाड से सना को अपनी बाहों में भरते हुये ब्रज बोला, "सब की तो हो गई मगर मेरे उपहार का क्या जो मैंने तुम्हें इतनी बड़ी खुशखबरी दी।" "जो चाहे मांग लो" कहते हुये सना ब्रज से और नजदीक सटकर बैठ गई, इतराते हुये अपने उरोजों पर हाथ रखते हुये, "बस इन्हें बख्श देना। अभी भी बहुत दर्द है।" "आप का आदेश सर-आँखों" पर कहते हुये ब्रज ने उसे चूमा। "पर कार की पार्टी तो बनती है ना।" "लेन-देन तो दोनों तरफ से होता है। उदास क्यूं होते हो डार्लिंग? मैं तुम्हारा ही हिस्सा हूं। क्या मुझे स्वयं से अलग समझती हो? माँ के पास बैठे- बैठे मैं तुम्हें ही देख रहा था, तुम्हारी नजरें भी हम से कुछ खास ही मांग रही थीं। छुपाओ नहीं।" ब्रज ने लड़िआते हुए बोला। "हां-हां मैं तुम्हारी सारी बातें बखूबी जानती हूँ। तुम्हें तो बस बहाना चाहिए।" सना शर्माती हुई बोली। ब्रज ने कुछ ना कहते हुए सना का हाथ दबाया और चूम लिया। वह मन ही मन में सोचने लगा, "काश ज्यादा पैसे होते तो

आज सना के लिए उसके पसंदीदा दुकान से सोने का सेट ही खरीदता।" मगर ब्रज के लिए यह संभव नहीं था। उसके लिए सोने की चेन और अंगूठी की भेंट का प्रस्ताव सना ने उसके सामने रखा और ड्राइवर को कहा, "जरा मार्केट की तरफ चलो।" और वह ब्रज को सराफे की दुकान ले गई। ब्रज के लिए सना ने एक चेन और हीरे की अंगूठी चुनी, दुकानदार सना को पहचानता था और उसने एक अच्छे दुकानदार होने का परिचय दिया। बोला, "मैडम, हीरे के बहुत सुन्दर नेकलेस आए हैं। आईये अन्दर आपको दिखाता हूँ।" "नहीं-नहीं फिर कभी, सना कहती ही रही तब तक उसने चार-पांच हीरे के नेकलेस सना के सामने रख दिये। नेकलेस इतने सुन्दर थे कि सना से रहा ना गया और वह उनके प्रति मोहित हो गई। 5 लाख रूपये के दो सेट सना को बेहद पसन्द आये लेकिन "फिर कभी" कहते हुये उसने ठंडी आह भरी। व्यापारी ने बड़ी चालाकी से मुस्कुराते हुये कहा, "अरे मैडम जी आप से पैसे कौन मांग रहा है। आप तो नवीन जी की बेटी हैं और पंडित जी को मैं बहुत अच्छे से जानता हूँ, आप तो बस घर ले जाईये। घर जाकर भी पसंद ना आये तो वापस भेज दीजिए। दुकान तो आप ही की है।" दुकानदार का जादू काम कर गया। सना ने 3 लाख निकाल कर दे दिये और बाकी अपने कार्ड से चुकाया। ब्रज थोड़ा नाराज हुआ। उसे सना का यह खर्चीला रवैया पसंद नहीं आया। इतना बड़ा खर्च बिना सोचे-समझे करना, यह बात उसे आश्चर्यचकित कर गई। लेकिन हीरे के नेकलेस पा कर सना बहुत खुश थी। हीरे के जेवरों की सना की भी पुरानी इच्छा थी। उसने कई पार्टीज़ में महिलाओं को अपने जेवरों की नुमाईश करते देखा था और उसकी खुशी का भी यही बहाना था कि अब वह किसी पार्टी में अपने जेवरों की भी नुमाईश कर सकती थी। सना की सारी खुशी यह मौका मिलने पर थी। सारी शॉपिंग कर दोनों घर लौटे।

घर पहुंच कर सना ने पंडित जी को अंगूठी और चेन पहनाई। पंडित जी ने मौके का फायदा उठाया। सना की सुन्दर पतली गोरी नशीली गर्दन को चूमते हुये उन्होंने सना को नेकलेस पहना दिया। सना का बैकलेस ब्लाउज़ उन्हें उत्तेजित कर रहा था। आग दोनों ही तरफ से लगी हुई थी कि कपड़े बदलने का इंतजार भी दोनों ही नहीं कर पाये। ब्रज के साथ होते हुये भी, सना को रेवती प्रसाद के साथ बिताया समय याद आ रहा था। रेवती प्रसाद के साथ वह खुद को स्वतंत्र महसूस कर रही थी। सना को उन दिनों की बिताई पॉच रातें याद आ रही थीं। सना को सन्तुष्ट करने के लिये रेवती प्रसाद ने पॉच रातें सना के घर रूक कर ही बिताई थीं। उस समय सना को ब्रज की कमी का कोई एहसास नहीं हुआ था। बल्कि

आज ब्रज के होते सना रेवती की यादों में खो गई। इसके विपरीत, ब्रज व्रत ने उसे आगरा की प्रेमो लता समझते हुए प्रेम किया। इस प्रणय प्रसंग के बाद सना ने कॉफी बनाई और कॉफी की चुस्की लेते-लेते आज उसके पास दो हीरे के सेट होने से वह बहुत खुश है, यही इजहार करती रही। अपनी यह खुशी अपनी माँ को फोन लगाकर सना ने बताई। बेटी की यह बात सुनकर माँ बड़ी खुश हुई। माँ ने यह समझा कि यह तोहफा पंडित ब्रज ने उनकी बेटी को दिया है। कार्ड पेमेंन्ट का कोई किस्सा वह नहीं जानती थी और माँ ने पैसे के बारे में पूछना जरूरी भी नहीं समझा। अपनी बेटी ने दो सेट खरीदे, यह सुनकर माँ ने भी तत्काल नवीन से पूछ ही डाला, "पिछले 6 महीने से आप ने मुझे कुछ तोहफा ही नहीं दिया। क्या मुझ से नाराज हो या अब मैं बूढ़ी दिखने लगी हूँ?" पूछते-पूछते काव्या की आँखों में पानी भर आया। उसके आँखों के पानी पर नवीन निश्चल की हार हो गई और रुमाल से उसके आँसू पोंछते हुये उसने ड्राइवर को मार्केट ले चलने को कहा। निश्चल दम्पत्ति सीधे ज्वेलर्स की दुकान पर रुके। नवीन निश्चल को देखकर दुकानदार बड़ा खुश हुआ। नवीन ने काव्या से कहा कि तुम खुद ही अपने लिए इस बार प्लेटिनम का सेट खरीद लो, काव्या ने पहले खुद के लिए प्लेटिनम का सेट चुन लिया और फिर धीमी आवाज में बोली, "क्यों सना के लिए कुछ नहीं लेना क्या? उसके लिए भी एक हीरे का सेट लेते हैं ना? अब दीपावली भी तो नजदीक आ रही है?" "हां-हां जरूर उसके लिए तो दो सेट देख लो", नवीन ने कहा। काव्या ने तुरन्त बोल दिया, "अच्छा मेरे लिए एक और अपनी लाडली के लिए दो।" "नहीं-नहीं ऐसा मत सोचो डियर, ऐसा है तो तुम अपने लिए भी दो सेट ख़रीदो," नवीन ने अपनी भूमिका स्पष्ट करते हुये कहा। काव्या ने तुरंत सना के लिए दो हीरे के आभूषण और अपने दामाद के लिए एक पुरुषों का कंगन लिया और उसने अपने लिए दो सेट खरीदे। वह लौटने लगे तो नवीन निश्चल ने काव्या को टोकते हुये कहा, "अरे तुम ने याद क्यों नहीं दिलाया तभी कुछ कपड़े भी खरीदते। कोई बात नहीं। मुझे कुछ काम है, तुम कल मॉल जाकर शॉपिंग भी कर आना। बाकी दीपावली का शॉपिंग मैं लंदन में ही करूंगा, ठीक है? अपने, सना व मेरे लिए" "बिलकुल ठीक है निश्चल डियर" काव्या ने हामी भरते हुये कहा।

नवीन निश्चल अक्सर अपनी नौकरानी सावी के साथ भी मस्ती मारता था और तो और उसने सावी को उसके भाई की दुकान खोलने के लिए 5 लाख रूपये भी दिये थे। पैसे देते हुये शरारती मूड में उसने सावी से पूछा था, "तुम्हारे इस पैसे के एवज में तुम मेरे पास क्या गिरवी रखोगी?" "मैं खुद हूँ हमेशा आपके लिए" सावी मुस्कुराते हुए बोली थी। "चलो ठीक है। मैं तो मजाक कर रहा था। प्यार के मामले में कोई लेन-देन तकरार नहीं।"

सावी को पैसे देकर निश्चल अक्सर उसके साथ एकांत समय बिताता था। दोनों फॉर्म हाऊस पर अक्सर मिला करते थे। जब चाहे निश्चल सावी को फोन कर वहां बुलाता था। उसे लाने छोड़ने का काम निश्चल का निजी ड्राइवर ही किया करता था। इतनी बड़ी रकम देने के बाद सावी को हर बार की टिप देना निश्चल ने बन्द कर दिया था। कुछ शक होने से काव्या ने सावी को काम से हटा दिया था। इस बार काव्या ने एक नई खाना बनाने वाली रख दी थी। लेकिन वह भी एक महिला ही थी और काव्या को यह बात ध्यान में आई कि वह पुनः वही गलती कर रही है।

अब सना के घर सावी को रखने वाली बात से निश्चल बड़ा खुश हुआ। अब पुनः वह सावी के सम्पर्क में आ सकता था। वह पुनः सावी के साथ समय बिताने के लिए आतुर हो गया और उसने सोचा कि बात हम तीनों की ही हो गई। मैं भी खुश और काम वाली मिलने से सना भी खुश और उसके कहने से 'आया' रखने से काव्या भी खुश।

अगली सुबह नवीन कुछ थका-थका सा महसूस कर रहा था। काव्या को उसने कॉफी बनाने को कह दिया। काव्या कॉफी लेकर आई तो उसने देखा कि नवीन कुछ चिन्ता में है और उसके चेहरे पर थकान की लकीरें साफ उभर रही हैं। वह बोली, "आजकल काम का काफी तनाव है क्या?" नवीन बोला,"हां आजकल काम का काफी तनाव है। मुझे ही सारा देखना पड़ता है। रासायनिक केमिकल्स की बात जो है। कुछ फार्मूला गड़बड़ हुआ या कुछ कम ज्यादा हो तो बहुत नुकसान उठाना पड़ता है और बदनामी अलग से! और फिर अब काफी चीन की कम्पनीज़ मार्केट में कूदी हैं। चाइनीज दवाईयों से टक्कर लेना आसान नहीं हैं।" काव्या उसकी थकान देख रही थी। उसके माथे पर चिंता की लकीरें काव्या को भी चिंतित कर गईं। वह बड़े प्रेम भाव से बोली, "क्यों इतनी मेहनत करना? अब हम दोनों ही तो हैं इस घर में और अपने पास बाकी जिन्दगी के लिए भरपूर है। तुम टेंशन लेकर इन चाइनीज कॉम्पीटिशन में क्यों उतरते हो? पिछले 25 साल से तुम दिन-रात मेहनत जो कर रहे हो। अपनी मेहनत से तुमने प्रतिष्ठा और धन दोनों ही भरपूर कमाया है। इसे कमाने के चक्कर में तो हम ने दूसरा बच्चा पैदा करना भी जरूरी नहीं समझा। आज सना चली गई तो मुझे बहुत अकेलापन लगता है। तुमने मुझे हमेशा दोयम दर्जे का ही समझा। मैं हमेशा ही तुम्हारी स्टेपनी रही, ना कि अर्धांगिनी।" ऐसा कहते हुए काव्या की आँखें भर आईं और उसकी आँखों से आंसू छलक गये। अपने आँसुओ को पोंछते हुये वह बोली, "मैंने तुम्हारे मूड्स के साथ हमेशा समझौता ही किया है। आजकल तो तुम मेरी ओर ध्यान भी

नहीं देते हो। मुझे लगता है अब मैं बूढ़ी हो रही हूँ।" "मैंने तुमसे अपनी परेशानी के लिए बात की और एक तुम हो अपना ही रोना रोने लगीं!" निश्चल झुंझला कर बोला, "अच्छा छोड़ो चलो तुम्हारी थोड़ी मालिश कर देती हूँ अच्छा लगेगा", काव्या बोली, "हां यह बात अच्छी है, शरीर थोड़ा हल्का हो जायेगा।" और दोनों बेडरूम की ओर चले गये। "तुम लेटो। मैं तेल लेकर आती हूँ" कहते हुये काव्या तेल लेने चली गई। जब तक काव्या तेल लेकर आई तब तक निश्चल निर्वस्त्र हो कर बेड पर लेटा था। उसने हँसते हुये पूछा" "मैं पहले तुम्हारी मालिश कर दूँ।" "नहीं रहने दो, तुम्हें ज्यादा जरूरत है" कहते हुए काव्या ने नवीन के शरीर पर तेल उड़ेलना शुरू कर दिया। पीठ, छाती, हाथ, पाँव पर तेल मलते-मलते नवीन की कामाग्नि धधक चुकी थी। एक घंटे की प्रणय लीला के बाद काव्या ने पूछा, "अब तो ठीक ही लग रहा होगा, ऐसी मालिश रोज कराओगे तो कभी टेंशन में नहीं रहोगे। जब भी तुम्हें तनाव महसूस हो मेरे पास आकर बैठ जाया करो। कुछ समय अपनी पत्नी के लिए भी बचा लिया करो। और इस तरह कुछ समय तुम्हारी पत्नी के हिस्से में भी आ जाएगा।" "सही में काव्या तुम्हारे हाथों में तो जादू है।" नवीन ने कहा। हँसते हुये काव्या ने खुद को समेंटा और उठते-उठते बोली,"अच्छा चलो ये तारीफ़ भी याद रखूँगी।"

(6)

निश्चल आज कुछ ज्यादा ही थका हुआ, हताश और उदास महसूस कर रहा था। नाश्ते के बाद वह ऑफिस के लिए तैयार हो गया। हमेशा की तरह उसे काव्या दरवाजे तक छोड़ने आई। निश्चल ने काव्या को गले लगाया पर आज उसका सुस्त होना काव्या को समझ आया। रोज की तरह आज गरम जोशी से उसने विदाई नहीं दी थी। काव्या ने उससे पूछा, "कहो तो आज मैं तुम्हारे साथ ऑफिस चलूं। घर में मुझे कुछ विशेष काम भी नहीं है। छोटा-मोटा रोज का ही काम है वो काम नौकरानियाँ कर देंगी।" "नहीं मैं ठीक हूँ" कहते हुए वह चला गया। ऑफिस पहुँच के भी वह रोज की तरह अपनी कुर्सी पर नहीं बैठा, ऑफिस से लगे हुये अपने प्राईवेट रेस्ट रूम में वह बैठा और सारी फाईल्स उसने वहीं मंगवा लीं। साथ में कॉफी भी मंगवाई। कॉफी की चुस्की लेते-लेते अचानक उसे अपना छात्र जीवन याद आया। पिता रेलवे में एक मामूली से पद पर कार्यरत थे। वह एक क्लर्क थे। जीवन काफी संघर्षमय रहा था। वह अपने माता-पिता के साथ एक कमरे के घर में रहता था। पैसों की हमेशा ही तंगी रहती थी। और स्वयं के लिए कुछ खरीदना उसे कभी सम्भव

नहीं हुआ। उसे खेलों का शौक था पर कभी स्वयं के लिए खेल सामग्री लेना सम्भव ही नहीं हुआ। अपने मित्रों के साथ दूसरों की हॉकी से और कॉमन फुटबॉल से उसने हमेशा काम चलाया था। क्योंकि इससे अतिरिक्त पैसे बिना लगाये वह खेल सकता था। पिता के रेलवे में कर्मचारी होने के कारण स्कूल फीस रेलवे विभाग ही देता था।

बड़े होकर उसने एमएससी रसायन विज्ञान की पढ़ाई चुनी। आर्या कॉलेज में प्रवेश लिया, पढ़ने में वह काफी ठीक था। उसके पहले गुरु श्री बरनवाल थे। श्री बरनवाल रसायन विज्ञान में ही व्याख्याता थे, बरनवाल सर ने प्रायोगिक काम करते समय निश्चल की बुद्धि और जिज्ञासा दोनों ही पकड़ लिए थे। निश्चल सारे प्रयोग बड़ी लगन और ईमानदारी से करता था। इस विषय में उसकी रूचि भी काफी थी। पर पर्याप्त अच्छी पुस्तकें और पढ़ाई योग्य उचित माहौल न मिलने से निश्चल द्वितीय श्रेणी में ही उत्तीर्ण हुआ था। और अब वह एमएससी केमिस्ट्री कर रहा था। अपनी पढ़ाई अच्छे से हो सके और वह प्रयोग व्यवस्थित तरीके से कर सके, इसलिए उसने अपने पिता को एक अतिरिक्त कमरे वाले घर में रहने जाने का निवेदन किया पर पिता जी ने रूखा सा जवाब दिया था, "तुम अपने प्रयोग हमारे भरोसे पर नहीं करो। हम तुम्हारे लिए इससे ज्यादा कुछ नहीं कर सकते।" "आप चिन्ता ना करें, मै सब सम्भाल लूंगा।" नवीन निश्चल ने आत्मविश्वास के साथ कहा था। उसके शिक्षक और मित्र यह जानते थे कि नवीन हमेशा कुछ नया करने की खोज में रहता है। पर वह कोई आइंस्टाइन या जेम्स वॉट तो था नहीं। रिसर्च की सुविधायें बहुत कम थीं और उसे उसी माहौल में ही सही पढ़ना बहुत जरूरी था। फिर भी उसने यहां वहां से कुछ पैसे बचाकर कुछ अंतर्राष्ट्रीय पुस्तकें खरीदीं ताकि वह विदेशों में चल रहे नवीनतम प्रयोग और आविष्कारों को पढ़ सके। रसायन क्षेत्र में होने वाले नये-नये शोध जानना उसकी विशेष रूचि का विषय था। पिता जी चाहते थे कि नवीन कुछ टयूशंस कर ले और अपने परिवार में आर्थिक हाथ बटायें परन्तु नवीन को यह बात कभी रास नहीं आई और पिता जी उसे यह काम करने को मजबूर ना कर सके। नवीन ने एक कॉलेज में पढ़ाना जरूर शुरू कर दिया। लगभग तीन साल वह नौकरी करता रहा और अचानक जीवन का सबसे खराब समय उसके सामने पहाड़ जैसा खड़ा था। तीन महीने के अंतराल से उसके माता और पिता का डेंगू बुखार से देहांत हो गया। अब नवीन एकदम अकेला पड़ गया था। उसका कोई खास रिश्तेदार भी नहीं था, पर ऐसे समय में उसका मित्र टी.के. उसके साथ खड़ा रहा। नवीन रोज उसी के घर भोजन करता था। कुछ दिन बाद बातों ही बातों में टी.के. ने नवीन को एक सलाह दी, "तुम शादी क्यों नहीं करते? खुद ही घर पर अकेले रहते हो और सारे काम भी अकेले ही करते

हो। मैं एक ऐसी लड़की को जानता हूँ जो तुम्हारी गृहस्थी बहुत अच्छे से सम्भाल लेगी। लड़की बहुत अच्छी है पर बहुत ग़रीब घर से है। उसके माता पिता तुम्हें दहेज के नाम पर कुछ भी नहीं दे पायेंगे। पर मैं विश्वास से कह सकता हूँ, वह लड़की तुम्हारा घर अच्छे से सम्भाल लेगी।"

दहेज

इस शब्द ने नवीन के मन को उद्वेलित कर दिया और वह बोला, "टी.के, तुम शायद मेरे विचारों को समझने में नाकाम रहे। जीवन के प्रति मेरा रवैया कुछ और ही है। यदि वह लड़की दिखने में भी थोड़ी ठीक-ठाक है और मेरा घर चला सकती है, यह तुम्हें विश्वास है तो मैं तैयार हूँ पर मित्र मैं समझता हूँ तुम यह बात बड़ी गंभीरता से कह रहे हो, कोई मजाक तो नहीं कर रहे ना?" टी.के. ने नवीन को समझाया, "बरनवाल सर के ही कॉलेज में एक शिक्षक हैं, उनकी बेटी है 'काव्या'। लड़की क्या वह देवी है। स्वभाव से एकदम शालीन और देखने में सुन्दर दुबली-पतली है, पांच फुट सात इंच की लम्बाई है और पूरा गुरुग्राम उसे हॉकी खिलाड़ी के रूप में पहचानता है। अब बताओ क्या कहते हो?" "ऐसी बात है तो कल ही मैं बरनवाल सर से बात करता हूँ, वह मेरे गुरु भी हैं और मैं उनका प्रिय शिष्य भी रहा हूँ।" नवीन ने उत्साह से कहा। "यार सुन अच्छा मौका है कल कॉलेज में लड़के और लड़कियों के बीच एक हॉकी मैच हो रहा है तुम भी टीम में आ जाओ, दोनों का आमना सामना हो जायेगा, बहुत साल बाद हॉकी भी खेल लोगे और लड़की को भी देख लोगे।" टी.के. ने कहा। "वाह मित्र क्या बात है!" नवीन ने खुश होकर कहा। दूसरे दिन मैच के आधा घंटा पहले नवीन ग्राउंड पर पहुँचा। जैसे नवीन काव्या के सामने आया, उसने बिना डरे अपने दिल की सारी बातें बोलना शुरू किया, "देखो काव्या जी। मैं कोई इस टीम का कप्तान-वप्तान नहीं हूँ, ना ही कोई अच्छा खिलाड़ी हूँ बस आपसे बात करने यहां आया हूँ, मैं केमिस्ट्री का व्याख्याता हूँ और मेरे मित्र टी.के. के कहने पर यहां आया हूँ, काव्या जी मैं आपसे शादी करना चाहता हूँ। मेरे माता-पिता दोनों ही अभी कुछ समय पहले डेंगू में चल बसे। मैं अकेला हूँ। और हां दहेज बिलकुल नहीं लेना चाहता। मेरी दहेज में कोई रूचि नहीं है और मैं इसमें विश्वास भी नहीं करता।

दहेज

आपका प्यार ही मेरा दहेज है और मैं भी आपसे जीवन भर प्यार करूंगा। कहते हुए नवीन ग्राउंड से बाहर निकला। नवीन के इस अजीब से व्यवहार से काव्या बहुत परेशान हो गई। आज तो उसका खेल ही बिगड़ गया था। बार-बार उसका ध्यान बाहर बैठे

नवीन की तरफ जा रहा था। वह बड़ी उम्मीद लगाये बाहर ग्राउंड से काव्या को देख रहा था। काव्या ने अपना पैर दुखने का बहाना बनाया और वह भी मैदान छोड़कर बाहर निकल आई और सीधे नवीन के नजदीक आकर बैठी और कहने लगी, “तुमने तो मेरा सारा खेल ही बिगाड़ दिया। ऐसी बात क्या कोई खेल मैदान के मध्य आकर करता है क्या? तुम तो बड़े साहसी निकले।” “क्या करूं मेरे पास और कोई मौका भी नहीं था, इस मैच के अलावा। मैंने बरनवाल सर से भी बात कर ली है। वह तुम्हारे पापा से शाम को बात करने तुम्हारे घर आने वाले हैं। प्लीज काव्या मेरे प्रस्ताव को मत ठुकराना।” नवीन ने उसका हाथ पकड़ लिया। उसने झट से अपना हाथ छुड़ाते हुये कहा, “नवीन छोड़ो, सब देख रहे हैं।” “अच्छा बताओ क्या मैं बरनवाल सर के साथ तुम्हारे घर आ सकता हूँ” नवीन ने पूछा। “इतने उतावले ना बनो दीवाने। मैंने तुम्हें मना तो नहीं किया है पर देखो याद रहे कभी भी मेरी भावनाओं से खेलने की जुर्रत मत करना। मैं गरीबी सहन कर सकती हूँ पर धोखा बर्दाश्त नहीं कर सकती।” “ऐसी बात है और तुम राजी हो तो अब हमें पापा की इजाज़त की भी ज़रूरत नहीं है। चलो कम से कम मेरे साथ कैंटीन में एक कप कॉफी के लिए तो बिलकुल ही नहीं।” ‘वादा काव्या। कोई मानसिक दुराग्रह नहीं। मैं तुम्हारे जवाब का इंतज़ार करूँगा।’ “बेशक पर कॉफी यानि केवल कॉफी हां” “यकीन करो मैं अच्छा लड़का हूँ और कुछ नहीं करूंगा। “कॉफी ऑनली” कहते हुये दोनों हँस पड़े और कैंटीन की ओर चल पड़े। कॉफी की पहली चुस्की लेते काव्या ने सहजता से पूछा, “तुम हॉकी मैच बीच में क्यों छोड़ गये? हॉकी के किट में तुम काफी सुन्दर लग रहे थे” “सच बताऊं काव्या हॉकी और फुटबॉल खेलना छोड़े मुझे सात साल हो गये। अब कुछ प्रेक्टिस भी नहीं थी और तुम लोगों का खेल मैं बिगाड़ना नहीं चाहता था। पर तुम से मिलने की और कोई अच्छी जगह भी तो नहीं थी पर ये बताओ तुम मैच से बाहर क्यों निकल गई ?” काव्या ने हंसते हुये कहा, “ये समझने की बात है बताने की नहीं,” काव्या की उस कटीली मुस्कान ने नवीन को घायल ही कर दिया। नवीन उसकी मुस्कान पर मर मिटा। मन ही मन में काव्या जैसी लड़की से मुलाकात करवाने के लिए वह ईश्वर को धन्यवाद भी देने लगा। “अच्छा नवीन तुम्हारे कुछ विशेष शौक क्या हैं?” “कुछ खास नहीं! मैं केमिस्ट्री का एक साधारण व्याख्याता हूँ और उसी विषय में नये-नये प्रयोग करना मेरी हॉबी है। फिलहाल कुछ नये कॉम्बिनेशन कर खोज कर रहा हूँ जो शायद कुछ नई दवाई बनाने में काम आये।” “क्या कुछ नया मिला अभी तक” “नहीं, पर काम जोर शोर से चल रहा है। मेहनत अपने हाथ में है, बाकी सारा ईश्वर पर छोड़ दिया है। उसकी इच्छा और मर्जी के बगैर कुछ नहीं होता, वही करता है और करवाता भी

वही है।" नवीन ने थोड़ा गंभीर होकर कहा। उसकी यह गंभीरता काव्या को बहुत अच्छी लगी और वह बोली, "बेस्ट ऑफ लक, ईश्वर तुम पर जल्दी ही मेहरबान हो। देखो नवीन, आजकल के ज़्यादातर लड़कों को पार्टियाँ पसंद हैं और वे नॉन-वेज और शराब लेते हैं। तुम्हारी खाने-पीने की आदतें क्या हैं? क्योंकि मुझे ये दोनों चीज़ें बिलकुल पसंद नहीं हैं। सारा फैशन और स्टेटस का खेल हो गया है। इन सबके बारे में तुम्हारी क्या राय है? क्योंकि मुझे इन दोनों ही से नफरत है।" "अच्छा पूछा सच कहूं आजकल केमिकल्स इतने महंगे हो गये हैं कि इन सब अय्याशियों के लिए मेरे पास वक्त और पैसे दोनों ही नहीं हैं।" "फिर इतने महंगे रसायनों के खर्चों के साथ घर कैसे चलता है?" "सुन्दर ही नहीं काफी चतुर भी हो तुम काव्या, पर चिंता मत करो, अगर मेरे प्रस्ताव को स्वीकार करोगी तो हम दोनों मिलकर ही सारे निर्णय लेंगे और मैंने अपने माँ-बाप को बहुत अभावों में घर चलाते देखा है। उनसे बहुत कुछ सीखा भी है। लेकिन याद रहे मेरा प्रस्ताव स्वीकारोगी तो दहेज के बारे में कभी मत सोचना। मुझे दहेज जैसी कुरीति से सख़्त नफरत है। तुम मुझे प्रेम करो और मैं तुम्हें, इतना पर्याप्त है एक खूबसूरत जिन्दगी के लिए।" नवीन की यह बात सुनकर काव्या के गाल गुलाबी हो गये। नीचे छुपकर वह शर्माई और अपने आपको सम्भालते हुये उसने कहा, "चलना चाहिए। वहां ग्राउंड पर मैच भी समाप्ति पर होगा।" "ठीक है चलो" कहते हुये दोनों उठ गये। काव्या ने अपना हाथ नवीन के हाथ में दिया और बोली, "तुम चाहो तो मेरा हाथ चूम सकते हो। यू आर परमिटेड माय डियर।" वापस पहुंच कर दोनों ही अपने-अपने दोस्तों के खेमें में चले गये। नवीन ने टी.के. को सारा वाक़्या सुनाना जरूरी समझा। फिर भी वह काव्या के पापा को लेकर चिंतित था क्योंकि आखिरी निर्णय तो उन्हीं को लेना था। उसने उतावले होकर घड़ी देखी। अभी बरनवाल सर को काव्या के पापा दिनकर जी से मिलने में एक घण्टे की देरी थी।

जब काव्या घर पहुँची, तो उसकी मम्मी ने पूछा —"क्या तुम मैच जीत गईं?" "मैं खेल नहीं पाई।" "तुम ठीक हो? क्या हुआ तुम्हें? क्या तुम्हारे पीरियड्स हैं?" "ऐसी कोई बात नहीं है, मम्मी।" "तो फिर?" चूँकि वह नवीन की ओर आकर्षित महसूस कर रही थी, उसने अपनी माँ से अपनी भावनाएँ छिपाने में कोई समझदारी नहीं दिखी। वह जानती थी माँगने वालों को चुनने का हक़ नहीं होता। उसे याद था कि उसने अपनी मम्मी को पापा से यह कहते सुना था कि उसकी शादी की बात की जाए। लेकिन पापा का जवाब था "काव्या तो बस "ग्रेजुएट" है। आजकल के लड़कों को कमाने वाली पार्टनर चाहिए। उसके बी.ए. के

विषयों की वजह से उसे हाई स्कूल में भी नौकरी नहीं मिल सकती और मैं उसकी बी.एड. की फीस नहीं भर सकता।"

माँ आखिर माँ ही होती है। आज बदली-बदली सी काव्या को देख माँ उसे समझने की कोशिश कर रही थी। माँ ने काव्या से सहज ही पूछा, "क्यों? आज कुछ खास बात हो गई क्या काव्या? तुम जरूर मुझ से कुछ छुपा रही हो।" "माँ मैंने तुमसे कभी कुछ छुपाया है क्या?" कहते हुये काव्या ने माँ के कंधो पर अपनी बाहें फैलाई। माँ ने उसका माथा चूमा और सीधा पूछा, "वो कौन है, जिसने मेरी गुड़िया का दिल और दिमाग चुराया है।" "नवीन" "मुझे उसके बारे में सारा बताओ", माँ ने कहा। काव्या माँ की आँखों में देखते हुए बोल पड़ी, "माँ उसका नाम नवीन है। नवीन काफी खूबसूरत है और केमिस्ट्री का व्याख्याता है, गुड़गांव के किसी कॉलेज में पढ़ाता है। उसके कोई सर हैं बरनवाल, वो पापा को जानते हैं और आज वो पापा से मिलने आने वाले हैं। माँ प्लीज मेरी खुशी के लिए हमारी बात को पक्का करना, तुम पापा से बात कर लेना क्योंकिं उनके निर्णय के अलावा मैं कुछ भी नहीं कर सकती।" माँ-बेटी दोनों ही खुश थीं। माँ ने बड़े लाड़ से काव्या का गाल और माथा चूमा और सीधे शिव जी को प्रणाम करने चली गईं शिव जी को प्रणाम करने के बाद माँ ने छोटी बेटी सिल्की (15) को बाजार से कुछ मिठाई लाने भेजा। ठीक समय पर बरनवाल सर दिनकर जी के घर पहुँचे और सारा माजरा उन्होंने दिनकर जी के सामने रखा। दिनकर जी भी बरनवाल जी के सुझाव को सुनकर बड़े प्रसन्न हुये परन्तु कुछ गंभीर हो कर बोले, "देखो मित्र। तुम जानते हो मेरी स्थिति, तुम से कुछ छुपा भी नहीं है, मैं एक साधारण अर्थशास्त्र का शिक्षक हूँ, मेरी तनख्वाह भी कुछ ज्यादा नहीं और अर्थशास्त्र जैसे विषय से ना तो कोई कोचिंग चलती है ना ही कोई ऊपरी आमदनी सम्भव है। ज्यादा से ज्यादा मैं..." सारी परिस्थितियों को बखूबी जानते हुये बरनवाल सर कहने लगें चिंता ना करो दिनकर, नवीन एक पढ़ा लिखा नये जमाने का युवा है। वह मेरा प्रिय छात्र रहा है। मैंने उसे काफी नज़दीक से समझा है। वह केवल काव्या को चाहता है। दहेज-वहेज जैसी कुरीतियों में उसका कोई विश्वास नहीं है। और तो और, शादी का ताम-झाम, बर्तन, सामान, वो कुछ भी नहीं चाहता। शादी तो अपने कॉलेज के हॉल में ही हो जायेगी। सादगीपूर्ण इस विवाह कार्यक्रम में कोई बैंड पार्टी की अपेक्षा नवीन को भी नहीं है, बस अपने यार दोस्तों को चाय बिस्कुट से भी काम चलेगा। नवीन का कोई नहीं है। तो उसके पिता के स्थान पर मैं ही रहूंगा। थोड़ा नमकीन मीठा तो मेरी तरफ से ही होगा। आखिर नवीन मुझे चाचा ही

मानता है। तुम बस बेटी को दे दो और शादी के लिए हां कह दो।" परदे की ओट से काव्या की माँ सारा सम्वाद सुन रही थी, वह खुश हुई और चाय लेकर बाहर आई, साथ में मिठाई भी थी। मिठाई की प्लेट आगे बढ़ाते हुये बोली, "हां भाई साहब मुंह तो मीठा कर ही लो, आखिर आपने हमारी कितनी बड़ी मदद की है आप नहीं जानते। आपकी यह बहुत बड़ी सहायता है।" कहते हुये माँ ने बरनवाल सर के पाँव छुये, बरनवाल सर ने दिनकर को गले लगाया और काव्या की माँ को खुलकर आशीर्वाद दिये।

सारा सम्वाद खुशी-खुशी सफलतापूर्वक सम्पन्न हुआ। नवीन के मन में खुशी फूली ना समाये। उसका मन हवा में उड़ने लगा। अचानक उसे जीवन में फोन का महत्व समझ में आने लगा। उसे एक फोन की नितान्त आवश्यकता महसूस हुई। फोन! जिससे वो काव्या से अनंत काल तक अपनी प्रेम की व्याख्या कर सकता था। अपने सारे जीवन के राज वह काव्या के सामने फोन पर खोलना चाहता था पर अचानक उसके ध्यान में आया, "अरे काव्या के पास भी तो फोन नहीं है!" अगले सप्ताह अच्छा दिन देखकर कॉलेज के सभागार में नवीन और काव्या का विवाह सम्पन्न हुआ। विवाह नितान्त सादगी से सम्पन्न हुआ। नवीन भी साधारण पैंट-शर्ट में आया था, कोई दिखावा नहीं था। काव्या लाल साड़ी में बहुत खूबसूरत लग रही थी। छोटी बहन सिल्की एक तितली की तरह इधर-उधर फुदक रही थी। सात फेरे पूर्ण कर नवीन काव्या को अपनी स्कूटी पर ही घर ले आया। घर आकर काव्या ने सबसे पहले रसोई घर का जायजा लिया और उस अस्त-व्यस्त रसोई पर अपनी हुकुमत का झण्डा फहराया। पल्लू को कमर में खोंसते हुये उसने अन्दर से ही पूछा, "नवीन रात को क्या खाना बनाऊं?" "हम तो आप के गुलाम हैं जो आप खिलायें मोहतरमा! लेकिन खाने में व्यस्त हो इसके पहले जरा हमारे पास तो आओ। कहते हुये वह रसोई तक पहुंच गया। पास आते ही दोनों आलिंगनबद्ध हो गये। गहरे चुम्बन में लिप्त हुये ही थे कि किसी ने दरवाजा खट-खटाया। दरवाजे पर सिल्की थी। वह काव्या का कुछ निजी सामान और कपड़े लेकर आई थी। उन दोनों को एक दूसरे के लिए छोड़कर सिल्की तुरन्त ही चली गई। दोनों फिर से एक दूसरे की बाहों में खो गये। काव्या के लम्बे घने बालों में अपनी उंगलियां फेरते नवीन ने कहा, "ईश्वर का शुक्र कि पापा जी मान गये। नहीं तो तुम्हारा हाथ चूमकर मेरी जिन्दगी का पहला चुम्बन अनुभव ही मेरी जिन्दगी का आखिरी अनुभव होता, समझ गई?" नवीन के घर में नई, सुन्दर डबल बेडसीट तो थी नहीं। काव्या ने तो गद्दी को ही जमीन पर बिछाकर सुहागरात की शय्या तैयार कर ली। दोनों ही अब उतावले हो रहे थे। कब वह एक दूसरे की बाहों में खो गये उन्हें पता ही नहीं चला। नवीन को आज सब

कुछ मिल गया था- उसके स्वप्न की परी-आज उसकी थी। आज तो वह अपनी केमिस्ट्री और लेबोरेट्री के प्रयोग भूल ही गया। आज वह जीवन की नई केमिस्ट्री और नये प्रयोग जो कर रहा था।

(7)

अपनी तीन दिनों की छुट्टी का नवीन ने पूरा-पूरा लाभ उठाया। दिन में अनेकों बार काव्या को बाहों में भरकर वह अपनी प्यास बुझाता रहा। अगली सुबह टी.के. साथ में ब्रेड बटर भी लाया था। "धन्यवाद मित्र" कहते हुये नवीन ने उसे गले लगाया और उसका गाल चूमने लगा। "अरे यार छोड़ मैं कोई काव्या भाभी नहीं हूँ कि इतना कस के पकड़ लो" टी.के. हंसते हुये बोला। चाय-नाश्ता कर टी.के. चला गया। नवीन और काव्या ने स्नान कर शिव जी की पूजा करना जरूरी समझा। उन्हीं की कृपा थी कि आज दोनों का मिलन हुआ था। मनसा पूजन कर दोनों ही खुश हुये। नाश्ता करते-करते नवीन ने काव्या को समझाना जरूरी समझा। बोला, "देखो डियर, मम्मी-पापा से कह दो कि वो हमारे लिए कुछ भी ना खरीदें, अगले सप्ताह तनख्वाह मिलते ही तुम्हारे लिए सुन्दर साड़ी खरीदेंगे। पैसा थोड़ा कम है पर मेरा दिल बड़ा है और मेरे दिल में तुम्हारे लिए बहुत प्रेम है। देखो काव्या मेरे लिए मेरा आत्म-सम्मान सदा ही प्रिय है। तुम मुझ पर विश्वास करो, मैं तुम्हें सारे सुख दूंगा। पर प्लीज मम्मी-पापा से कुछ नहीं लेना।" काव्या भी एक सच्चे साथी की तरह बोली, "मैं हमेशा तुम्हारे

आत्मसम्मान

की इज्जत ही करूंगी नवीन और मैं भी हमेशा आत्म सम्मान से ही रहूँगी।" उसने नवीन का हाथ,अपने हाथ में लिया और दबाते हुये उसे विश्वास दिलाया। स्त्री गृह लक्ष्मी कहलाती है। प्रत्येक स्त्री अपने साथ अपना भाग्य लेकर आती है। नवीन के साथ भी कुछ ऐसा ही हुआ। एक दिन नवीन की मुलाकात एक टेक्नीशियन से हुई। वो कुछ इत्र लेकर स्टाफ रूम में बेचने आया था। उसके मालिक ने उसका अपमान किया था इसलिए उसने नौकरी छोड़ अपना निजी व्यवसाय शुरू कर दिया था। वह तरह-तरह के इत्र बनाता था और अब इत्र व्यापारी के रूप में उसके व्यवसाय ने अच्छी गति पकड़ रखी थी। नवीन ने उसकी हुनर और नब्ज पहचान ली। दोनों कैंटीन में चाय पीने चले गये। नवीन ने बातों-बातों में उसका इत्र बनाने का फॉमूर्ला पूछा पर सोनी (व्यापारी) काफी चतुर था और थोड़ा

लालची। वह कुछ बोलने को तैयार ही नहीं था। पर नवीन भी छोड़ने वालों में से कहां था! नवीन ने उसके हाथ गर्म किये। हथेली गर्म होते ही वो बोलने लग गया। उसने नवीन को कई फार्मूले बताये। नवीन ने उसे बेहतरीन खाना खिलाया और बातों-बातों में इत्र बनाने की सारी हुनर सीख डाली। कुछ ही दिनों में नवीन एक इत्र निर्माता बन गया। स्थानीय व्यापारियों को नवीन के बनाये इत्र काफी पसन्द आये। पर उसका पैकिंग बहुत कमजोर था। एक व्यापारी के साथ 60-40 की साझेदारी कर नवीन अब धड़ल्ले से इत्र बनाने लगा। नये आकर्षक पैंकिग से मात्र दो वर्ष में ही नवीन का इत्र व्यवसाय जोरों से चल पड़ा, साथ में कॉलेज तो चल ही रहा था। इत्र की अतिरिक्त आय से नवीन ने काफी आर्थिक उन्नति कर ली थी। अपने छोटे से घर से वह एक 3 बेडरूम अपार्टमेंन्ट में रहने लगा था, काव्या भी बहुत खुश थी। अब उसने कई नई साड़ियां और कुछ ज़ेवर भी खरीद लिए थे। धीरे-धीरे नवीन का रसायन बनाने का काम भी बढ़ गया। अब अनेक नये कारखानों में नवीन ने अपना रसायन बेचना आरम्भ कर दिया। 50 लाख का बैंक लोन लेकर अब ज़मीन ख़रीद कर नवीन ने अपने रसायन का उद्योग शुरू कर दिया। नवीन बहुत मेहनती और होशियार भी था। दो वर्षों की कड़ी मेहनत से नवीन अब एक करोड़ का आदमी हो गया। लेकिन गुड़गांव में हफ्ता वसूली वालों से वह परेशान हो गया था। अपने साहसी स्वभाव से उसने फरीदाबाद में एक पुराना कारखाना खरीद कर, फरीदाबाद में ही एक 3 बीएचके घर भी ले लिया। वह इतना व्यस्त हो गया था कि उसने कॉलेज की नौकरी छोड़ दी थी और फरीदाबाद शिफ्ट हो गया था। काव्या को जरूर इसमें थोड़ी रिस्क लग रही थी लेकिन उसे नवीन पर विश्वास भी था और उसने नवीन के इस निर्णय का विरोध करना उचित नहीं समझा। लेकिन नवीन रूकने वालो में से कहां था। उसकी बुद्धि और मेहनत रंग लाई। दो वर्षों में उसने काफी उन्नति कर ली। आज पाँच नये टेक्नीशियनस नवीन की फैक्ट्री में काम कर रहे थे। नवीन अब कम से कम दस करोड़ का आदमी था। उसका जिज्ञासु स्वभाव और उसके नये-नये फ़ॉर्मूले ही उसके यश के मंत्र थे। नवीन उन्हें हमेशा गुप्त ही रखा करता था। एक बार उसके एक इंजीनियर मित्र से उसे पता चला कि वह यूएसए शिफ्ट हो रहा है और वह अपना बंगला बेचना चाहता है। नवीन ने भी समय गवाना उचित नहीं समझा और शाम को काव्या के साथ वह बंगला देखने चला गया। सात कमरों का वो एक सुन्दर बंगला था। काव्या को भी बंगला पसन्द आया था। पर इतना महंगा बंगला खरीदने पर उसे थोड़ा संदेह था। वो बंगला उसे बहुत महंगा लग रहा था। पर वो चुप रही। नवीन उसकी इस चिन्ता को भाप गया और बोला, "जब मेरी किस्मत, मेरी काव्या मेरे साथ हो तो कुछ भी ना मुमकिन

नहीं है।" नवीन ने एक करोड़ का बैंक लोन लेकर तीन करोड़ में वो बंगला खरीद लिया। अब दोनों एक उच्च वर्गीय जीवन जीने लगे। उनकी जिन्दगी शान-शौकत भरी हो गई। नवीन ने अपने बंगले के तले में ही अपनी एक लेबोरेट्री स्थापित कर ली ताकि वो हमेशा काव्या के पास ही रह सके। काव्या की देखभाल के लिए 24 घंटे सावी को रखा गया। अब सावी भी घर में ही रहने लगी।

अब काव्या नवीन की जिन्दगी में खुशखबरी आ गई थी। काव्या माँ बनने वाली थी। उसका आठवां महीना चल रहा था। नवीन भी अपने व्यवसाय में अच्छे से स्थापित हो गया था। नवीन ने अपनी मेहनत से धन-दौलत, रुतबा, सामाजिक प्रतिष्ठा, सभी कुछ कमा लिया था पर यह सारे गुण कुछ अवगुणों को भी जन्म देते हैं। धन-दौलत आने पर सारे अवगुण अपने आप ही आ जाते हैं और व्यक्ति फिसलन की ओर जाता है। लेकिन नया ज़माना इसे कोई अवगुण के रूप में नहीं देखता है। नई पीढ़ी को यह सारे हाइ क्लास एटीकेटस् लगते हैं और वो इन्हें सहर्ष स्वीकार करती है। नवीन भी अब इन्हीं में से एक हो गया था। वह अपनी भावुक कामवासना को रोक नहीं पाया था। काव्या के आठवें-नौवें महीने में नवीन अब अक्सर सावी के साथ ही रातें गुजारता था। सावी को भी अतिरिक्त आमदनी का यह ज़रिया बेहद सहज और सरल लगा। अपनी ग़रीबी को दूर करने का उसका यह नुस्ख़ा काम कर रहा था और नवीन की इच्छाओं का मेल भी हो रहा था। दोनों ही खुश थे।

एक दोपहर अचानक नवीन की साली यानि काव्या की छोटी बहन सिल्की एक बैग लेकर नवीन के ऑफिस पहुंची। उसे बैग के साथ देख नवीन थोड़ा चकराया और उसे कॉफी पिलाते हुये उसने पूछा, "घर छोड़कर आज ऑफिस की ओर कैसे आईं?" "जीजू, मैं कम्प्यूटर टेक्नोलॉजी में बीटेक करना चाहती हूँ। आप तो जानते है कि इतनी फीस पापा नहीं दे पायेंगे। ऐसा लगता है कि मेरा सारा करियर ही चौपट होने जा रहा है।" कहते हुये वह रोने लगी, उसकी आँखों से झर-झर आंसू बहने लगे। नवीन उठा और उसके पास जाकर उसके आंसू पोछते हुये बोला, "भविष्य के बारे में क्या सोचती हो?" "जीजू, आप तो जानते हैं कि बीटेक की डिग्री के बाद बहुत कुछ रास्ते खुल जाते है। बिना किसी डिग्री के कुछ भी करना सम्भव नहीं।" वह पुनः रोने लगी, "सिल्की कम्प्यूटर टेक्नोलॉजी में बीटेक की पढ़ाई कर कितनी सैलरी मिल सकती है?" "जीजू, लगभग 30 हजार तो मिल ही जायेगा।" "तो फिर सुनो, बीटेक कैमिकल इंजीनियरिंग में यदि करोगी तो मैं तुम्हें 35 हजार दूंगा साथ में रहना फ्री और मेरा ढेर सारा प्यार भी। नवीन सिल्की की खुली पीठ पर

हाथ फेरते हुये बोला, उसके स्पर्श से सिल्की थोड़ी सी सचेत हो गई लेकिन यह डील उसे भी कुछ रास ही आ रही थी। अचानक वह मुस्कुराई, उसके चेहरे पर एक नूर सा छा गया और वह बोली, "जीजू, भविष्य में कुछ कर सकूं यह मेरी इच्छा है और यदि आप साथ हैं तो फिर क्या बात है। आप की सलाह मैं मानने को तैयार हूँ। आप कुछ सोच समझ कर ही कह रहे होंगे।" कहते हुए उसने अपना चेहरा नवीन की तरफ कर लिया। "हां बिलकुल। तो तय रहा आज से ही नहीं, अभी से तुम्हारे खर्चे की जिम्मेंदारी मेरी रहेगी। लेकिन एक शर्त है तुम्हें बहुत पढ़ना पड़ेगा और मैं जो कहूं और जब कहूं तुम्हें मेरे लिए सब करना होगा। अच्छे से सोचो और जवाब दो।" "मैं बिलकुल तैयार हूँ जीजू। आपके साथ और आपके मार्गदर्शन में मुझे किस बात की कमी। जीजू, मुझे आज ही एडमिशन की फीस देनी है आज आख़िरी तारीख़ है।" "ठीक सोचती हो तुम यहीं फरीदाबाद में बीटेक कैमिकल इंजीनियरिंग में एडमिशन लो, इससे तुम्हारी पढ़ाई भी होती रहेगी और हमेशा मेरी नजरों के सामने और दिल के पास रहोगी।" सिल्की ने तुरंत नवीन को उसके लेपटॉप पर कैमिकल इंजीनियरिंग कॉलेजों को ढूंढने को कहा और उसने खुद ही नवीन का लेपटॉप खोल दिया। नवीन इसी बहाने उसके नजदीक गया और धीरे-धीरे उसे छूने लगा। उसकी पीठ, फिर उसका चेहरा और फिर उसके गाल तक वह पहुंच गया। उसका हाथ बहुत धीरे-धीरे यह देखने के लिए चल रहा था कि सिल्की की क्या प्रतिक्रिया है? सिल्की ने नवीन को अपने पास आने दिया। बल्कि मुस्कुराकर अपने गाल आगे किये। नवीन ने धीरे से उसके गाल चूमें। सिल्की खड़ी हो गई और उसने भी नवीन को चूमा। नवीन ने उसे अपनी बाहों में भर लिया और उसे कसने लगा। उसके उभरे हुये बूब्स, कसा हुआ शरीर नवीन की छाती पर घिसने लगा और दोनों एक दूसरे की बाहों में खो गये।

कुछ समय बाद नवीन अपने लेपटॉप पर बैठकर खुशी-खुशी सिल्की के लिए अच्छा कॉलेज ढूंढने लगा। सब कुछ पढ़ने के बाद नवीन को आईआईटीई कॉलेज सिल्की के लिए योग्य लगा। ऑनलाइन एडमिशन भी उसकी वेबसाइट पर चालू थे। एडमिशन सीट रिक्त देख नवीन ने तत्काल ऑनलाइन से एक लाख की फीस भर दी और सिल्की का एडमिशन करा दिया। सिल्की बेहद खुश हुई। अब नवीन ने उसे खुश देखकर उसके चेहरे पर हाथ घुमाते हुये कहा, आज से सारी जिम्मेंदारी मेरी। पूरे चार साल के खर्चे की जिम्मेंदारी, फीस का भुगतान और बीटेक के बाद तुरंत नौकरी! और सिल्की को क्या चाहिए था। थोड़े से कॉम्प्रमाइज के साथ सब कुछ मिल जाने पर सिल्की खुश हुई। जीवन की इतनी बड़ी

समस्या का हल, इतनी आसानी से हो जाए तो छोटे-मोटे समझौते तो करने ही पड़ते हैं ना, सिल्की ने यही सोचा।

लंच करने के बाद नवीन सिल्की को लेबोरेटरीज दिखाने ले गया और उसने कहा, "नये विचारों को और काम करने के जज्बे को मैं हमेशा प्राथमिकता देता हूँ। मैं हमेशा इन विचारों का स्वागत करता हूँ। सिल्की डियर हमेशा नई सोचो और नये विचारों को बढ़ाओ। जब भी कोई नया विचार मन में आता है तुरंत उसे अपनी डायरी में लिखकर रखो। उन पर चिंतन करो यही वो विचार हैं जो मनुष्य को आगे बढ़ाते हैं।" कहते हुये नवीन ने सिल्की को एक पारकर का पेन और डायरी गिफ्ट कर दी। यह जताते हुये कि इसे रख लो और इसका भरपूर उपयोग करो।

कॉफी के बाद नवीन ने अविलम्ब दरवाजा अन्दर से बन्द किया और अपने ऑफिस के रेस्ट रूम में सिल्की के साथ पुनः नजदीकियां बनाई। इस बार सिल्की भी काफी खुल गई थी। नवीन के लिए वह भी उतावली और उत्सुक थी और दोनों ही आलिंगनबद्ध हो गये। सिल्की तो आज कुछ विशेष ही खुश थी। उसे सब कुछ तो मिल गया था। ऑफिस में बैठे-बैठे बीटेक में एडमिशन हो गया था। उसके सारे खर्चों का बन्दोवस्त भी हो गया था और यह सब पाने के लिए उसे बिलकुल भी आत्मगिलानी का भाव नहीं था। वह यह जानती थी कि समझदारी उसी में होती है कि जो विकल्प सामने आये उसे सहर्ष स्वीकारो।

वैसे भी अपने माता पिता की ओर से उसे कोई उम्मीद और अपेक्षा थी नहीं। इसलिए नवीन के प्रस्ताव पर बिना किसी लेकिन-किन्तु- परन्तु लगाये उसने वह प्रस्ताव स्वीकार कर लिया था। रेस्ट रूम में वह इतनी खुल गई थी कि उसने नवीन को कुछ गर्भ-निरोधक खरीदने के लिए कहा। परन्तु आश्चर्य की बात यह थी कि नवीन की दराज में यह सामान पहले से ही रखा हुआ था।

सिल्की काव्या के ही जैसी थी पर काव्या से थोड़ी ज्यादा आकर्षक थी और थोड़ी ऊंची भी। पर स्वभाव से वह काव्या से बिलकुल अलग थी। वह काफी रोमांटिक और साहसी थी, उसमें एक जिद थी और उसे पूरा करने के लिए सिल्की जोखिम उठाने के लिए हमेशा तैयार रहती थी। जोखिम उठाने के लिए वह जिद्दी और सक्षम भी थी। अब वह फैक्ट्री के गेस्ट हाऊस में शिफ्ट हो गई थी। तीन-चार दिन वह वहीं रुकी। यह बात अलग थी कि नवीन के घर जाने के बाद उसे वहां थोड़ा अकेलापन लगता था। लेकिन तब वह उसे सौंपे गये लैब के काम पर अपना ध्यान एकाग्र कर अपने आप को व्यस्त रखती थी।

अब पढ़ाई के साथ-साथ लैब में काम करना उसे अच्छा भी लगा था। रसायनों के काम में उसे मजा आने लगा था।

महीने भर में उसने लैब में काफी प्रयोग कर डाले। उसे हमेशा नवीनतम काम करने की इच्छा रहती थी। कॉलेज में उसके नये-नये सवालों पर उसके शिक्षकगण भी जरा आर्श्चयचकित भी थे। वह उनसे इतने सवाल पूछती थी कि कभी-कभी वह उकता भी जाते थे। सिल्की ने ढेर सारी शोध पत्रिकायें भी पढ़ डालीं थीं, पर धीरे-धीरे वह अब कॉलेज से नदारद रहने लगी। उसे गेस्ट हाऊस पहुंचने की जल्दी होती थी। दोपहर में अपने आप को रिचार्ज कर एक नींद का झोका लेने के बाद बिना भूले वह फ्रूट जूस पीती थी। नवीन ने उससे रोज फ्रूट जूस पीने का विशेष आग्रह किया था। नवीन ने उसे एक नया मोबाइल, 6 जोड़ी महंगी जीन्स, टॉपस्, जैकेट्स जैसे सारे मॉर्डन कपड़े भी दिलाये थे लेकिन हर बार नवीन उसे यह बताना भूलता नहीं था कि बेवफ़ाई और ईमानदारी के फर्क को हमेशा याद रखें। निष्ठा और गद्दारी को हमेशा याद रखें। विवेकपूर्ण और विवेकहीन होने के अर्थ को समझें। उसने सिल्की को कह दिया था कि तुम्हें जो चाहिए मुझ से मांगो, खुलकर मांगो पर हमेशा क्लासमेटस् से दूरी बनाये रखो। खासकर लड़कों से दूर रहो। तुम सुन्दर हो और होशियार भी। स्वाभाविक है अधिकांश साथी तुम पर जलेंगे। लड़के तुम्हारे नजदीक आने की कोशिश करेंगे पर याद रहे कि ये बेरोजगार लौंडे किसी काम के नहीं हैं। वह पढ़कर भी जीवन भर 15 हजार के पार नहीं लगते और संवाद कौशल में तो सारे जीरो ही होते हैं। वो अपने आपको बड़े इंजीनियर समझते हैं पर उनकी औकात दो कौड़ी की होती है और याद रखो तुम इन सबसे बहुत अलग हो।"

नवीन यह बात बखूबी जानता था कि स्त्रियों की कमजोरी जेवर-आभूषण, पोषाक, साड़ियां आदि में हमेशा बनी रहती है। इसीलिए उसने सोच-समझ कर ही सिल्की को महंगी जीन्स और टॉप दिये थे और तो और वह सिल्की के लिए 02 अंगूठियॉ और 02 चैन लाना भी नहीं भूला था। दीपावली की शाम उसने उसे बन्द कमरे में अपने नजदीक खींचते हुये दीपावली की शुभकामना देते हुये एक हीरे की अंगूठी भेंट की थी। "धन्यवाद सर।" कहते हुये वह नवीन के और नजदीक चली गई थी, तभी नवीन ने उसके गले को चूमते हुये उसे एक चेन पहना दी थी और एक खूबसूरत अंगूठी उसकी उंगलियों में डालते हुये बोला, "सिल्की मेरी जान, आज यह हमारा चक्रवर्ती विवाह है।"

साधारणतः चक्रवर्ती विवाह मंदिरों में सम्पन्न होता है। अत्यंत सादगी में यह विवाह सम्पन्न होता है। उसमें ना तो मेहमान दिखावा और ना कोई पार्टी सार्टी होती है। फिर नवीन

ने सिल्की को उसके साथ गायत्री मंत्र दोहराने को कहा। सिल्की भी नवीन के कहे अनुसार सब कुछ चुपचाप करती गई। नवीन ने उसे ज्यादा सोचने का समय ही नहीं दिया और सिल्की के पास भी नवीन के सिवाय अन्य कोई करियर प्रोस्पेक्ट था भी नहीं। नवीन के कारण उसकी जिन्दगी की सारी मुरादें पूरी हो रही थीं। नवीन के कारण ही उसे इतने अच्छे कॉलेज में एडमिशन मिला था, अच्छी खासी नौकरी थी और आलीशान गेस्ट हाऊस में रहने की उत्तम व्यवस्था। सिल्की यही सोचती थी और क्या चाहिए एक खुशनुमा जिन्दगी के लिए! फिर भी सिल्की ने नवीन से थोड़े कांपते हुये स्वर में कहा, "सर, रात में मुझे बहुत अकेलापन लगता है।" "यह तो कोई बात नहीं हुई डियर! दिन को रात समझ लो और रात को दिन। तुम जानती हो कि रात में मुझे काव्या के साथ रहना जरूरी है और दिनभर वह भी तो घर में अकेली ही रहती है ना! आया ना समझ में।" नवीन ने उसे अपनी पढ़ाई पर ध्यान देने को कहा, "ऐसा ज्ञान अर्जित करो जो दुनिया में महंगा होकर बिक सके। नहीं तो उस ज्ञान का कोई मतलब नहीं जो आपको धन ना कमवा सके। छोटे-मोटे इन भौतिक सुखों में ना डूबो। नये विचार केवल तुम्हें ही नया व्यक्तित्व नहीं देते परन्तु उन्नत विचार नये समाज की संरचना में भी कारगर होते हैं।"

इतने में अचानक किसी ने दरवाजा खटखटाया। काव्या नई नीली साड़ी और अभी-अभी खरीदे प्लेटिनम और हीरे के जेवर पहनकर अचानक ऑफिस पहुंच गई थी। उसके मंहगे परफ्यूम ने तो सारा ऑफिस ही महकाया था। नवीन ने काव्या को गले लगाया और उसका स्वागत किया, पर रोज की तरह नवीन के चेहरे पर खुशी और गर्म जोशी का काव्या को अभाव लगा। उसने देखा कि नवीन थोड़ा सा डिस्टर्ब है। उसे नवीन के चेहरे की हवाईयां उड़ती हुई दिखीं। उसने नवीन से पूछा, "क्या हुआ? कुछ दिक्कत है? कोई परेशानी? तुम मुझे देखकर खुश नहीं हुये? तुम मुझसे अपनी समस्याएँ साझा क्यों नहीं करते? अकेले ही ख्यालों में डूबे रहते हो। तुम्हें उदास देखना मुझे अच्छा नहीं लगता। क्या लैब में कुछ गड़बड़ है?" काव्या नवीन की गोद में बैठ गई और उसके बालों पर हाथ फेरते हुए उसने उसका माथा चूमा। काव्या के छूते ही सिल्की का ख्याल नवीन के दिमाग से छूमंतर ही हो गया।

उसने भी काव्या का माथा चूमा और लाड से बोला, "अरे वाह इस नये नेकलेस में तो तुम कोई महारानी ही लग रही हो। इससे तुम्हारे गले की सुन्दरता और कई गुना बढ़ गई। अब तुम्हारे लिए एक और नेकलेस लाएंगे।" "तुम मेरी कितनी चिन्ता करते हो नवीन।

कभी-कभी तो लगता है कि हम केवल एक दूसरे के लिए ही बने हैं।" नेकलेस, साड़ी और सुन्दरता की तारीफ सुनकर काव्या खुश हो गई।

पीए ने सिल्की को अचानक काव्या मैडम के आने की खबर सुनाई। सिल्की की खुशियां मुर्झा गई थीं। अब उसका स्थान काव्या ने ले लिया था। उसके सामने ही काव्या और नवीन हमेशा की तरह लंच करने हॉटल चले गये। काव्या ने उससे सिनेमा चलने का आग्रह किया पर नवीन ने उसकी बात, फिर कभी चलेंगे, अभी बहुत काम है कह कर टाल दी थी। उसके हाथ में कुछ पैसे देते हुये नवीन ने कहा, "तुम चाहो तो अकेली शॉपिंग करने चली जाओ।"

(8)

लंच से लौटने के बाद काव्या घर की तरफ वापिस जाने लगी। नवीन ने उससे पूछा, "अब कहां जाने का मूड है डार्लिंग।" "मैं सना से मिलने जा रही हूँ, नये बंगले की चाबियां उसके पास ही है ना।" "अच्छा तो रुको कुछ कैश दे रहा हूँ। कुछ पेमेंन्टस् हैं सना को दे देना। सम्भाल के ले जाना, 10 करोड़ का कैश है।" नौकर ने काला बैग गाड़ी में रख दिया और उसे सम्भालने खुद भी बैठ गया।

सना का घर वहां से 15 मिनट की दूरी पर ही था। सना ने दरवाजा खोला। माँ को देख वह बड़ी खुश हुई। नौकर कैश का बैग लेकर आया। उसे वह बैग दीवान के नीचे रखकर जाने को कहा गया। माँ से गले लगते ही सना की नजर सबसे पहले माँ के गले पर गई। "ये तुमने कब खरीदा माँ? बहुत सुन्दर है।" सना की भाषा में जलन साफ झलक रही थी, "हां बेटा, कल तुम्हारे पापा ने मुझे गिफ्ट दिया है।" कहते हुये उसने सना के लिए खरीदे हीरे के सेट अपने पर्स से निकाले। हीरे के जेवर देखकर सना बहुत खुश नहीं हुई और यह बात काव्या को भी समझ में आ गई। उसने खुद के लिए प्लेटिनम हार और बेटी के लिए डायमंड जो खरीदे थे और तो और खुद के लिए प्लेटिनम खरीदने की बात जानबूझ कर ही सना से छुपाई थी। पर सना की नाराजगी देख माँ ने तुरन्त कह दिया, "ऐसा ही प्लेटिनम सेट तुम्हारे लिए भी लिए हैं बेटा। ज्वेलर्स भिजवा ही रहा होगा। माँ को अपनी भूल का एहसास हुआ था। उसने तुरन्त ज्वेलर्स को फोन लगाकर सना के घर प्लेटिनम सेट भिजवाने को कहा। कुछ ही समय में प्लेटिनम नेकलेस सना के गले में भी था। माँ ने सना के चेहरे पर खुशी को ताड़ लिया और सना के गले को निहारते हुये बड़े प्रेम से बोला, "मेरी बेटी

किसी राजकुमारी सी सुन्दर लग रही है।" सना भी सारा माजरा समझ गई थी। वह इतराते हुये बोली, "वो सब ठीक है माँ पर पेनल्टी के रूप में तुम्हें मुझे एक और प्लेटिनम सेट देना पड़ेगा।" "जरूर बेटा हम कल ही चलकर तुम्हारे लिए दूसरा भी ले लेंगे। अब खुश?" "हां अब ठीक है" सना ने कहा। माँ ने सना को भेजे पैसे अलमारी में रखने को बोला, पैसे खोलकर उस पर नजर डालते हुये सना बोली, "तो क्या ये पैसे पापा की तरफ से गिफ्ट समझूं।" "हां समझ लो पर पापा कुछ पेमेंन्टस् की बात कर रहे थे, पर तुम्हें जरूरत है तो रख लेना।"

इतने में ब्रज भी वहां आ पहुंचा। आते ही उसने अपनी सास काव्या के पाँव छुये और कहा,"यदि तुम दोनों के पास समय हो तो चलो हम बंगलों को आज ही देख लेते हैं। चाबिंया हैं ना तुम्हारे पास?" सावी के हाथों की कॉफी पीकर वह तीनों नये बंगले देखने निकले। नवीन ने आज ही इन बंगलों की पहली बार साफ-सफाई करवाई थी। ब्रज को वो 08 कमरों वाला बंगला पसन्द आया। 04 कमरे नीचे थे और 04 ऊपर। पर सना को दूसरा बंगला पसन्द आया लेकिन ब्रज की बात को रखते हुये उसने ब्रज के लिए पहला ही बंगला पसन्द किया। ब्रज व्रत की पसन्द अब फाइनल हो चुकी थी। काव्या ने सना को घर के लिए जरूरी वस्तुओं की सूची बनाने को बोला जिससे वह बंगला सजाया जा सके। जब यह बंगला फाइनल ही हो गया था तब तीसरा बंगला देखने का कोई मतलब नहीं रह गया था और उस बंगले में केवल 06 ही कमरे थे। तीनों ने वहां जाना जरूरी भी नहीं समझा। सब कुछ निश्चित होने पर काव्या उन दोनों को चाबी देकर चली गई। जाते-जाते उसने यह जताया कि बहुत ही जल्द वो उसके सौन्दर्यकरण का काम पूरा कर लेंगे। अब कौन सा कमरा कहां हो इस पर दो दिनों तक ब्रज और सना में बातचीत चलती रही। सना पहली मंजिल पर अपना कमरा चाहती थी और ब्रज नीचे के तले पर चाहता था। उसकी बात पर ब्रज थोड़ा नाराज भी हुआ। तो सना ने कहा, "तो क्या मैं ऊपर रहने लगूं? तो क्या तुम से प्रेम करने मुझे नीचे आना पड़ेगा?" लेकिन फिर नीचे का ही कमरा पसन्द किया गया और वह बोली, "ठीक है जो तुम्हारी मर्जी! ऐसी ही सही। मुझे चल जाएगा।" सना ने ब्रज को मना लिया।

अगली सुबह ब्रज गाड़ी लेकर अपने माता-पिता से मिलने निकल गया। उसने सना को ना ही बताया और ना ही साथ चलने को कहा। गाड़ी की आवाज सुनकर सना दौड़ती हुई बाहर आई। तब तक ब्रज निकल गया था। सना ने तुरन्त ब्रज को फोन लगाया, "कहां हो? बिना कुछ बताये ही निकल लिए।" कहीं नहीं, ब्रज ने गुस्से से बोला, "कहीं नहीं"

कहते हुये सना हँस पड़ी और बोली, "अरे पति जब नाराज रहते हैं तो कहते हैं नरक में हूँ।" पर आज ब्रज थोड़ा नाराज ही था। बोला- "अपने माता पिता से मिलना चाहता हूँ। इसलिए तुम्हें बिना बताये निकल पड़ा।" "अरे तो मैं भी चलती ना। मैं भी कई दिनों से उनसे मिली नहीं हूँ। साथ चलते हैं तो मेरी भी सभी से मुलाकात हो जायेगी। ऐसा करो तुम वापिस लौट आओ तब तक मैं तैयार होती हूँ। मुझे भी ले चलो।" एक अच्छे पति की तरह ब्रज तुरन्त वापिस आया। तब तक सना गुलाबी साड़ी पहने तैयार ही खड़ी थी। गाड़ी का दरवाजा खोलकर वह चुपचाप सामने वाली सीट पर बैठ गई। लेकिन ब्रज चुप ही था। दो मिनट तक ब्रज के कुछ ना कहने पर उसने ब्रज का हाथ अपने हाथों में लिया और कहा, "नाराज हो? क्या मुझ से कुछ गलती हुई? क्या मुझे अपनी नाराजगी का कारण नहीं बताओगे?" "ऐसी कोई बात नहीं" "फिर भी कोई तो बात है" तो ब्रज बोला, "तुम चिन्ता ना करो, ऐसी कोई बात नहीं है।" सना समझ गई कि ब्रज उससे कुछ छुपा रहा है और उसने बात को ज्यादा आगे ना बढ़ाते हुए सही समय का इंतजार करना ही उचित समझा।

दोनों ब्रज के माता-पिता के घर पहुंचे। सना ने बहुत उत्साह से अपने नये बंगले के बारे में अपने सास-ससुर को बताया। बिना कुछ पूछे सब कुछ तय करने की बात से ब्रज की माँ बीना थोड़ी नाराज हुई और अपनी नाराजगी व्यक्त करते हुये अपने पति से बोली, "इन दोनों ने बात पक्की करने से पहले हम से पूछना भी उचित नहीं समझा?" परन्तु पंडित निर्मल व्रत, ब्रज के पिता ने उसकी बात पर ज्यादा बवंडर नहीं किया और उन्होंने इस बात को हवा देना उचित भी नहीं समझा। उल्टे उन्होंने ब्रज को समझाया, "बेटा नये घर में जाने से पहले वास्तु की शांति होना बहुत जरूरी है। तुम्हारे निर्णय के विरुद्ध हम नहीं हैं पर वास्तु शास्त्र के अनुसार यदि सब हो तो बेहतर है।" उन्होंने सना की हस्त रेखायें देखीं और कहा, "आज से छठा दिन ग्रह प्रवेश हेतु सर्वोत्तम है। यानि आने वाला शुक्रवार! सुबह 10 बजे से 12:30 तक उत्तम मुहूर्त है। ग्रह प्रवेश के पहले इस मुहूर्त का पालन होना जरूरी है। मैं पूजा की सारी तैयारी कर लेता हूँ और ठीक मुहूर्त में हमारा परिवार, तुम दोनों और नवीन जी के परिवार से हम पूजा प्रारम्भ कर देंगे। बाकी लोग तो बाद में भी आ सकते हैं।"

'किसलिए... इसका मतलब क्या है पापा जी?' 'फिर आप नवीन जी के ऑफिस स्टाफ और स्कूल स्टाफ के साथ लंच का मजा ले सकते हैं। पर ध्यान रहे मास-मदिरा बिलकुल नहीं चलेगी।" सना ने अपनी सासू माँ को पटाने का यह मौका नहीं छोड़ा और वो उनके साथ अपनी भविष्य की सारी चर्चाएं करने लगी।

बातों बातों में सना ने अपने मन में हलचल पैदा करने वाले सारे प्रश्न अपनी सासू

जी से पूछ ही लिए "ब्रज अपने भविष्य के बारे में क्या सोचते हैं? वो जीवन में क्या करना चाहते हैं? क्या उन्होंने विवाह किसी दबाव में तो नहीं किया? क्या मुझे वह सचमुच चाहते हैं?" "ऐसे कई सवाल सना के मन में हमेशा ही उदासी का कारण बनते थे, आज सासू माँ के साथ अकेले में समय पाकर सना ने इस अवसर का उपयोग करना उचित समझा। सना के इन सवालों को पूछने का मतलब बीना व्रत समझ नहीं पाईं। उनके लिए सना तो अब आदर्श पत्नी जो हो गई थी। दूसरे कमरे में ब्रज व्रत अपने पिता से चर्चाएं कर रहे थे। आज ब्रज के चेहरे पर भी अजीब सी उदासी की लकीरें साफ नजर आ रही थीं। अपने बेटे के चेहरे की उदासी निर्मल व्रत से छुपी नहीं और उन्होंने सीधे-सीधे ब्रज से पूछा, "तुम्हें कुछ आवश्यकता है क्या? तुम्हें धन की जरूरत तो नहीं? इतने उदास-उदास क्यों दिख रहे हो? कुछ और समस्या है तो स्पष्ट बताओ, मैं तुम्हारा पिता हूँ और सदैव तुम्हारे साथ हूँ।" पापा जी के प्रश्न पूछने पर निश्चित ही ब्रज को थोड़ा हल्का महसूस हुआ। अपने पिता पर पूर्ण विश्वास रखते हुये ब्रज बोला, "पापा जी आप से आज तक मैंने कुछ नहीं छिपाया। आज भी मैं अपने दिल की बात स्पष्ट कह देना चाहता हूँ,पापा जी, निर्धारित या निश्चित कमाई ना होने से मन बड़ा असहाय सा अनुभव करता है। छोटी-मोटी आमदनी तो होती रहती है। परन्तु पापा शादी विवाह सम्पन्न कर पैसा बचता नहीं है। और अब फरीदाबाद में पंडितों की संख्या भी बहुत हो गई है। अब लोग कुण्डली बनाने या मिलाने भी नहीं आते। आप तो जानते ही हैं, यह सारा काम अब इंटरनेट पर ही होने लगा है। इन सारी परिस्थितियों में अब जीविकायापन की समस्या लगती है। अब 30-40 हजार का मासिक घर खर्च और उसके अलावा कपड़ा-लत्ता जैसे अन्य खर्च यानि और 30-40 हजार! यह मुझसे सम्भव नहीं हो पा रहा है। सना अपने पिता के पैसों से काफी घर खर्च चलाती है। इसलिए एकदम घर खर्च का सवाल नहीं है। सना की अपनी आमदनी सालाना लगभग 10 लाख है। यह उसके पिता ने उसके लिए इंतजाम किया हुआ है और कहीं ना कहीं मेरे सक्षम ना होने की बात मुझे चिंतित करती है। जो है वो सना का पैसा है।" "तो क्या सना तुम्हें इस में खर्च करने नहीं देती क्या?" "नहीं ऐसी कोई बात नहीं है। वो सारा पैसा अलमारी में ही रखती है और अलमारी हमेशा खुली भी रहती है। पर उसके लिए मैं कभी कुछ खर्च या तोहफा अपनी कमाई से नहीं खरीद सकता हूँ। अभी-अभी उसने एक हीरे का सेट भी खरीदा और मैं चुपचाप देखता रहा क्योंकि मैं उसका पैसा नहीं दे सका। उल्टा उसने मेरे लिए भी एक अंगूठी और चेन ले ली और मैं कुछ ना कर सका।"

"वास्तव में तुम मूर्ख हो।" पिता ने ब्रज के कंधे पर हाथ रखते हुए उसे समझाते हुये कहा, "अब तुम ने तो उसे अपने लिए ये चीजें खरीदने को नहीं कहा ना? जब वह अपनी इच्छा से ऐसी चीजें खरीदती है और अपने शौक पूरे करती है तो पैसा तो उसी को चुकाना पड़ेगा ना?" यह कहते-कहते ब्रज के पिता काफी गंभीर हो गये। उन्होंने ब्रज के दूसरे कंधे पर हाथ रखते हुये बोला, "बेटा दर्शन के मूल तथ्य को कभी ना भूलो। भ्रम की दुनिया में ना जियो। भ्रम की दुनिया बेकार है। समझो, उसके पिता भी हमेशा अपने रासायनिक भ्रम के वातावरण में जीते हैं। अपनी ही दुनिया में खोये रहते हैं। उनकी इस दुनिया के वही अकेले मालिक हैं और उसकी माँ भौतिक सुख, फैशन और अपने शारीरिक सौन्दर्य के भ्रम में जीती है। उसकी माँ तो बस एक रंग-बिरंगी फैशन की तितली है और यह भी उसका भ्रम ही है और सना भी अब उन्हीं की तरह अपने भ्रम के माया जाल में प्रवेश कर रही है। वह स्कूल चलाकर एक शैक्षणिक भ्रम की ओर बढ़ रही है।" इतना कह कर वह शांत हो गये। ब्रज व्रत अपने पिता की बात से थोड़ा विचलित हुआ। ब्रज अपने पिता से हमेशा ही प्रभावित था और उसे यह लगा कि आज भी उसके पिता सत्य ही कह रहे हैं। उसने देखा कि पिता एकदम शांत बैठे थे। पिता की ओर देखते हुये ब्रज ने पूछा, "पापा इन सारी परिस्थितियों में अब मुझे क्या करना चाहिए?" शांत भाव से उन्होंने फिर ब्रज को समझाया, "कुछ नहीं! शांत रहो! देखो! जल्द ही यह तीनों अपनी भ्रम की दुनिया से बाहर होंगे। उनका मोह भंग हो जायेगा। तीनों ही इस नकली दुनिया में थक जायेंगे। तुम मेरे योग्य पुत्र हो। तुम अपनी आध्यात्मिक ऊर्जा के आधार पर उपनिषदों और भागवत गीता में वर्णित भारतीय संस्कृति पर अपना ध्यान केन्द्रित करो, उसका अध्ययन करो। उसे जानो। उसे पहचानो। उसे समझने की कोशिश करो। यदि तुम मुझ से यह वादा करते हो तो मैं भी तुम्हारी मदद कर सकता हूँ। अपना यह मिथ्या मर्दाना अहंकार छोड़ो और स्वीकारो।

जैसी परिस्थितियां सामने आयें उनका सामना करो। जीवन की इन यथार्थताओं पर नजर रखो और तुच्छ बातों से अपने आप को दूर रखो। सत्य का मार्ग कठिन है, टेढ़ा है। सत्य कभी शॉर्ट-कट नहीं होता और हां उसके बाद भी तुम्हें कुछ पैसों की जरूरत पड़ती है तो तुम्हारे पिता होने के नाते मैं तुम्हारी भौतिक महत्वाकांक्षाओं को पूर्ण करूंगा।" उनकी बातें सुन ब्रज ने थोड़ा आराम महसूस किया। उसे सिर का बोझ हल्का-हल्का होने का एहसास हुआ। पर उसने पिता से बिल्कुल कुछ नहीं मांगा। ब्रज को यह एहसास हुआ कि सना ने घर बहुत अच्छे से सम्भाला हुआ था और अभी किसी चीज की जरूरत नहीं थी। उसे यह बात भी याद आ गई कि अब उन्हें नये बंगले में शिफ्ट होना था।

पिता निर्मल व्रत ने अपने बेटे ब्रज व्रत के कंधों पर हाथ रखा, उसका माथा थपथपाया और वह दूसरे कमरे में चले गये। उनके पीछे-पीछे ब्रज भी वहीं गया। यहां ब्रज ने अनेक देवी-देवताओं की मूर्तियाँ देखीं, उसने यह भी देखा कि उन तमाम मूर्तियों में ईसा मसीह, भगवान बुद्ध, भगवान महावीर, गुरुगोविन्द सिंह, मदर टेरेसा और कुरान की भी एक प्रति रखी थी। वह दृश्य देखते ही ब्रज को धर्म निरपेक्षता का अर्थ समझ में आ गया। इतना ही नहीं, वहां हवा, पानी, अग्नि, आकाश और पृथ्वी का ग्लोब भी रखा देखा। उसे अपने पिता के पंच तत्वों में विश्वास की पुष्टि हुई। उन्होंने अपने बेटे की आँखों में आँखे डालकर कहा, "मेरे बेटे तुच्छ विचार त्यागो। उच्च विचारों वाले बनो। विचार उच्च हों तो तुम्हें जीवन में कभी धन की आवश्यकता महसूस नहीं होगी। भौतिक अभाव कभी नहीं खट्केंगें। और यदि कभी जरूरत पड़ ही गई तो उसे स्वयं के विचारों से ही पूर्ण करो।" "पापा जी आज आपने एक योग्य पिता की तरह मुझे प्रबुद्ध किया है। मैं आपका बेटा हूँ, इस पर मुझे गर्व है।" पिता जी बोल पड़े,"बेटा यहां तुम्हारा, मेरा, तुम्हारी पत्नी का या मेरी पत्नी का कुछ भी नहीं है। हम सब केवल मन से जुड़े हैं। पैसा या अर्थ हमेशा अस्थिर होता है। लक्ष्मी हमेशा चलायमान ही होती है। और हर एक को यही भ्रम होता है कि लक्ष्मी केवल मेरे पास ही वास कर रही है। यह माता लक्ष्मी सम्पूर्ण पृथ्वी पर सदैव विचरण करती रहती है। जीवन में बैंक, बही खाता मायने रखता है। क्योंकि हमारे पास राष्ट्रीय धन का 20 प्रतिशत है। बेटा ध्यान से सुनो, जीवन को बैंक का बहीखाता मत बनाओ।"

(9)

दस दिनों में बंगला और स्कूल का नवीनीकरण का काम पूरा हो गया। पर गृहप्रवेश का पूजन निर्मल व्रत के बताये अनुसार शुक्रवार सुबह 10:00 से 12:30 के बीच ही सम्पन्न होना था। नवीन और काव्या ने सना, ब्रज व्रत, निर्मल व्रत और बीना व्रत के लिए परम्परानुसार वस्त्र लिए। सना के लिए शगुन की ग्यारह साड़ियां लीं। ब्रज व्रत के लिए सूट, निर्मल व्रत के लिए भी सूट और बीना व्रत के लिए दो सिल्क की साड़ियां लीं। इसके बाद भी सना ने अपने लिए एक प्लेटिनम के गले के हार की मांग तो कर ही डाली, बाद में हँस के जरूर बोली, "नहीं माँ, मैं तो मजाक कर रही थी।" "नहीं बेटा तुम तो मेरे दिल का टुकड़ा हो, एक क्या और भी गहने देख लो। आज तो तुम्हारे पापा भी हमारे साथ हैं। यानि चलता-फिरता बैंक"! कह कर दोनों हँसने लगीं। नवीन को इनकी हँसी का संदर्भ कुछ समझ में ना

आया। इसलिए वह चुपचाप आगे बढ़ गया और अकेले ही काउंटर पर पहुंच गया। उसने सिल्की के लिए एक सोने की चैन खरीदी। सना और काव्या को उसकी यह हरकत जरा अजीब सी लगी पर दोनों ही ने इसे नजरअंदाज कर दिया। नवीन वास्तु का उद्घाटन समारोह बड़े जोर-शोर से सम्पन्न हुआ। नवीन ने स्वयं सारे महत्वपूर्ण कामों का जायजा लिया। उसने अपने पीए को बैठक व्यवस्था, टेंट, फर्नीचर आदि तैयारियों का ज़िम्मा दिया था। सारा काम व्यवस्थित ढंग से ही हमेशा होना चाहिए, ऐसा नवीन का मानना था। बंगले के गृह प्रवेश के लिए केवल 10 जोड़े ही आमंत्रित किये गये थे। ज्यादा मेहमानों की भीड़ बुलाकर नवीन पंडित निर्मल व्रत को नाराज नहीं करना चाहता था। सिल्की तो वहां थी ही पर उसके साथ एक और नई ट्रेनी भी पहुंची थी। कैटी। कैटी को भी विशेष आमंत्रित किया गया था। कैटी ने अभी-अभी बीटेक कैमिकल इंजीनियरिंग पास किया था। कैटी अति साधारण गरीब परिवार से थी। अपनी शिक्षा के लिए लिया गया लोन वापिस करना भी उसके लिए मुश्किल था। लेकिन प्रोफेसर मेहुल ने कैटी के लिए नवीन से विशेष सिफारिश की थी। उनके इस आग्रह के कारण नवीन ने उसे काम पर रखा था। इसीलिए कैटी भी वहां थी। लेकिन नवीन ने उसे सिल्की की निगरानी में ही रखा था। नवीन ने यह जिम्मेदारी सिल्की को ही दी थी कि वह यह देख ले कि क्या कैटी नौकरी के योग्य है? क्या वह नवीन के सारे आदेशों का पालन करने को तैयार है? यदि वीकेन्डस पर ज्यादा काम करना पड़े, तो उसका क्या रवैया होगा? क्या वह फैक्ट्री के काम से शहर से बाहर आने जाने को तैयार है? कैटी ने सिल्की से उसे गेस्ट हॉऊस में ही रहने देने का आग्रह किया था। कैटी को हॉस्टल छोड़ना था। और अन्य कहीं रहना महंगा पड़ सकता था। कैटी पढ़ने-लिखने में काफी अच्छी थी। उसका फाइनल ईयर का रिजल्ट आना अभी बाकी था। पर उसे अपने 'ए' ग्रेड पर पूरा विश्वास था। कैटी और सिल्की ने अब एक साथ काम करना शुरू किया था। दोनों बाहरी काम ही कर रहीं थीं। क्योंकि अंदर कैमिकल वाले कमरे और प्रयोगशालाओं में उन्हें जाने की मनाई थी। एक दिन सिल्की ने कैटी को एक कैमिकल दिखाया और उसे पहचानने को कहा। पर कैटी उसे पहचान नहीं पाई। फिर सिल्की ने समझाया कि यह वो कैमिकल है जिससे इथेनॉल बनता है। कैटी को ना पहचानने पर थोड़ी सी शर्म आई। उसने सिल्की को सॉरी भी कहा। नवीन भी अब दोनों से काम लेता रहा। एक बार नवीन ने सिल्की और कैटी दोनों से ही कुछ अजीब सा प्रश्न पूछा, "तुम दोनों बताओ कि स्त्री के मासिक धर्म के वक्त उसके खून में किस प्रकार के कैमिकल चेन्जेज़ होते है?" सिल्की और कैटी दोनों

ही झिझक कर रह गईं। कैटी के मन में स्वाभाविक प्रश्न आया यह कैसा बेहूदा सवाल है? इसका कैमिकल इंजीनियरिंग से क्या संबंध? परन्तु नौकरी के लालच ने उसको यह बेहूदा सवाल भी बर्दाश्त करना सिखा दिया था। कैटी को थोड़ा असहज होते देख नवीन ने अपने सवाल का स्पष्टीकरण देना उचित समझा और वह कहने लगा, "क्या तुम लोगों ने टीवी पर जोर-शोर से आने वाले दर्द विहीन मासिक धर्म के विज्ञापन नहीं देखे? आजकल तो दर्द विहीन डिलीवरी भी की जाती है और इन सब के लिए दवाईयां दी जाती हैं। गर्भवती स्त्री को प्रसव प्रक्रिया आरम्भ करने हेतु भी दवाईयां दी जाती हैं और प्रसव पीड़ा कम करने हेतु भी दवाईयां दी जाती हैं। समझ गई कैटी, मेरा कहने का मतलब यह है कि स्त्री के लिए भी फॉर्मा कम्पनी अलग-अलग क़िस्म की दवाईयां बनाती हैं, इस बात को समझो कि फॉर्मा कम्पनी जब दवाई बनाती हैं तो उसका सीधा रिश्ता कैमिकल इंजीनियरिंग के साथ रहता है। इसीलिए किसी भी बात को हल्के में मत लेना। हमेशा ध्यान लगाकर बातों को समझना सीखो। कोई भी बीमारी के लिए जब दवाईयों का प्रयोग होता है तब उसे तैयार करने के लिए क्या हुआ, कैसे हुआ, कौन से कैमिकल से हुआ? यह सारी जानकारियां जरूरी हैं। याद रखो, दवाईयां हम लोग बनाते हैं। डॉक्टर्स और सर्जन्स दवाई निर्माता नहीं हैं, निर्माता हम हैं और हमें कौन सी दवा से क्या लाभ, क्या हानि, सारी बातों का अध्ययन करना जरूरी होता है?" एक लम्बी सांस लेते हुये उसने सिल्की से कहा "देखो, सिल्की, कैटी की सोचने की क्षमताओं को बढ़ाओ, उसकी समझ बढ़ाओ क्यों कि प्रोफेसर मेहुल और तुम ने सिफारिश की है इसीलिए स्टायपेंड के रूप में अभी पन्द्रह हजार रूपये मिलेंगे। यह केवल चार माह के लिए होंगे। उसके बाद मैं इनकी क्षमताओं को देखकर आगे के निर्णय लूंगा, ठीक है कैटी?" "थैंक्यू सर। आप जैसे व्यक्ति के साथ मुझे काम करने का मौका तो मिल रहा है, मैं पूरी कोशिश करूंगी।" कहते हुये कैटी ने नवीन के पांव छुये। नवीन ने उसे समझाते हुये कहा, "देखो कैटी हमेशा नवीनतम विचारों पर अपना चिन्तन करो।"

इधर नवीन ने बंगलों की गृह प्रवेश पार्टी शाम को रखी थी। काव्या बड़ी ही खूबसूरती से आज तैयार हुई थी। क्योंकि आज उसकी किटी पार्टी की सारी मित्र-मंडली अपने-अपने पतियों के साथ आने वाली थी। इन सब में सबसे खूबसूरत दिखना आज काव्या के लिए चुनौती थी। पार्टी शुरू हुई, शुरूआत में ही व्हिस्की के दौर चालू हुये। व्हिस्की ने अपना कमाल दिखाना चालू किया। सभी लोग डान्स फ्लोर पर उतरे। नवीन ने ड्रिंक्स और पार्टी की सारी तैयारियां कर ली थीं। ड्रिंक्स सर्व करने के लिए खूबसूरत लड़कियां भी बुलाई गई थीं। वहां छोटे-छोटे टेंटस् लगाये गये थे जो अन्दर से काफी आलीशान थे। केटरर

ने नवीन के लिए ऐसी अनेक पार्टियां आयोजित की थीं और वह नवीन की रूचि और आवश्यकताओं को बखूबी जानता था।

अभाशी पार्टी में भवभाग्य के साथ आई थी और नभाशी प्रभोद के साथ आई थी। भाव्या सज-धज के मधुराज के साथ पहुंची। तीनों ही नवीन के खास मित्र थे, तीनों दम्पत्ति जल्दी आये और अपना गुट बनाकर बैठ ग्लासेस् हाथ में लिए उन्होंने अपनी पार्टी आरम्भ भी कर ली थी। थोड़ी ही देर में विधि और संचय ने आकर इनका साथ दिया। व्यास रिद्धि और सकल सचदेवा, अल्का वैभव और अर्जुन विजय एक-एक कर आते गये और पार्टी का रंग चढ़ता गया। ये सारे ही अनेक बड़े कारखानों के मालिक थे जिनके साथ नवीन का व्यापार बड़े पैमाने में होता था। पवित्र और कांतिभूषण, नेहल, स्वीटी और राम कौशल के साथ थोड़ी देर से आये।

भवभाग्य एक अच्छा नर्तक भी था और वह रॉक डांस बहुत अच्छा करता था। जाम से जाम मिले और भवभाग्य ने अपनी पत्नी के साथ डांस फ्लोर जमाया। मधुराज को थोड़ी ज्यादा ही चढ़ गई थी। नशे में धुत वह काव्या के नजदीक आया और उसने काव्या को चूम लिया और उसे अपनी बाहों में भर डांस फ्लोर पर ले आया। उसकी पत्नी भाव्या ने जब यह देखा तो वह दौड़कर आगे आई और उसने मधुराज को यह कहते हुये अलग किया, "मधु ये क्या कर रहे हो? ये तो काव्या जी हैं, नवीन की पत्नी। होश में तो हो"? मधुराज नशे में ही था। उसने बड़े गुस्से में जवाब दिया, "क्या कहती हो? क्या मुझे होश नहीं है? काव्या मैडम इतनी सुन्दर है कि मैं क्या कोई भी उनके नजदीक जाना चाहेगा। मुझे पता है कि वह नवीन जी की पत्नी हैं और मुझे उनके साथ डांस करने का पूरा अधिकार है। मुझे रोकने की कोशिश मत करो। पार्टियों के कोई नियम नहीं होते।" लेकिन फिर भी भाव्या ने मधुराज को खींच के अलग किया और वह उसे ले गई।

सकल सचदेव नवीन की फैक्ट्री में एक उच्च पदाधिकारी थे और हमेशा ही तिरछी नजर से सिल्की को देखते रहते थे। आज उन्हें भी मौका मिल ही गया। उन्होंने एक ग्लास विस्की सिल्की को पेश की। सिल्की ने हंसते-हंसते उसे स्वीकार किया। ग्लास के बहाने वह सिल्की के गालों तक पहुंच गया। सिल्की थोड़ी सी हिच-किचाई पर उसने कतई बुरा नहीं माना क्योंकि उसे अब ऐसी कॉरपोरेट पार्टीज़ की आदत हो गई थी। यहां राम कौशल और पवित्रा ने एक सुनसान कोना पकड़ लिया था। दोनों एक दूसरे की बाहों में बाहें डाल के बैठे थे, उनकी नजदीकियां काफी पुरानी थीं।

कैटी को पहली बार देख संचय उस पर मोहित हो गया और उसने कैटी की कमर में हाथ डाला और बोला, "चलो एक डांस हो जाये", कैटी घबराई और उसने सिल्की की ओर देखा। सिल्की ने भी मुस्कुराते हुए आँखों ही आँखों में उसे अनुमति दे दी। संचय से नवीन का पुराना व्यापार चल रहा था और वह भी एक बड़ा उद्योगपति था। सिल्की को हमेशा से ही संचय ग्रुप ऑफ इंडस्ट्रीज में नौकरी करने की इच्छा थी। परन्तु वर्तमान स्थितियों में वह नवीन को छोड़ने का साहस नहीं कर सकती थी। संचय और कैटी डांस फ्लोर पर उतरे। थोड़ी देर डांस करने के बाद दोनों पास में लगे हुये टेंट नम्बर 01 में चले गये। धीरे-धीरे सारे ही जोडे एक-एक टेंट में चले गये। सिल्की को यह काम विशेष रूप से दिया गया था कि वह यह सुनिश्चित करे कि नशे में एक टेंट में दो कप्लस ना घुसें। काव्या भी अपनी ही मस्ती में मस्त थी। उसने नशे में नवीन के गले में अपनी बाहों का हार फैलाया और बोली, "नवीन, आज तो तुम बहुत ही डायनेमिक और सेक्सी लग रहे हो।" नवीन ने बड़े ही लाड़ से काव्या को कहा, "आज की पार्टी की सबसे खूबसूरत स्त्री मेरी पत्नी होने पर मुझे गर्व है। तुम तो सुन्दरता की खदान हो काव्या।"

रात के 12:30 बजे तक सभी टेंट व्यस्त थे और उसके बाद सभी एक-एक कर डायनिंग टेबल्स पर बैठ गये। मदिरा सर्व होती रही। दिल्ली से आई हुई सारी लड़कियां अब खाना परोसने में व्यस्त हो गईं। कुछ लड़कियां तो विशेष आग्रह पर टेंटस् में भी चली गई थीं।

अक्सर, इस प्रकार की पार्टी काव्या को पसन्द नहीं आती थी और उसने कई बार नवीन को ये टेंट पार्टीज के लिए मना भी किया। उसके मना करने पर नवीन ने अपने विशेषाधिकार का प्रयोग करते हुए कहा था, "देखो आज के समय में व्यापार में उच्चतम रहना है। तो ये सारी चीजें बहुत मामूली बात हैं और मुझे हमेशा सर्वोत्तम रहने की आदत है। मैं अपने व्यवसाय में दोयम दर्जे का व्यापारी नहीं रहना चाहता हूँ। बेहतर है कि तुम इन सब की आदत डालो और मजे करो और उसके बाद भी अगर तुम्हें मजा नहीं आता तो अपने कमरे में जाओ और सो जाओ। पार्टी तो चलती रहेगी और मुझे ऐसी पार्टीज़ भी पसंद है। यह सब कुछ नया नहीं है और आज के समाज में यह उच्च कोटि का कॉरपोरेट वर्ल्ड कहलाता है। क्या तुम चाहती हो कि मैं एक दोयम दर्जे का व्यापारी बन तुम्हारे पल्लू की छाव में बैठा रहूँ? क्या तुमने अपने संघर्ष के दिन भुला दिये? आज कितनी मेहनत से मैं यहां पर आया हूँ।"

काव्या को पुराने दिन याद आ गये थे और यह भी याद आया कि कैसे वह शादी के

बाद उसे एक पुरानी स्कूटी पर घर लाया था। शादी के आठ दिन बाद नवीन को पहली तनख्वाह मिली थी। उस पहली तनख्वाह के लिए उन्होंने वो लम्बे आठ दिनों का इंतजार किया था और काव्या शादी करते हुये यह जानती थी कि वह एक गरीब लेक्चरर के साथ शादी कर रही है और आज नवीन जिन ऊंचाईयों पर पहुंचा था, वह सारा रूतबा, धन, ऐशो आराम उसने मेहनत से पाया था।

आज रात की पार्टी में मगर उसने सत्य और झूठ के बीच का फासला जान लिया था। उजाला और अंधेरा, अमीरी और ग़रीबी को वह समझ गई थी। विचारशीलता की समृद्धि और विचारों की ग़रीबी,आशा और निराशा और सबसे बढ़कर दया और क्रूरता में अंतर समझ गई थी।

पार्टी समाप्त होते-होते रात के 01:30 बज गये और सभी जोड़े नवीन और काव्या को शुभकामनायें देते हुये एक-एक कर चले गये। अब कैटी और सिल्की ने भी खाना खा लिया और साथ में शैंपेन भी ली। नवीन ने रात में ड्राइवर ना होने के कारण दोनों को आज रात सना के कमरे में ही रुकने को कहा। दोनों कमरे में जाकर थकान के कारण तुरंत ही लेट गईं। दोनों के पास बदलने के लिए कपड़े नहीं थे लेकिन पार्टी के गाउन में दोनों को ही असहज लग रहा था। इसलिए दोनों ने ही कपड़े उतार लिए और एक दूसरे की बाहों में सो गई। कैटी को सिल्की के साथ रात गुजारना बेहद पसन्द आया और दोनों ने ही एक दूसरे की संगत का आनन्द लिया। कैटी को इतना सहज होते देख सिल्की ने स्वाभाविक रूप से पूछा"तुम्हें मेरे साथ सोना पसन्द आया, यह देखकर मै हैरान हूँ?" सहजता से कैटी बोली,"नहीं, आजकल तो यह आम बात है। अक्सर, हॉस्टल में हम लोग इसी प्रकार से रातें गुजारते थे, मुझे कोई ऐतराज नहीं है।" और वह हंस के बोली, "रोम में रहना है तो रोमन बनना ही होगा ना" और उसने भी अपनी बाहें फैलाई।

(10)

टी. के. अक्सर नवीन को फोन किया करता था। किन्तु काव्या से बहुत कम बात किया करता था। अपनी शादी के बाद नवीन अपनी ससुराल कभी कभार ही जाता था। शादी के बाद आज तक केवल तीन बार ही गया था। लेकिन काव्या जरूर गुरुग्राम जाया करती थी। अपनी कुछ सहेलियों के विवाह के लिए भी वह गुरुग्राम जाती थी और उनसे फोन पर भी जुड़ी हुई थी। एक बार नवीन ने अपनी सास और ससुर को अपने

ही बंगले में रहने आने का निमंत्रण दिया था। परन्तु दिनकर और उनकी पत्नी स्वाभिमानी थीं और उन्होंने बेटी दामाद का बंगला छोड़ अपने एक कमरे के मकान में ही रहना बेहतर समझा।

एक दिन टी.के. ने नवीन को फोन किया। दिनकर जी को हार्ट अटैक हुआ था और डॉक्टर ने उन्हें ओपन हार्ट सर्जरी की सलाह दी थी। परन्तु वह यह बात नवीन से छुपाये थे। बात पता चलते ही नवीन ने काव्या को तत्काल गुरुग्राम के लिये रवाना किया। यह जताते हुये कि तत्काल अपने माता-पिता को फरीदाबाद लेकर आओ। ताकि उनकी सर्जरी अच्छे से हो सके। दिनकर जी को मलेरिया था और इसलिए टी.के. की मुलाकात दिनकर जी व उनकी पत्नी से डॉक्टर के यहां पर हुई थी।

जब ओपन हार्ट सर्जरी की बात श्रीमती दिनकर ने सुनी तब वह यह जान गईं कि यह बड़ा खर्चीला मामला है। इन सारी समस्याओं के बीच अस्पताल के बाहर उन्हें एक आवारा कुत्ते ने काट लिया। पहले से ही तनाव में होने के कारण वह और घबरा गईं और बीमार पड़ गईं। एक दिन अचानक उन्हें हार्ट अटैक आ गया और वह परलोक सिधार गईं। जब तक काव्या घर पहुंची उसकी माँ उसे छोड़ चुकी थी। घर पहुंचते ही माँ की खबर सुन के वह रो पड़ी। उसने तुरन्त नवीन और सिल्की को माँ के देहावसान की बात बता दी। अविलम्ब नवीन और सिल्की भी गुरुग्राम पहुंचे। सारा माहौल ही गमगीन था। काव्या की माँ एक बहुत स्वावलम्बी और मेहनती महिला थीं। उन्होंने जीवनपर्यन्त अपनी गरीबी के साथ संघर्ष किया था। मगर अपनी बेटियों के लालन पोषण में कोई कमी नहीं रखी थी। दिनकर और उनकी दोनों बेटियों के लिए यह अत्यंत कठिन समय था।

माँ को नवीन ने ही मुखाग्नि दी थी और अंतिम संस्कार के बाद नवीन, काव्या और सिल्की ने दिनकर जी को जबरदस्ती कर अपने साथ चलने को कहा। किन्तु दिनकर जी भी स्वाभिमानी व्यक्ति थे, वह अड़े रहे कि आज वह अपनी पत्नी के घर में ही रहेंगे। अपनी पत्नी के आत्मसम्मान के लिए वह यह घर नहीं छोड़ेंगे। काव्या, सिल्की और नवीन की एक ना चली। दिनकर जी चलने को तैयार नहीं थे। फिर नवीन ने उन्हें सलाह दी, "ठीक है आप चाहते हैं तो यहीं के बत्रा अस्पताल में आप इलाज करा लें। यहां के सारे हृदय रोग विशेषज्ञ मेरे पहचान के हैं और मैं उस हॉस्पिटल का एक ट्रस्टी भी हूँ। यहीं आपका ऑपरेशन भी हो जायेगा और खर्च भी कुछ नहीं लगेगा। काव्या और सिल्की ऑपरेशन के बाद आप की पूरी देखभाल करेंगी।"

दिनकर जी की श्रीमती का चौथे दिन का कर्मकांड समाप्त हो गया और दिनकर जी को भर्ती कराया गया। वहां सिल्की और काव्या भी थीं। अतिरिक्त खून लगने पर सिल्की और काव्या दोनों ने ही रक्तदान किया। आईसीयू में अब उनका स्वास्थ्य काफी ठीक था परन्तु दामाद से लिया हुआ अहसानों का बोझ वह सहन नहीं कर पाये। यह बोझ उन पर इतना भारी पड़ गया कि ऑपरेशन सफल होने के बाद भी आईसीयू में कुछ ही घंटो में उन्होंने अपनी आखिरी सांस ली। सच कहें तो अपनी पत्नी की मृत्यु को वह सहन नहीं कर पाये थे। उन्हें आज तक यह बात समझ में नहीं आई थी कि सिल्की इंजीनियरिंग कॉलेज में किस प्रकार से पढ़ रही है।

काव्या और सिल्की को अपने माता-पिता की मृत्यु से काफी गहरा सदमा लगा था। उन्हें समझाने व जिम्मेंदारी के भाव से पंडित निर्मल व्रत और बीना व्रत भी आये थे। उन्होंने भी काव्या और सिल्की का ढाढस बंधाया। सना की स्थिति भी थोड़ी नाजुक होने से काव्या ने उसे ज्यादा तनाव ना लेने को कहा। सच बात तो यह भी थी कि वैसे सना अपने नाना-नानी से ज्यादा हिली मिली नहीं थी। लेकिन काव्या माता पिता के होने और ना होने में अंतर जान रही थी। उसे अपने जीवन में माता-पिता का स्थान खाली होना अखर रहा था। काव्या के सारे किटी पार्टी के मित्र एक-एक कर उससे रोज मिलने आ रहे थे। दिनकर जी के श्रृद्धांजलि समारोह में नवीन ने अपने ही खेत में अपने स्वर्गीय ससुर की स्मृति में एक स्कूल की घोषणा कर दी। यह घोषणा काव्या और सिल्की के लिए काफी सुखद थी। नवीन चतुर था और परिस्थितियों को भांपना उसे बखूबी आता था। उसकी यह चतुरता सिल्की ने भी ताड़ ली परन्तु काव्या भावनाओं में बह गई।

सभी समारोह समाप्त होने पर सिल्की ने एक मारुति 800 गाड़ी खरीदी और नवीन को आत्मसंतुष्टि के साथ इसकी जानकारी दी। परन्तु उसकी खबर नवीन ने यह कहते हुये हवा में उड़ाई, "फस्ट रेट लेडी के लिए यह सेकेन्ड हैन्ड कार! अरे सिल्की गाड़ी ही खरीदनी थी तो मुझे बता देतीं। मुझे तुम्हारे इस बदले हुये रवैये पर बड़ा आश्चर्य होता है। लेकिन फिर भी, मैं हम दोनों के बीच हुए 'हाँ' के आपसी समझौते का पालन करता हूँ। खैर, यह बताओ कि तुमने कार के पैसे दे दिये?" "नहीं अभी मैंने यह गाड़ी दो दिन के ट्रायल पर ली है। कल मैं 50 हजार एडवांस दे दूंगी और सेंट्रल बैंक ऑफ इंडिया से मुझे 75 हजार का लोन स्वीकृत हो गया है।" "लोन लेकर तुम क्या सेकेन्ड हैन्ड कॉर खरीदोगी? मेरी बात मानो सीधे मारुति

शोरूम जाओ और अपनी पसंदीदा कार ले आओ। पैसों की चिन्ता करने की जरूरत नहीं है। मेरी तरफ से इसे गिफ्ट समझो।"

बात यूं हुई थी कि एक दिन पहले सिल्की और कैटी को ऑटो रिक्शा से गेस्ट हॉऊस पहुँचना पड़ा था। क्योंकि उनके सामने से बिना उन्हें लिफ्ट दिये नवीन बिना गाड़ी रोके चला गया था। उसके इस व्यवहार से सिल्की काफी आहत हो गई थी और जिद में उसने सारी बचत को लगा कर यह गाड़ी खरीद ली थी। कुछ घंटो बाद सिल्की ने एक मारुति 800 की फोटो साझा की थी। जिसकी कीमत 6 लाख थी। रोड टैक्स और बीमा अलग से देना था। फोटो देखकर नवीन खुश हुआ। नवीन ने उसे कैशियर के आने तक रुकने को भी कह दिया। गाड़ी तो खरीद ली थी। लेकिन आज पहली बार सिल्की को उधार खरीदने पर दुख हो रहा था लेकिन नवीन का सामना करने की हिम्मत सिल्की में नहीं थी क्योंकि समय-समय पर सिल्की ने भी नवीन के साथ मस्ती मारी थी। उसे भी शारीरिक भूख थी जिसे नवीन ने पूर्ण किया था। आज इन सारे कारणों से उसने चुप रहना ही उचित समझा।

कुछ ही दिनों में कैटी का भी प्रमोशन हो गया था और वह अब नये केमिकल्स के डिपार्टमेन्ट को देख रही थी। जब उसका प्रमोशन हुआ तब नवीन ने उसे अपने कमरे में बुलाया। नवीन ने उसका हाथ हाथों में लिया और कैटी को कसम खाने पर मजबूर किया और बोला, "मैं तुम्हारा साथ कभी नहीं छोड़ूंगी," कैटी ने चुपचाप नवीन की बात को दोहराया। नवीन ने उसे गले लगाकर कहा, "कैटी आज से तुम्हारी तनख्वाह 30 हजार रुपये है।" कैटी बहुत खुश हुई और बोली "थैंक्यू सर," फिर नवीन उसे ऑफिस से सटे रेस्टरूम में ले गया और कहने लगा, "तुम एक सांसारिक परी हो जिसे मैंने अब तक अनदेखा किया है। तुम बहुत कुछ पाने की हकदार हो। यदि ठीक से काम करोगी तो अपने करियर में बहुत आगे जाओगी। तुम वह कच्चा हीरा हो जिसे व्यवस्थित तराशने की जरूरत है। ये लो कुछ पैसे रख लो और अपने लिए इस पद के लायक कुछ कपड़े और सौन्दर्य सामग्री खरीदो।" नवीन ने उसके हाथों में 50 हजार का एक लिफ़ाफ़ा थमाया। कैटी अपनी सभी भावनायें सिल्की के साथ साझा करती थी और आज कैटी को अपनी हॉस्टल लाईफ याद आयी जहां रोज नये लोगों के साथ संबंध बनाना एक साधारण चीज थी। आज उसको प्रमोशन मिल गया था और अपनी भूख मिटाने के लिए उसके पास सिल्की थी। यह सब कुछ पाकर कैटी अपने माता-पिता को भूल गई। लेकिन उसे बैंक से लिया हुआ 8 लाख रुपये का एजुकेशन लोन बार-बार याद आ रहा था।

सिल्की की तरह ही कैटी इस दुनिया के संघर्षो को, बेरोजगारी को और गरीबी को बखूबी पहचानती थी। वह खुशकिस्मत थी कि आज वह एक बड़े दवाई निर्माता के साथ काम कर रही थी और आज उसे एक टॉप क्लास व्यापारी के नजदीक जाने का मौका मिल रहा था।

सिल्की और कैटी हमेशा अलग-अलग कैमिकल्स के बारे में चर्चायें करती थीं। सिल्की ने कई बार कैटी से गोल्ड जैसे दिखने वाले एक हल्के स्तर के मेटल के बारे में बात की थी और वह उसका कारखाना खोलना चाहती थी। उसे यह पता था कि ऐसा कारखाना खोलने के लिए उसे कम से कम 20 लाख रुपयों की जरूरत थी। सिल्की का शोध पत्र 'ऑर्नामेंट्स एंड केमिकल्स' शीर्षक से अमेरिका में प्रकाशित हुआ और उसे बहुत खुशी हुई और वह यह जानती थी कि सुन्दरता के अलावा भी उसके पास कई बौद्धिक क्षमतायें थीं। वह यह जानती थी कि ऐसा कारखाना उसे एक सफल व्यवसायी बना सकता है। उसने अपने दिल की बात कई बार नवीन के पीए से कर ली थी और पीए ने भी सिल्की के इन सपनों की कहानी नवीन को तत्काल ही सुनाई थी। एक दिन नवीन ने मुस्कुराते हुये सिल्की से पूछा, “तुम्हारे कैमिकल गोल्ड के कारखाने का क्या हुआ? नकली सोना बना कर हीरे की खदान खरीदना चाहती हो? अच्छा है पर ये मत भूलो कि निर्माण एक अलग बात है जो काफी आसान भी है किन्तु उस सामान को बेचना यानि नरक में जाना है। उत्पाद और विक्रय के बीच का संबंध हमेशा याद रखो। क्योंकि बाजार कभी ऐसे सोने को स्वीकार नहीं करता है। 50 से 60 प्रतिशत मिलावट से तो कई ज्वैलर्स आभूषण बेचते हैं तो इन परिस्थितियों में तुम्हारे द्वारा बनाया हुआ यह कृत्रिम सोना कौन ख़रीदेगा? और फिर नुक्सान उठाने की क्षमता तुम में है। पहले हमें घाटों को सहन करने की क्षमता बढ़ानी चाहिए। फिर मुनाफे के बारे में सोचना चाहिए और फिर कॉम्पिटीशन के बारे में भी तो सोचो। आजकल सारा खेल विज्ञापनों पर भी निर्भर करता है।”

“आप सही कह रहे हैं सर लेकिन मैं कतई जल्दी में नहीं हूँ।”

“लेकिन मैं हूँ। मैं तुम्हें एक घटिया जिन्दगी जीते हुये नहीं देख सकता। सिर पर बैंक का कर्जा लादे तुम खुश नहीं रह सकतीं। इतनी बड़ी छलांग लगाने से पहले मनुष्य को दो बार नहीं सौ बार सोचना चाहिए। ऐसा नहीं है कि महत्वाकांक्षी होना गलत है पर अति महत्वाकांक्षा इंसान को बर्बाद कर देती है। छलांग लगाने के पहले गहराई को हमेशा नापना चाहिए।”

नवीन की यह बातें सुनकर सिल्की उदास और हताश हुई। वह यह जानती थी कि आर्थिक रूप से वह कमजोर थी और नवीन के दिये गये साथ के लिए वह सदैव उसके प्रति कृतज्ञ महसूस करती थी। लेकिन आज उसे ऐसा लगा जैसे नवीन उसका अपमान ही कर रहा है। नवीन का कहना उसकी बर्दाश्त के बाहर था। लेकिन शाम होते-होते उसे यह एहसास हुआ कि अगर मैं नौकरी छोड़ती हूँ तो मुझे कौन सा बैंक ऋण देगा? उसकी गांरटी कौन लेगा? दीदी से वह यह अपेक्षा नहीं रखती थी। दीदी का और उसका मिलना भी बहुत कम होता था। दीदी को बताने में भी बड़ी जोखिम थी। हो सकता था कि उसकी दीदी उसके सारे राज और रहस्य, महत्वाकाक्षाएं और इच्छाएं नवीन को बता दें।

उसे कुछ समझ में नहीं आ रहा था। उसे ऐसा लगा कि रात का समय है और वह किसी जंगल में रास्ता भूल गई है। फिर वह उन कारखानों के बारे में सोचने लगी जो नये-नये रिसर्च स्कॉलर्स को आर्थिक सहयोग करते हों। फिर उसे नवीन के राह में रोड़ा साबित होने की आशंका थी। नवीन उसमें अपनी दिलचस्पी इतनी आसानी से छोड़ने को तैयार नहीं था और हाल ही में नवीन ने सिल्की की तनख्वाह 25 प्रतिशत और बढ़ा दी थी। फिर भी वह एक उदासीन शोधकर्ता बनी रही और अपने काम का आनंद नहीं ले पा रही थी।

नवीन ने देखा कि आजकल सिल्की कुछ बदली-बदली सी दिख रही है। कहीं ना कहीं सिल्की अब असहयोग सा कर रही थी। नवीन ने तत्काल अपनी तीक्ष्ण बुद्धि से सिल्की की योजना पर चिंतन किया और यह अनुमान लगाया कि कभी भी हाथ का एक पक्षी झाड़ी में बैठे दो पक्षियों से बेहतर होता है और उसने सिल्की पर अपना दांव यह कहते हुए खेल ही दिया, "सिल्की मैं मानता हूँ कि तुम्हारे आकर्षक व्यक्तित्व के कारण तुम्हें इससे बेहतर तनख्वाह में अच्छी नौकरी मिल भी जायेगी। लेकिन याद रहे कि वहां तुम्हारा शोषण भी अधिक होगा।"

सिल्की के मन में आज थोड़ा गुस्सा ही था और वह नवीन को मुहतोड़ जवाब देना चाहती थी, "यहां भी तो मेरा शोषण ही हो रहा है" लेकिन वह चुप रही और नवीन के साथ बिताये हुये पलों में खो गई। उसे एक और बात ध्यान में आ गई थी। जितनी नई जिम्मेंदारियां थीं वह सारी कैटी को दे दी गई थीं। कैशियर ने नवीन के वादे के अनुसार उसके वेतन में वृद्धि नहीं की। लेकिन अफसोस सिल्की में वह हक से मांगने का साहस नहीं था। उसे चुपचाप सारी परिस्थितियों को बर्दाश्त करना होगा। क्योंकि अभी भी नवीन की और उसकी नजदीकियां खत्म नहीं हुई थी। यह अजीब विसंगति थी। प्रतिद्वंदता और

ईर्ष्या सिल्की पर सिर चढ़कर बोल रही थीं लेकिन फिर भी उसने कैटी के साथ नजदीकियां बनाए रखीं। दोनों हम बिस्तर होती रहीं।

(11)

स्कूल का काम जोरों पर था। सना ने ऑनलाइन साक्षात्कार कर स्कूल के लिए शिक्षकों की तैनाती की। अंशुल (रसायन विज्ञान), केवल्या (भौतिक शास्त्र), श्लोक (गणित), दिव्याधर (कम्प्यूटर साइन्स) और सूर्य प्रकाश को खेल शिक्षक के रूप में सीबीएसई स्कूल में रखा गया और आकर्षक व्यक्तित्व के धनी मोहन अक्षय को प्रधानाचार्य के पद पर नियुक्त किया गया। अधिकांश शिक्षक तो सना की किटी पार्टी की मित्र मंडली की सिफारिश के थे। उनके नियुक्ति पत्र के साथ ही उन्हें एक चेतावनी भी दे दी गई थी। "काम ही ईश्वर सेवा है और कर्म से ही मनुष्य को ईश्वर की प्राप्ति होती है, आप बच्चों पर अच्छी मेहनत करें और प्रति छः महीनें में पदोन्नति पायें। याद रहे कि एक अच्छा शिक्षक ही राष्ट्र का निर्माता होता है और इस व्यवसाय के प्रति उदासीनता यानि राष्ट्र के विकास की ओर उदासीनता है। आखिर, अच्छी शिक्षा केवल आपके अच्छे भाव से ही मिल सकती है। आपकी मेहनत ही स्कूल का विकास है।" इसी के साथ विज्ञान के शिक्षकों को प्रयोगशाला के सभी उपकरणों की सूची बनाने का आदेश दिया गया और अन्य विषयों के शिक्षकों को उन्हीं के विषय में उपलब्ध होने वाली पुस्तकों की सूची बनाने को कहा गया। उन्हें यह भी हिदायत दी गई कि ये सारी सूची तीन दिन में पूर्ण कर प्रधानाचार्य के समक्ष प्रस्तुत करें। सना ने उन्हें यह भी समझाइश दी कि मेरी प्राथमिकता स्कूल की उन्नति में शिक्षा, प्रायोगिक शिक्षा और उत्तम संवाद कौशल पर रहेगी। सना ने सभी शिक्षकों को यह स्पष्ट किया कि उन्हें भी अपने विषय में उत्तम ज्ञान होना चाहिए।

लेकिन आईबी स्कूल के शिक्षकों की नियुक्ति व्यक्तिगत साक्षात्कार के बाद ही की गयी। ब्रज व्रत ने साक्षात्कार लेने से सना को मना किया। क्योंकि उन्होंने यह बात स्वीकारी कि अंग्रेज़ी से वह पूर्णतः अनभिज्ञ थे। आईबी स्कूल में अतिनी (भौतिक शास्त्र), रितम्बरा (रसायन विज्ञान), मीनल (अंग्रेज़ी), चित्रगंधा (समाजशास्त्र), अरूषी (हिन्दी और खेलकूद) और तुलीराघव को प्रधानाचार्य बनाया गया। यहां भी वही हिदायत और वही सूचियाँ बनाने के आदेश जारी हुये।

सना ने यह तय किया कि हर दो हफ्ते में वह स्वयं सभी बच्चों को स्कूल शुरू होने के पूर्व प्रार्थना सभा में सम्बोधित किया करेगी। उसने यह भी तय किया कि बच्चों को वह विज्ञान और तकनीक की दिशा में अधिक जागरूक करेगी। श्री के.एस. सिंह, सेवानिवृत सूबेदार को चीफ प्रॉक्टर बनाया गया और उन्हें विदेशी खेलों की जिम्मेंदारी भी दी गई। सभी को 50 हजार की तनख्वाह पर रखा गया।

पंडित रेवती प्रसाद ने 150 बच्चों की सीबीएसई स्कूल की और 100 बच्चों की आईबी बोर्ड के स्कूल में प्रवेश की सूची बोर्ड पर चस्पा कर दी। बेसबॉल खेल के प्रति बहुत कम बच्चों ने अपनी रूचि दिखाई थी। क्योंकि उन्होंने बेसबॉल और बॉलिंग जैसे खेल देखे नहीं थे। सना ने ऐसे बच्चों को यह कहते हुये उत्साहित किया कि यह खेल केवल आप लोगों के लिए शुरू किये गये हैं। इन्हें सीखिये और आप को मजा आयेगा। उत्सुकतावश जो बच्चे इन खेलों को पहली बार देख रहे थे, उन्हें भी सना ने उत्साहित करते हुए कहा कि इस वर्ष इस खेल को देखो और अगले वर्ष इसे खेलने के लिए इस स्कूल में प्रवेश लो। मुझे पूरा विश्वास है आप लोगों को पूरा आनन्द आयेगा।

क्योंकि तुलीराघव और मोहन अक्षय दोनों प्रधानाचार्य काफी आकर्षक व्यक्तित्व के थे इसलिए सना उन दोनों के प्रति आकर्षण महसूस करती थी। अंग्रेजी के महान् लेखक जोसेफ एडिसन की तरह ही सना भी इस बात पर विश्वास करती थी कि एक शिक्षक को हमेशा आकर्षक व्यक्तित्व और स्पष्ट उच्चारण का होना चाहिए। यह गुण तुलीराघव और मोहन अक्षय में कूट-कूट कर भरे थे। धीरे-धीरे सना ने मोहन अक्षय से सीबीएसई के सारे प्रोग्राम के बारे में विस्तृत चर्चा की और दोनों ही इस बात पर सहमत हो गये कि विज्ञान की प्रयोगशालाओं में प्रयुक्त होने वाले सारे उपकरण एक साथ आगरा से ही खरीदे जायें। अत्यंत समझदार होने के कारण सना ने ब्रज व्रत के नाम पर एक करोड़ और स्वयं के नाम पर चार करोड़ रूपये जमा किये थे, आगे चलकर जब नवीन ने दस करोड़ भेजे तो सना ने काफी समझदारी से किसी भी आपात स्थिति में उपयोग हेतु वह पैसे स्कूलों के विभिन्न खातों में जमा करा दिये। यूं तो ब्रज व्रत कभी-कभार ही स्कूल आते थे, नियमित रूप से आने में उनकी तनिक भी रूचि नहीं थी बल्कि वह अपने बंगले के शानदार अध्ययन कक्ष में बैठकर अपने भविष्य की तैयारी कर रहे थे।

अपने पिता की नेक और व्यावहारिक सलाह को मानते हुये वह उसका पालन भी कर रहे थे। अब ब्रज व्रत ने सना की निजी जिन्दगी में रूचि लेना छोड़ दिया था। सना भी थकी

हारी स्कूल से लौटती थी। तो दोनों के बीच का सम्वाद धीरे-धीरे कम होता गया। नवीन ने स्वयं अध्यक्ष पद स्वीकारने से यह कहते हुये इंकार किया था कि वह सदा ही स्कूल की उन्नति में उनके साथ है। किन्तु रोज के लिए उसके पास समय का अभाव था। काव्या ने भी सहयोग करने की सहमति से इंकार किया था। क्योंकि काव्या अंग्रेज़ी में बहुत कमजोर थी। लेकिन काव्या सारी गतिविधियों पर बखूबी नजर रखती थी और अपनी कई सहेलियां या नौकरी चाहने वाले उनके बच्चे या रिश्तेदारों को सना की ओर निर्देशित करती थी। लेकिन व्यावहारिक होने के नाते सना ने साक्षात्कार के बाद ही सभी नियुक्तियां की थी। उसे वनस्पति विज्ञान के लिए योग्य व्यक्ति नहीं मिला था तो सना ने अपने निजी सचिव से विज्ञापन देकर योग्य शिक्षक को तलाशने की हिदायत दी।

अपने नये बंगले में रमने के लिए सना को कुछ दिन जरूर लगे। माँ के घर से नजदीक होने से काव्या रोज उसके घर सुबह 4 लीटर दूध और पूजा हेतु ढेर सारे फूल भेजती थी। वह बार-बार सना को याद दिलाती थी कि सच्चे मन से पूजन करने पर ईश्वर अपने सभी भक्तों पर कृपा करते हैं। ईश्वर पर श्रद्धा नहीं-तो जीवन में सफलता नहीं। सारी सृष्टि ही ईश्वर की दया पर चलती है। पूरे विश्व की देखभाल करने वाले ईश्वर ही होते हैं और उसने सना को भगवान ब्रह्मा, विष्णु और महेश की नियमित पूजा करने की हिदायत दी। उसने यह भी समझाया था कि अब तुम्हें समझदारी से सारे व्यवहार देखने पड़ेंगे, कड़ी मेहनत करनी पड़ेगी। मशीन जब एक बार चालू होती है तो उसे सदैव चालू रखना होता है। यदि कुछ धन की आवश्यकता हो तो तुम कभी भी मुझे निःसंकोच कह सकती हो। खुद का ध्यान रखना और याद से दिन में तीन बार बादाम का दूध पीना। दोपहर के पहले ताजे फलों का जूस पीना, सदा खुश रहना और उन्नति करना। सना ने भी अपनी माँ की बात को गंभीरता से लिया और माँ को गले लगाकर कहा, "ओ के मम्मी।"

पंडित रेवती प्रसाद इस बात से दुखी थे कि सना ने उनकी पत्नी को सीबीएसई और आईबी दोनों ही स्कूलों में रखने से मना कर दिया। उनके-अनेक निवेदनों के बाद सना इस बात पर राजी हो गई कि तुम्हारे दो बच्चे (ललिता और संचित) 50 प्रतिशत फीस की छूट पर स्कूल आ सकते हैं। फिर उसने अपनी मालिकाना शैली में उन्हें यह भी समझाया, "रेवती प्रसाद जी यदि बच्चों के 90 प्रतिशत से ज्यादा नम्बर आते हैं तो उनकी पूरी फीस माफ कर दूंगी। अभी सम्भव नहीं है क्योंकि स्कूल के शिक्षकों को भी वेतन देना पड़ता है।"

स्कूल अब सुचारु रूप से चलने लगा। कुछ ही दिनों में सना ने मोहन अक्षय को

बुलाया और उन्हें आगरा चलने को कहा। प्रयोगशाला की सारी सामग्री आगरा से लेने का निर्णय हुआ था। सना ने मोहन अक्षय को हनुमान मंदिर से साथ चलने को कहा। मोहन अक्षय भी आज बड़े ही स्मार्ट दिख रहे थे। उन्होंने बहुत अच्छे और व्यवस्थित कपड़े पहने हुये थे। मोहन अक्षय ने बैठने के लिए ड्राइवर सीट की बगल का दरवाजा खोला तो सना ने उन्हें टोकते हुये पीछे की सीट पर बैठने को कहा। वह बोली, "आप पीछे आ जाईये, आपसे स्कूल के बारे में बहुत सी चर्चाएं करनी हैं। मोहन अक्षय पीछे सीट पर सना के पास बैठ गये। आज सना ने बहुत महंगा परफ्यूम लगाया था। उसकी खुशबू अत्यंत मादक थी। खुशबू से मोहन अक्षय काफी उत्तेजित हो गये पर चुपचाप बैठे रहे। सना ने नींद आने का बहाना बनाया और नींद के झोंके के साथ उसने मोहन अक्षय के कंधे पर अपना सर रख दिया। मोहन अक्षय को शुरू में थोड़ा असहज लगा परन्तु सना के बैकलेस ब्लाउज, गहरा गला और कसे हुये उरोज उनकी नजर से छुप ना पाये। ऐसी सुखद यात्रा में उन्हें आनन्द आ रहा था। लगभग 20 किलोमीटर तक सना सोती ही रही और अचानक उठकर बोली, "सॉरी अक्षय, कब नींद लगी पता ही नहीं चला आईएम रियली सॉरी " "नहीं मैडम कोई बात नहीं।" "आगरा आने में अभी कितनी देर है?" "बस मैडम हम आगरा पहुंच ही गये हैं।" दोपहर के 12:30 बज रहे थे और गर्मी काफी तेज थी। सना ने ड्राइवर को गाड़ी अल्का हॉटल लेने को कहा। यहां सना काफी समय पहले नवीन और काव्या के साथ रुकी थी। सबसे पहले उसने एक कड़क कॉफी ऑर्डर दिया और फिर एक कमरा भी लिया। दोनों ही कमरे में पहुंचे और सना वॉशरूम में चली गई। बाहर आते उसने बैग से नई साड़ी निकाली और बिना किसी झिझक के उसने मोहन अक्षय की उपस्थिति में ही अपनी साड़ी बदलना शुरू कर दिया। साड़ी बदलते-बदलते तिरछी नजर से वह मोहन अक्षय की प्रतिक्रियाएं भी देख रही थी। उसे यह बात समझ में आई कि अक्षय भी सना को निहारने की कोई कसर नहीं छोड़ रहा था। उसकी नजर सना की कमर और कूल्हों की तरफ थी। वह चुपचाप उतावली नजरों से सना की कमर की लचक देख रहा था। साड़ी बदल कर उसने पूछा, "बताओ मैं कैसी लग रही हूँ।" "हमेशा की तरह सुन्दर! आप हर ड्रेस में बेहद खूबसूरत लगती हैं और हर रंग आप पर खिलता है।" "अच्छा इसका मतलब आप मेरी साड़ियां और रंगों के प्रति काफी अलर्ट रहते हैं।"नीचे झुकते हुये मोहन ने कहा, "आखिरकार मैं भी एक युवा हूँ और मेरे अन्दर भी पूरी भावनाएं जाग्रत स्थिति में हैं। सच कहूं तो मैं कोई विश्वामित्र होने का दावा भी नहीं करता, ना तो महान् ऋषि वशिष्ठ के जैसा कोई ब्रह्मर्षि भी नहीं हूँ।" "वास्तव में, सॉरी मैं आपकी आँखों में, अपने प्रति जुनून को पढ़ न सकी।" यह कहते हुये सना मोहन के

पास पहुंच गई। मोहन अक्षय ने भी त्वरित अपनी भावनाएं सना के सामने रखीं और उसके गालों को चूम लिया। सना की साड़ी अगले 5 मिनट में उतर चुकी थी। सना ने प्रेम करते हुये पूछा, "क्या तुम मेरे और स्कूल के प्रति सदैव वफादार रहोगे न?"

"निश्चित ही, आप हमेशा मुझे आपके और स्कूल के लिए समर्पित ही पायेंगी।"

"क्या तुम्हारी कोई महिला मित्र है जिसके प्यार में तुम कभी खोये हो?"

"नहीं। अभी तक तो नहीं। अभी तो मैं खुद ही को स्थापित करने की कोशिश कर रहा हूँ। बस एक बार स्थिर हो जाऊं, मैं शादी कर लूंगा।"

"क्या आप मुझ से शादी करोगे?"

"मगर आप तो पहले से ही शादीशुदा हैं।"

"मान लीजिए यदि मैं आपके सामने एक तलाकशुदा महिला बनकर आऊं तो?"

हंसते हुये मोहन अक्षय ने कहा, "आप मेरी गरीबी का मजाक क्यों उड़ाती हैं? मैं एक गरीब युवा हूँ।" "प्रेम में सभी प्रेमी गरीब ही होते हैं और आमतौर पर प्रेमी आर्थिक रूप से भी कमजोर होते हैं। लेकिन आप जैसे दिलवाले कहां? और दिलवाले हमेशा अमीर होते हैं।" और सना ने मोहन अक्षय पर चुंबनों की वर्षा कर डाली। थोड़ी देर बाद दोनों ने स्नान किया और सना ने खाने का ऑर्डर दिया। खाने पर शैंपेन मंगाना वह नहीं भूली और माहौल रोमांटिक करने के लिए उसने लाइट बन्द कर कमरे में तीन मोमबत्तियां जलाईं। दोपहर के भोजन के बाद दोनों ने अपनी थकान उतारी और लम्बी आरामदायक नींद ली।

लगभग शाम 04:00 बजे दोनों की नींद खुली और वह दोनों तैयार होकर अग्रवाल साइंटिफिक एप्लायंसेस दुकान पहुंचे। यह आगरा की प्रयोग की उपकरणों की सबसे बड़ी दुकान थी। सना ने पूछा, "क्या आप ए ग्रेड के प्रायोगिक उपकरण कॉन्वेंट स्कूलों हेतु रखते हैं?" "जी हां मैडम। पर स्पष्ट कहूं हम ए ग्रेड के प्रायोगिक उपकरणों पर कोई रियायत नहीं देते।"

"यह तो बड़ी अच्छी बात है। चलिये हमें ए ग्रेड उपकरणों की सूची बताएं।"

मोहन अक्षय इस फर्म को पहले से जानते थे और उन्होंने आवश्यक सामग्री को तत्काल चुन लिया। भौतिकशास्त्र विषय में प्रयोग होने वाले उपकरण सना ने खुद चुने। बाकी सारी आवश्यक सामग्री सूची भी तैयार कर ली गई। उनके ऑर्डर के बारे में बताते हुये सना ने बड़े ठस्से में कहा, "देखिए यदि कोई भी सामग्री टूटी या बी ग्रेड की आई तो आप को तुरंत वापिस कर दी जायेगी।" डीलर ने विश्वास से सना को कहा, "नहीं मैडम

क्वालिटी को लेकर आप निश्चिंत रहें, जब हम ए ग्रेड की बात कर रहे हैं तो वह ए ग्रेड ही रहेगा।" रसायन विज्ञान, जीव विज्ञान आदि विषयों के उपकरणों का चयन होते-होते डीलर ने कॉफी और सूखा मावा पेश किया। कुल मिला के 25 लाख की सामग्री का आज क्रय हो चुका था और सना मैडम ने उसे सम्पूर्ण राशि का नगद भुगतान कर दिया था। डीलर को यह भी समझाया कि बिल की रसीद पर कहीं पर भी कैश में भुगतान होने का जिक्र ना आ पाये। विदा लेते हुये सना ने पुनः एक बार डीलर को पैकिंग ठीक करने की हिदायत दे डाली। डीलर ने कहा, "कोई चिंता नहीं मैडम मेरी गाड़ी खुद सारा सामान पहुंचाकर आयेगी और इसके बाद भी आपको कुछ टूटा-फूटा मिला तो आप बस एक ई-मेल कर दीजिये। मैं तत्काल दूसरा पीस भिजवा दूंगा।"

सूरज ढलते-ढलते मैडम सना और मोहन अक्षय एक नव युगल की तरह हाथों में हाथ डाले ताज महल परिसर में घूमते रहे। नजदीकियां काफी हो गई थीं लेकिन सना को मोहन अक्षय के साथ होते हुये भी रेवती प्रसाद की मिलन की घड़ियां याद आ रही थीं। उसे ब्रज व्रत के साथ बिताये हुये भी कुछ लम्हें याद आये। लेकिन अब सना को होटल में विशेष सावधानी की आवश्यकता थी। हॉटल पहुंच कर दोनों ने शैम्पेन के साथ रात्रि भोज किया। रात्रि में दोनों ने किसी भी जन्म-जन्मांतर की कसमें खाये बिना ही एक दूसरे की बाहों में समय गुजारा। दोनों को ही एक दूसरे के प्रति आकर्षण और अस्थाई भावनाओं का अंदाजा था। सुख के भ्रम में सना बह रही थी। यह भ्रम की दुनिया ही सना की अपनी दुनिया थी। अक्सर, वह स्कूल से थकने के बाद घर आकर पूजन प्रार्थना करना भूल ही जाती थी। और समय-समय पर अपनी आस्थायें बदलना उसकी आदत थी। उसे यह भ्रम था कि उसके बगैर कुछ चल ही नहीं सकता।

इधर काव्या ने सना की सहायता के लिए एक और नौकरानी सांची का प्रबंध कर लिया था और खुद की सहायता के लिए उसने सलोनी को भी रख लिया था। सांची और सलोनी को 15 हजार रूपये प्रति माह पर कपड़ा धोने के साथ तय कर लिया था। घरेलू सहायता केन्द्र से इन दोनों का चयन हुआ था। और जिसके लिए एक लाख रूपये की अग्रिम राशि भी काव्या ने जमा करा ली थी। इतना ही नहीं, उसी सहायता केन्द्र को काव्या ने अनाथों पर व्यय करने के लिए 20 हजार रूपये की दान राशि भी दी थी।

दो-चार दिनों में ही सांची ने ब्रज और काव्या की सारी जरूरतों को पहचान कर काव्या के रसोई घर पर अपना कब्जा जमा लिया था। उसने बिना किसी झिझक के कह दिया था, "मैडम, मैं चाय या कॉफी नहीं पीती। कृपया आप मुझे रोज सुबह एक ग्लास

दूध और दिन में आपकी इच्छा से कोई भी एक फल जरूर दिया कीजिए।" सना तत्काल ही राजी हो गई थी। इधर सलोनी भी काव्या के घर में हिल मिल गई थी। रोज सुबह खेत से भरपूर दूध आने के कारण सलोनी रोज नई-नई मिठाईयां और दही के व्यंजन बनाने में लगी रहती थी। ड्राइवर के साथ गाड़ी में जाकर वह बाजार से सब्जी और फल भी लाना सीख गई थी।

सना और अक्षय ने दो दिन आगरा में मजे किये और वापसी के रास्ते में दोनों फतेहपुर सीकरी देखने चले गये थे। तीन दिन बाद घर पहुंचते-पहुंचते रात हो चुकी थी। रात के लगभग 07:30 बजे सना घर पहुंची। ब्रज ने उसे क्या किया या क्या खरीदा? एक शब्द भी नहीं पूछा। बल्कि सना का लाया हुआ पेड़ा खाकर पेड़े की तारीफ की। स्कूल अब सुचारू चलने लग गये थे। गरीबी रेखा के नीचे के बच्चों को किताबें, गणवेश और पठन-पाठन सामग्री आदि का वितरण भी ठाट-बाट से सम्पन्न हुआ। उस दिन अपने उदबोधन में सना ने 90 प्रतिशत से अधिक अंक लाने वाले बच्चों को अधिक छात्रवृत्ति की घोषणा की। यह बात अलग है कि स्कूल के अंग्रेज़ी शिक्षक से उसने पूरा भाषण लिखवाया था। मीनल ने काफी मेहनत कर अच्छा भाषण लिखा था। नतीजा यह हुआ कि अंग्रेज़ी में दिये गये भाषण से सना ने शिक्षक और छात्र दोनों पर ही अपना प्रभाव जमा लिया।

अब सना ने स्कूल के पुस्तकालयों पर ध्यान देना जरूरी समझा, आखिर इन पुस्तकालयों पर उसने प्रति 50 लाख रुपये व्यय किये थे। शिक्षकों के लिए अब उनके विषयों की नवीनतम संस्करणों की पुस्तकें उपलब्ध थीं। समस्त पुस्तकों की सूची पुस्तकालयों के हार्ड बोर्ड पर टांग दी गई। जिससे बच्चे पुस्तकों का लाभ उठा सकें। बड़े-बड़े महापुरूषों के कुछ कथन भी सना ने सोच-समझ कर दीवारों पर लिखवाये थे।फ्रांसिस बेकन का पुस्तकों के बारे में विचार बड़े अक्षरों में लिखा गया। "शिक्षा- आनन्द, आभूषण और योग्यता देती है।"

(12)

दो हफ्तों के बाद संचय ने एक पार्टी रखी थी। नवीन और काव्या दोनों ही पार्टी में गये थे। वहां नवीन ने थोड़ी ज्यादा ही पी ली। अमूमन वह दो पैग ही लेता था पर आज उसने चार पैग व्हिस्की ली। हालांकि उसने इतनी पीने के बाद भी स्वयं पर काबू बरकरार रखा। उसके इर्द-गिर्द मंडराने वाली एक महिला के साथ उसने नृत्य भी किया। अमूमन

वह अपनी डांस पार्टनर ढूंढने में थोड़ी कंजूसी करता था। लेकिन आज डांस के बाद भी वह खुश या प्रसन्नचित होने में असफल रहा। वह रात के लगभग 12:45 तक काव्या के साथ घर के लिए निकला और शराब और थकान के मारे सीधे बिस्तर पर लेट गया। लेकिन उसे नींद नहीं आई। वह बिस्तर पर करवटें बदलता रहा और उसे थोड़ी परेशानी महसूस हुई। फिर भी उसने चुपचाप पड़े रहना ही बेहतर समझा। इस उम्मीद के साथ कि सुबह तक वह ठीक हो जायेगा।

दरअसल बात यह थी कि भोजन में कुछ गड़बड़ हुई थी। उसने जो चिकन खाया था शायद वह बासा था और केटरर्स ने अपने मुनाफे के लिए उच्च गुणवत्ता वाली व्हिस्की की व्यवस्था नहीं की थी। काव्या भी पार्टी से लौटकर नवीन के प्यार किये जाने का इंतजार कर रही थी। पार्टी में जाना काव्या को भी पसन्द था और पार्टी जाने पर वह अक्सर खुश और उत्साहित महसूस करती थी। पर आज नवीन उसकी ओर नहीं बढ़ा, नवीन की यह उदासी देखकर वह भी थोड़ी गुस्से में करवट बदलकर सोने का नाटक करने लगी।

व्हिस्की ज्यादा पीने के कारण नवीन बिस्तर पर पड़ते ही सो गया था और काव्या उसका प्यार पाने के लिए बेताब बैठी थी जो उसे अक्सर नवीन से मिलता था। अगली सुबह नवीन कुछ परेशान होकर 04:30 बजे उठ गया। उसका स्वास्थ्य ठीक नहीं था और वह वॉशरूम चला गया। बाहर आते ही उसने काव्या से खुद के लिए एक अल्प्राक्स 1 मिलिग्राम और डाइजीन की गोलियां मँगवाई। उसे अब सिर दर्द हो रहा था।

काव्या ने उसे दवा दी और थोड़ा चिन्तित होकर पूछा, "अब कैसा महसूस कर रहे हो? ठीक तो हो ना? मुझे लगता है तुम्हें हैंग ओवर हो रहा है।"

"किसी तरह आज मुझे भी ठीक नहीं लग रहा है और हैंग ओवर के कारण काफी सिर दर्द हो रहा है" कहते हुये नवीन ने दवाईयां खाई और वह पुनः सो गया। "अच्छे से नींद ले लो तुम्हें ठीक लगेगा। अगर चाय या कॉफी पीने की इच्छा हो तो बताओ मैं तुरन्त ले आती हूँ।" "नहीं चाय-कॉफी कुछ भी नहीं चाहिए।" तो नीबू पानी लाऊं। नहीं, काव्या ने उसका सिर दबाया और चूमा। हैंग ओवर के कारण उसे बेचैनी और बदहजमी हो गई थी। परेशानी के कारण वह सो नहीं पा रहा था। बार-बार उठकर बैठ रहा था। थोड़ी ही देर में गोली ने अपना असर दिखाया और वह दोबारा सो गया। सुबह 07 बजे तक उसे हल्का लगा और उठ गया। चाय की जगह गर्म नीबू पानी पीना उसने बेहतर समझा लेकिन काव्या ने उसे ना उठने की सलाह दी। उसने पूछा, "चलो किसी डॉक्टर को बुलाते हैं।" "नहीं नहीं थोड़ी देर

में मुझे ठीक लगेगा और मैं बत्रा हास्पिटल जाकर दवाईयां ले लूगां।" काव्या नवीन को सोता हुआ छोड़कर जल्दी से उठकर खुद तैयार होने लगी। नवीन को वह हास्पिटल अकेले भेजना नहीं चाहती थी। बत्रा हास्पिटल पहुंचकर डॉक्टर नील गिरी से अपॉइंटमेंट ले लिया और आधे घंटे में नवीन की जांच हो गई।

डॉक्टर ने कुछ दवाईयां लिख दीं और नवीन को कुछ समझाइस भी दी, "देखो नवीन शराब लेना बन्द कर दो क्योंकि इससे तुम्हारा लीवर खराब हो सकता है और काम का स्ट्रेस भी मत लिया करो। तुम अकेले नहीं हो जो पूरी दुनिया को ढो रहे हो। इस काम के लिए ऊपर भगवान बैठा है।" उन्होंने हंसते हुये कहा। उसे कड़ी भाषा में कम से कम दो महीने पार्टी और ड्रिंक्स लेने की सख्त मनाई की। नवीन के लीवर पर सूजन आ गई थी। उसका लीवर थोड़ा बढ़ गया था।

पहली ख़ुराक उसे अस्पताल में ही दे दी गई। बाद में ह्रदय रोग विशेषज्ञ द्वारा ईसीजी भी कराया गया। उसके बाद दूसरे डॉक्टर से अल्ट्रासाउंड कराना था, उसे जांच के पश्चात अस्पताल में भर्ती होने के लिए कहा गया। डॉक्टर ने कहा, "हम कोई जोखिम नहीं उठाना चाहते, तुम तनाव मत लेना। सुरक्षित हाथों में हो।"

स्वास्थ्य थोड़ा ज्यादा ही खराब था और सम्पूर्ण मामले की जांच कर गहराई तक पहुंचना जरूरी था। न्यूरोलॉजिस्ट ने उन्हें कम से कम एक हफ्ते के लिए मानसिक तनाव से दूर रहने की सलाह दी। उन्होंने काव्या को समझाया कि वह उसे एक हफ्ता ऑफिस ना जाने दे और उसका फोन बन्द रखे।

आधे घंटे बाद उसे एक उल्टी हुई और फिर मोशन भी पास हो गया। अब उसे थोड़ा आराम महसूस हुआ। उसके बाद उसे छाती के एक्स-रे, पेट का एक्स-रे और अल्ट्रा साउंड के लिए ले गये। जाते-जाते उसने डॉक्टर से पूछा, "डॉक्टर साहब, क्या मैं सही में गंभीर रूप से बीमार हूँ?" "नवीन जी रिपोर्ट्स आने दीजिए, सब पता चल जायेगा।" फिर उसका ब्लड सैंम्पल भी लिया गया। आधे घंटे में सभी रिपोर्ट्स आनी अपेक्षित थीं। नवीन को कुछ ज्यादा ही थकान महसूस हो रही थी। वह ठीक से खड़ा भी नहीं हो पा रहा था। इसलिए एक पोर्टेबल मशीन से उसकी अन्य जांचे की गईं। थोड़ा सा बुखार होने के कारण प्रति घंटा उसका टेम्प्रेचर लिया जा रहा था।

नवीन कुछ समझ नहीं पा रहा था कि आखिर उसे हुआ क्या था। वह थोड़ा चिन्तित हो गया और उसने नर्स से पूछा, "सही-सही बतायें मुझे क्या हुआ है?" नर्स ने कहा, "सभी डॉक्टर आपकी रिपोर्ट देखने के बाद आपस में वार्तालाप करने के बाद आपसे चर्चा करेंगे।

आप चुपचाप लेटे रहिये, रिपोर्ट्स का इन्तजार करें। आपकी इस बेचैनी से आपकी पत्नी भी परेशान हो रही हैं।"

काव्या ने तुरन्त सना को फोन कर सारी स्थिति बताई। नवीन का स्वास्थ्य खराब होने की खबर से काव्या भी थोड़ी बेचैन हो गई और कुछ ही समय में सना और ब्रज व्रत अस्पताल पहुँच गये। काव्या को डॉक्टरी भाषा समझ में नहीं आ रही थी इसीलिए सना ने तत्काल डॉक्टर से मुलाकात कर सारी परिस्थिति जानने की कोशिश की। आते-आते सना 5 लाख रूपये लाना नहीं भूली थी। उसने तुरन्त अस्पताल के बिलों का भुगतान भी कर डाला।

ब्रज व्रत काव्या के पास खड़े रहकर उसका मनोबल बढ़ा रहा था। उसने कहा कि डॉक्टर पर भरोसा रखो और फिर बत्रा अस्पताल यहां का सर्वोत्तम अस्पताल है। उसका मानना था कि नवीन को पूर्व में कभी कोई बीमारी ना होने के कारण उसकी सारी रिपोर्ट्स नार्मल ही आयेगीं और जांच पूर्ण होने के बाद उसे तत्काल अस्पताल से छुट्टी भी मिलेगी।

काव्या घबराई सी चुपचाप खड़ी थी। बार-बार उसके मन में नवीन के लिए चिंता हो रही थी। यही लग रहा था कि कहीं ऐसा ना हो कि इसके पहले भी कभी नवीन का स्वास्थ्य बिगड़ा हो और उसने यह बात उससे छुपाई हो? उसे यह भी चिंता थी कि कहीं नवीन को कुछ व्यापार की चिंता तो नहीं है? कहीं इसी चिंता के कारण उसने ज्यादा शराब तो नहीं पी थी? वह गंदा खाना खाने की क्या जरूरत थी? क्या घर आकर मैं उसके लिए खाना नहीं बनाती। विवाह के कितने साल तक मैंने ही खाना बनाया है। इतना काम करने की क्या जरूरत? और किस के लिए? और कब तक? एक ही तो बेटी है हमारी और अब सना भी पूरी तरह से सेटल हो गई है और कौन है जीवन में हमारा? और बुढ़ापे के लिए पर्याप्त है हमारे पास। आखिर धन की प्यास का कोई अंत नहीं है। जितना कमाओ उतनी परेशानी। पहले लखपति बनना चाहो, फिर करोड़पति की इच्छा हो और फिर अरबपति की इच्छा हो और फिर खरबपति बनना चाहो! यह सारा ही अन्तहीन है। पैसे की भूख कभी नहीं मिटती। हमें हमारी लक्ष्मण रेखा स्वयं ही खीचनी पड़ती है। खुद पर काबू पाना जरूरी है। यह सारा सोचते-सोचते काव्या एकदम गंभीर हो गई, उसने तय किया कि अब वह समय आ गया है जब नवीन को यह समझाये कि ज्यादा की हवस हमेशा बर्बादी की ओर ले जाती है।

लेकिन काव्या की परेशानी की कोई सीमा नहीं थी। वह चक्कर आने की शिकायत करने लगी। आखिरकार नवीन के डॉक्टर ने सिस्टर को काव्या का ब्लड प्रेशर लेने को कहा। काव्या इतनी परेशान थी कि कांपने लग गई और नीचे गिर गई। तत्काल ही डॉक्टर

ने उसे एक Telmekind की गोली खिलाई और ब्रज व्रत को उसे तत्काल घर ले जाकर आराम करवाने को कहा। लेकिन काव्या नवीन को छोड़कर जाने को तैयार ही नहीं थी। कहने लगी, "मैं घर जाकर और बेचैन हो जाऊंगी। मुझे यहीं रहने दो, अब मैं थोड़ा ठीक महसूस कर रही हूँ।" डॉक्टर्स की टीम ने बैठ कर नवीन की सारी रिपोर्ट्स पर विचार विमर्श किया। अच्छी बात यह थी कि थोड़ा सा खाने में फूड पॉइजनिंग के कारण पेट में गड़बड़ी हो गई थी। लेकिन बीपी थोड़ा बढ़ा हुआ था। शाम होते-होते डॉक्टर्स ने नवीन को डिस्चार्ज कर दिया। उसे भरपूर व्यायाम करने की हिदायत दे दी गई।

नवीन की बीमारी की खबर फैलते ही ऑफिस का सारा स्टॉफ और नवीन और काव्या की मित्र मण्डली ने घर आना शुरू कर दिया। मिलने वालों के कारण नवीन ठीक से आराम भी ना कर पाया और तो और 24 घंटे फोन हाथ में पकड़े उसने फोन पर ही ऑफिस का संचालन जारी रखा। इंटरनेट पर ऑफिस की सारी गतिविधियों को वह दिनभर देखता रहा। आखिर उसकी यह जिद देखकर काव्या रो पड़ी। काव्या के रोने से नवीन काफी डर गया और काव्या को उसने सारी गतिविधियों पर विराम देने का वादा किया। उसने काव्या से कहा, "अब शांत हो जाओ। मैं वादा करता हूँ कल से आराम करूंगा। अब क्यों रो रही हो?" "तुम और तुम्हारी जीवन शैली मुझे परेशानी में डाल रही है। मैं तुम्हारी इस जीवनशैली को लेकर काफी परेशान हूँ और मुझे यही चिंता हो रही है। मुझे पता है तुम्हें विश्राम की जरूरत है। अगर आज कुछ ज्यादा तकलीफ होती तो? कभी सोचा तुमने कि अगर तुम बीमार हो जाओगे तो मेरा क्या होगा। प्लीज नवीन सबसे पहले तुम अपना फोन बन्द करो। तुम्हें मेरी और सना की कसम।" कहते कहते वह रोये जा रही थी।

काव्या के आंसुओं ने नवीन पर काफी प्रभाव डाला। उसके आंसू पोछते हुये नवीन ने अपना फोन बन्द कर लिया। परन्तु नवीन का फोन बन्द हुआ तो सारे फोन कॉल अब काव्या के फोन पर आने लगे। कारखाने से भी काफी फोन आ रहे थे। कभी कच्चा सामान खरीदने के भाव को लेकर बात हो रही थी, तो कभी सामान की डिलीवरी के बारे में पूछताछ और सबसे बड़ी बात फाइनेंस को लेकर थी।

अगले दिन सिल्की और कैटी नवीन से मिलने घर आये। काव्या ने उन्हें कॉफी पिलाई और सिल्की से निवेदन किया कि अब तुम्हारे ऊपर ज्यादा जिम्मेंदारी है। उसने कहा, "देखो सिल्की नवीन के बाद कारखाने की सबसे भरोसे की तुम हो, अब तुम कारखाने के सारे विभागों के काम का जायजा लिया करो।" सिल्की जानती थी कि कारखाने के कामों में और स्टॉफ के बीच में उसकी कुछ सीमायें है। एक हद से ज्यादा वह किसी को कुछ

कहने के लायक नहीं है। लेकिन फिर भी उसने काव्या को चिन्ता ना करने का आश्वासन दिया और वह नवीन से मिलने अन्दर चली गई। नवीन ने सिल्की से कारखाने की सारी गतिविधियों की रिपोर्ट ली। सिल्की ने सारी जानकारी नवीन को बताई और बस पाँच मिनट में वह बाहर निकल आई। यह बात कैटी को पसन्द नहीं आई कि काव्या ने कैटी को नवीन से मिलने की इजाजत नहीं दी थी।

सिल्की द्वारा सारी रिपोर्ट सुनाने के बाद भी नवीन के मन की कारखाने को लेकर उछल कूद कम नहीं हुई। बार-बार उसे कारखाने की सारी समस्याएं याद आ रही थीं। उसका मन बिलकुल भी शांत नहीं रह पा रहा था और काम की चिन्ता उसे सता रही थी। आखिर नफा नुकसान की बात तो थी और नवीन का स्वभाव किसी भी कीमत पर नुकसान सहन करने का नहीं था। आखिरकार नवीन स्वयं को रोक ना पाया और उसने फैक्ट्री के टॉप मैनेजमेंट के चार अधिकारियों की मीटिंग बुलाई-उत्पाद, विक्रय, कच्चा माल और लेखा-जोखा। सारी ही मीटिंग उसने ग्रुप कॉलिंग पर की थी और एक-एक को समझाते हुये नवीन को काफी थकान भी महसूस हो रही थी। यह सब देख काव्या जोर-जोर से रोने लगी लेकिन उसका कुछ भी चलने वाला था नहीं। उसने दरवाजा बन्द करके अपनी मीटिंग जारी रखी। कमरे के बाहर से वह रोती हुई बोली, "नवीन तुम सारे डॉक्टर्स से ऊपर नहीं हो। आराम का मतलब केवल शरीर से नहीं होता। मन को भी शांत रखना जरूरी होता है और एक तुम हो जो किसी की सुनते ही नहीं। तुम्हारी यही हरकत जारी रही तो करो अपने मन की, मैं कल सुबह ही सना के घर चली जाऊंगी। दिन भर मीटिंग करते रहना।" उसकी इस बात का नवीन पर काफी असर हो गया और उसने थोड़ा बहुत कह कर अपनी मीटिंग को बन्द कर दिया। दरवाजा खोलकर उसने काव्या को अन्दर बुलाया और उसको अपनी बाहों में लिया। वह उसके बूब्स को दबाना चाहता था इसलिए उससे ब्रा उतारने को कहा। कुछ समय के लिए उसने अच्छा महसूस किया लेकिन बेड पर प्यार करने में असफल रहा। उसने देखा नवीन को काफी तेज बुखार था। उसका तपता हुआ शरीर देखकर काव्या फिर से बोली, "नवीन प्लीज रेस्ट कर लो और अपनी लाईफ स्टाइल को बदलो।" अब तुम नीचे खुले में घूमने का आनन्द ले सकते हो।" नवीन ने कहा, "अच्छा चलो चहल कदमी करता हूँ। क्या हम बिलियर्ड्स खेल सकते हैं?" लेकिन नवीन को काफी कमजोरी आ गई थी और थोड़ा सा चलने पर उसे थकान महसूस हुई। उसने काव्या से उसे बेड़रूम में ले जाने को कहा।

काव्या ने उसे पलंग पर लिटा दिया। नवीन ने उसका चेहरा अपने हाथ में लिया और कहा, "काव्या, आज भी तुम कितनी खूबसूरत हो, तुमने अपने आप को कितना मेंनटेन किया है।" मौके का बहाना लेकर काव्या बोली,"देखो नवीन मेरी सारी खूबसूरती केवल और केवल तुम्हारे लिए है लेकिन मुझ से प्यार करने के लिए पहले तुम्हें अपना स्वास्थ्य तो ठीक रखना पड़ेगा ना। प्लीज नवीन टेक केयर ऑफ योरसेल्फ।" नवीन ने थोड़ा जूस पिया और सेब खाया। कुछ ही दिनों में नवीन पूर्णतः ठीक हो गया पर इस छोटे से झटके ने उसकी अकल ठिकाने लगा दी। अब प्रतिदिन शाम को वह दोनों जिम करने लग गये थे।

उसके ठीक होने पर काव्या ने शिवजी का अभिषेक घर पर रखा था। मनोभाव से उसने ईश्वर को नवीन को ठीक करने के लिए धन्यवाद दिया। इतना ही नहीं, कुछ दान-पुण्य का भाव भी उसके मन में जागृत हुआ। उसने शहर के एक और यतीम खाने में आठ कमरों का मरम्मत कार्य और विद्युतीकरण का जिम्मा लिया। इसमें लगभग दो लाख रूपये का खर्चा था। अचानक काव्या को अपनी माँ की बात याद आई। माँ हमेशा कहा करती थीं,"ईश्वर की हमेशा पूजा करो, जो उसने दिया है उसके लिए उसे धन्यवाद दो, मगर ईश्वर से कभी स्वयं के लिए कुछ ना मांगो। प्रार्थनाओं में स्वार्थ नहीं होना चाहिए।"

(13)

नवीन के स्वास्थ्य में धीरे-धीरे सुधार हो रहा था। तीन दिन सम्पूर्ण स्वास्थ्य लाभ लेने के बाद नवीन को लगा कि अब वह ऑफिस के लिए फिट हो गया है। नवीन उठा और उसने आईने में अपनी शक्ल देखी। चेहरे पर काफी थकान तो लग रही थी पर फिर भी उसने दाढ़ी बनाई, नहा लिया और व्यवस्थित कपड़े पहनकर निकल पड़ा। नाश्ते में काव्या ने आज उसके लिए आमलेट और ब्रेड बनाया था। नवीन की पसंदीदा ब्लैक कॉफी भी उसने नवीन को परोसी। काव्या सफेद शिफॉन साड़ी में खुले बाल रख के सुन्दर लग रही थी। परन्तु उसका चेहरा बहुत मायूस नजर आ रहा था। नवीन देखता ही रह गया कि आज उसने मांग में सिन्दूर नहीं भरा था और ना ही कोई चूड़ी या मंगलसूत्र पहना था। उसे इस रूप में देखकर नवीन को थोड़ा सदमा ही लगा। उसने सना से पूछा, "ये क्या हाल बना रखा है?" काव्या चुपचाप ही थी। "ऐसे विधवा के भेष में क्यों घूम रही हो?" "तुम्हारे व्यवहार से तो मुझे मेरी यही किस्मत दिख रही है और जीवन में मुसीबतों का सामना करने के लिए मैं तैयार हो रही हूँ।" "मुसीबतों का सामना? क्या कहना चाह रही हो।" "वही जो तुम्हें

दिखाई नहीं दे रहा है और जिसकी तुम्हें चिन्ता भी नहीं है।" "क्या हो गया मैं कुछ समझ नहीं पा रहा हूँ?" "स्वास्थ्य! तुम्हारा स्वास्थ्य नवीन।" "अरे अब तो मैं ठीक हूँ" "नहीं! चेहरे की थकान देख रहे हो। तुम्हें कम से कम एक और सप्ताह पूरा आराम करना चाहिए। मैंने शायद तुम्हें शादी के वक्त पहचानने में गलती की। मुझे कभी ना लगा था कि तुम पैसों के पीछे इतने पागल हो। देखो मेरी तरफ। तुम्हें यदि कुछ हो गया तो मेरा क्या होगा?कभी सोचते हो? चलो पहले डॉक्टर के पास चलते हैं और उनसे तुम्हें पुनः ऑफिस जाने का फिटनेस सर्टिफिकेट लेते हैं।" "ठीक है। मगर पहले अंदर जाओ और हमेशा की तरह सज-धज के मेरे सामने आओ। फिर हम दोनों नाश्ता करते हैं और तुम्हारी तसल्ली के लिए बत्रा हॉस्पिटल चलते है। अब तो खुश हो।"

काव्या मुस्कुराई और अन्दर जाकर सुन्दर साड़ी और सुन्दर केश सज्जा कर नवीन के सामने उपस्थित हुई। दोनों ने खुशी-खुशी नाश्ता किया और दोनों न्यूरोलॉजिस्ट के पास चले गये। डॉक्टर से बात कर दोनों ही संतुष्ट थे। सारा काम होते-होते उन्हें एक से डेढ़ घण्टा लग ही गया। नवीन ने गाड़ी में काव्या को पास लेते हुये पूछा, "और कुछ मेरी जान?" "जी" काव्या ने कहा। "अब और क्या रह गया?" "वही प्रेम जो तुमने उस दिन अधूरा छोड़ा था।" नवीन मुस्कुरा दिया और बोला, "अभी ऑफिस जाने दो, शाम को मिलते हैं।" घर आकर ड्राइवर ने दोनों को घर छोड़ा, पूरे रास्ते काव्या चुप ही थी। परन्तु मन में खुश थी कि कम से कम नवीन ने उसकी बात तो मानी। और नवीन काव्या को घर छोड़ ऑफिस के लिए निकल गया।

अपने पापा के ऑफिस जाने की खबर सुनकर सना ने तुरन्त पापा को फोन लगाया, "पापा, आपको ऑफिस जाने की इतनी जल्दी क्यों थी?" "बेटा सना घर पड़े-पड़े मैं और बीमार हो जाता। घर में बैठकर बोर हो रहा था।" "मगर पापा स्वास्थ्य को इस प्रकार नज़रअंदाज़ नहीं करना चाहिए।" "हां बेटा सही कह रही हो। अपनी माँ की ही बेटी हो, अभी-अभी हम लोग डॉक्टर के पास से ही आ रहे हैं। और उन्होंने मुझे पुनः काम पर जाने का सर्टिफिकेट दे दिया है। तुम चिन्ता ना करो। पहले बताओ तुम कैसी हो।" "मैं ठीक हूँ पापा बाय? "

दोनों ही अपने अपने कामों में व्यस्त हो गये। सना भी रोज स्कूल जा रही थी। वह आज खुश थी क्योंकि आज ब्रज व्रत भी स्कूल पहुंच गये थे और दोनों ने मिलकर दोनों ही स्कूलों का निरीक्षण कर लिया था। स्कूल के आखिरी पीरियड में होने वाले बच्चों के ड्रिल

देखने आज दोनों ही उपस्थित थे। ब्रज ने देखा कि ड्रिल बच्चे बहुत मजे से कर रहे थे और इस प्रकार के खेलों से बच्चों का किताबों का तनाव भी गायब हो रहा था। फिर खेलकूद कर बच्चों में थकान कम और उत्साह ज्यादा था। स्कूल का पीटीआई योग भी बहुत अच्छे से जानता था। उससे कुछ योग सीखने का ब्रज व्रत ने भी मन बनाया। उसने सोचा कि मूलभूत क्रियांए यहां सीखकर एक हफ्ता ऋषिकेश जाकर योग का कैम्प देखूंगा। आज सना ने स्कूल के लिए एक छोटी गाड़ी खरीदी थी जो किसी भी प्रकार की आपात स्थिति के लिए बच्चों के काम आ सके। एक तरह से वह गाड़ी दोनों स्कूलों के लिए एम्बुलेंस का काम करने वाली थी।

सारे काम समेट कर सना 15 मिनट में ऑफिस पहुंच गई और दोनों ने साथ ही लन्च कर लिया। आज काव्या ने सना के ससुराल जाने का विचार कर लिया था। ब्रज के पिता उस इलाके के माने-जाने पंडित थे और नवीन के ठीक होने और भविष्य की उन्नति के लिए काव्या कुछ यज्ञ करना चाहती थी। सना के सास-ससुर से मुलाकात कर काव्या शॉपिंग करने मॉल पहुंची। उनकी शादी की सालगिरह आ रही थी और काव्या का अपनी मित्र मण्डली को एक पार्टी देने का मन था। अपने लिए और नवीन के लिए खरीदारी कर उसने सना के आने वाले दिनों के हिसाब से कुछ ढीले-ढाले सलवार-सूट सना के लिए भी खरीदे। आज काव्या ने आने वाले छोटे बच्चे के लिए भी कुछ खिलौने और कुछ कपड़े खरीदे। सारा शॉपिंग निपटाकर काव्या सीधे नवीन के ऑफिस ही पहुंच गई और उसे यह देखकर हैरानी हुई कि नवीन ने सारी दवाईयां सही समय पर खुद ही ले ली थी। नवीन ने काव्या की शॉपिंग के बारे में पूछा तो काव्या ने कहा कि उसने आज दिल खोलकर शॉपिंग की है और उनकी शादी की सालगिरह के उपलक्ष्य में नवीन के लिए दो रेमण्ड के सूट लिये हैं। फिर दोनों ने आज साहनी रेस्ट्रोरेन्ट जाकर लन्च लेने का विचार बनाया। दोनों ही साहनी रेस्टोरेंट की ओर चल पड़े। एसी कमरे में बैठे नवीन ने काव्या को निहारते हुये बोला, "क्या बात है? आजकल हमारी जान बेहद खूबसूरत लग रही है। लगता है आने वाले बसंत ऋतु की लाली तुम्हारे गालों पर भी छायी है।" "आज कितने दिनों बाद तुम ने मेरी तारीफ की है नवीन। तुम्हारे बगैर मैं कुछ भी नहीं हूँ। तीन दिन पहले मैं अपने आप को इतनी असहाय और मायूस महसूस कर रही थी। पर आज सही मायने में स्वास्थ्य तो मेरा ही ठीक हुआ है। सच कहो नवीन अब तुम अपने स्वास्थ्य को कभी नज़रंदाज़ नहीं करोगे और अब गधे के समान सुबह से शाम तक काम पर नहीं जुतोगे। कुछ समय मेरे लिए भी दिया करो नवीन।

मैं भी तुम्हारी जिन्दगी की लेबोरेट्री हूँ। यह बात अलग है कि मेरे ऊपर आज तक तुम्हारा एक भी प्रयोग सफल नहीं हुआ है।" कहते हुये वह हंस पड़ी।

साहनी रेस्ट्रोरेन्ट में लन्च लेने के बाद नवीन ऑफिस चला गया और काव्या सना के स्कूल चली गई। वह सना के कामकाज को टटोलना चाहती थी और सना के सहयोगी स्टॉफ से मिलना चाहती थी। वहां उसे पंडित रेवती भी दिखे। पंडित रेवती प्रसाद ब्रज व्रत के साथ काव्या से मिलने गये थे। वह ब्रज व्रत के माध्यम से काव्या की सिफारिश लेकर मिले थे कि उनकी पत्नी को सना सीबीएसई स्कूल में शिक्षक के पद पर रख ले। काव्या ने रेवती प्रसाद की पत्नी तूलिका की सिफारिश सना से की थी। अपनी माँ की सिफारिश को सना ठुकरा नहीं सकती थी और तूलिका को शिक्षक नियुक्त करने के लिए वह राजी हो गई।

काव्या ने सना को स्पष्ट-स्पष्ट कह दिया था कि मेरी अनेक सहेलियां अपने-अपने चहेतों को स्कूल में रखने की सिफारिश कर रही हैं। लेकिन तूलिका के मामले में तुम जरा ध्यान रखना और सना ने काव्या की बात मान ली थी। काव्या अब स्कूल की तरफ निकल पड़ी। उसने देखा कि सना ने अब विज्ञान प्रयोगशालाओं में काफी उन्नति कर ली है। अनेक नवीनतम उपकरण प्रयोगशालाओं में रखे गये थे लेकिन उनके प्रयोग के बारे में काव्या कुछ समझ ना सकी। उसे तो बस बाऊलिंग और बिलियर्ड्स् की टेबल देखकर खुशी हुई। उसने यह देखा कि ग्यारवीं क्लास के बच्चे बड़े शौक से यह खेल-खेल रहे थे, चलते-चलते सना ने काव्या को यह भी बताया कि उसने बहुत कुछ किताबें और दो बिलियर्ड टेबल्स की और खरीदी का विचार बनाया है। काव्या ने कहा, "तुम्हारी जितनी इच्छा हो उतनी किताबें खरीदो, पैसे कम पड़ें तो मैं और देने को तैयार हूँ। तुम्हारे पापा को किताबों का विशेष शौक है। तुम लाइब्रेरी का 'नवीन लाइब्रेरी' यह नाम रखो। तुम्हारे पापा लाइब्रेरी को अपना नाम पाकर बड़े खुश होंगे।" स्कूल का सारा काम देखकर काव्या बहुत खुश हुई और उसने आने वाले ठंड के हिसाब से सभी चतुर्थ श्रेणी कर्मचारियों के लिए गर्म कपड़े खरीदने की हिदायत दी।

अगली सुबह काव्या भी आने वाली ठंड की तैयारी में जुट गई। उसने सारे गर्म कपड़े बाहर निकाले और अचानक वह स्टूल से फिसल गई। काव्या जोर से चीखी, उसकी पीठ पर भी काफी चोट आई थी और वह कमर के बल गिरी थी। सलोनी दौड़कर उसकी सहायता के लिए आई। लेकिन काव्या खड़े होने की स्थिति में भी नहीं थी। उसके दायां और बायां दोनों ही पाँव शायद फ्रेक्चर हो गये थे, सलोनी ने घबराकर नवीन और सना को

फोन लगाया। अविलम्ब नवीन और सना घर पहुंच गये। वह काव्या को बत्रा हॉस्पिटल ले गये। स्ट्रेचर पर काव्या को लिटाकर सीधे एक्स-रे रूम ले जाया गया। हड्डी रोग विशेषज्ञ ने एक्स-रे देखते ही बोला, "उनका दायां कंधा डिस्लोकेट हुआ है और उनके पाँव में भी फ्रेक्चर है। तो अब उनके हाथ और पाँव दोनों को ही प्लास्टर लगाना अनिवार्य है। लगता है पीठ पर गिरने से रीढ़ की हड्डी में भी थोड़ी चोट लगी है। मगर यह चोट तो धीरे-धीरे फ़िज़ियोथेरेपी से ही ठीक होगी। कुछ समय जरूर लगेगा। लेकिन अब उसे नींद की गोली और दर्द की गोलियां कुछ दिनों तक देना जरूरी है। तभी उसे आराम मिल पायेगा। नहीं तो इस स्थिति में काफी दर्द होता है।"

काव्या की स्थिति देख सना और नवीन दोनों ही घबरा गये। हताश होकर दोनों ही काव्या के बाजू में खड़े थे। अब उसे एमआरआई के लिए भी ले जाना आवश्यक था। डॉक्टर यह देखना चाहते थे कि सिर में कोई चोट तो नहीं। एमआरआई सम्पन्न हुई और रिपोर्ट भी नॉर्मल ही आ गई। यह सुनकर सना और नवीन को थोड़ी राहत मिली।

बाकी कोई जटिल चोट ना होने से प्लास्टर के बाद दूसरे दिन काव्या हॉस्पिटल से घर पहुंच गई। नवीन ने सिल्की और कैटी को घर पर बुला लिया था। उसने सिल्की से कहा, "सिल्की, कैटी, मैं चाहता हूँ अब तुम दोनों काव्या की देखभाल के लिए मेरे घर ही रूक जाना। तुम दोनों के अलावा मेरे लिए सबसे भरोसे का और कोई नहीं है। ऊपर के कमरे में तुम दोनों रहने लगो। बाकी घर के काम के लिए सलोनी है। तुम लोग बस अच्छे से काव्या की देखभाल करो। इतनी सहायता की अपेक्षा तो मैं तुम दोनों से कर ही सकता हूँ ना।" सिल्की और कैटी ने नवीन को विश्वास दिलाया, "आप चिन्ता ना करें, हम दोनों काव्या दीदी को बिलकुल ठीक कर देंगे।" अब काव्या को देखने वालों की घर में भीड़ हो रही थी और इन सब का जिम्मा कैटी ने लिया और फोन पर अटेन्ड करने का जिम्मा सिल्की का था।

सना ब्रज को सारा हादसा बताना चाहती थी। लेकिन उसे आश्चर्य हुआ कि ब्रज का फोन लगातार बन्द आ रहा था। वह थोड़ी परेशान हुई पर रोज सुबह स्कूल जाने के पहले सना अपनी माँ को देखने घर आती थी। घंटा दो घंटा रोज वह अपनी माँ के साथ रहती थी। अक्सर, वह माँ को रोज नयी-नयी ड्रेस पहनाती थी और अच्छी सी हेयर स्टाईल भी कर देती थी। लेकिन सना माँ की इस बीमारी को लेकर कुछ परेशान हो गई। उसने कुछ निदान पाने की दृष्टि से अपने ससुर साहब को फोन लगाया। वे कुण्डली देखने में माहिर

थे, बात का पता चलते ही निर्मल व्रत और उनकी पत्नी तत्काल देखने आये। सना ने ब्रज व्रत के बारे में बताया कि वह बिना बताये कहीं गये हैं और उनका फोन भी लगातार बन्द ही आ रहा है। निर्मल व्रत चुप ही रहे और उन्होंने तत्काल ऋषिकेश के परमार्थ निकेतन में फोन लगाया। ब्रज व्रत बिना बताये यहां पहुंचे थे पर निर्मल व्रत को बताकर आये थे। सुपरवाइजर ने तत्काल यह खबर ब्रज व्रत को सुनाई। खबर सुनते ही सारा एकांत और योग छोड़कर ब्रज फरीदाबाद के लिए रवाना हुए। आने पर निर्मल ब्रज व्रत पर काफी नाराज हुये और झल्ला कर बोले, "ये क्या बत्तमीजी है, तुम बिना सना को बताये ही चले गये और इतने दिनों के लिए जा रहे हो यह तुमने मुझे भी नहीं बताया। इतनी ही विरक्ति आ गई है तो पॉच साल पहले ही सन्यासी बन जाते। तुम किसी काम के नहीं हो, निहायत मूर्ख हो। आज यह हादसा काव्या जी के साथ हुआ कल किसी और के साथ होता तो और तुम्हारी इस हरकत पर बिस्तर पर पड़ी काव्या जी को मैं क्या चेहरा दिखाऊगां?"

ब्रज व्रत अपनी इस हरकत पर शर्मिन्दा थे। उन्होंने सना से भी माफी मांगी और यह यकीन दिलाया कि दुबारा वह ऐसी गलती और ऐसा व्यवहार कभी नहीं करेंगे। सना भी मान गई और वह शाम को काव्या को देखने घर पहुंचे। काव्या ब्रज पर काफी नाराज हुई। यह कहते हुए कि मेरी मुश्किल की घड़ी में तुमने हमें पूर्णतः नज़रंदाज़ किया, वह बोली, "मेरी तो छोड़ो, नवीन हैं पर तुमने यह कभी नहीं सोचा कि इस स्थिति में क्या सना दौड़- भाग करेगी?" सलोनी और सिल्की काव्या को नाश्ता कराने के बाद सफाई करती थीं। नाश्ते के साथ दवाईयाँ दी जातीं। थोड़ी सी हलचल करने पर उसकी पीठ में तीव्र दर्द उठता था और वह रो देती थी। नवीन भी दिन रात उसका ख्याल रखने में लगा हुआ था और शाम 05:30 तक रोज घर आ जाता था। आकर वह काव्या के बालों पर हाथ फेरता था, उसका माथा चूमता था, उसके बूब्स दबाता और कहता "प्यारी काव्या, तुम्हारे गुलाबी उरोज अभी मुरझाए नहीं हैं। इन्हें सख्त और कोमल बनाए रखना।" ओ के बॉस, मैं इनका ध्यान रखूँगी। लेकिन तुम भी अपना ध्यान रखो। मुझे लगता है कि तुम मेरे गिरने के बाद अपनी बीमारी भूल गए हो।" नहीं! "ऐसा बिलकुल नहीं है, मैं रोज नियमित रूप से दवाई लेता हूँ।" नवीन बोला।

और उसे बिना बोले अपना प्यार जताता था।

(14)

सना पिछले माह की किटी पार्टी में नहीं जा पाई थी तो आज उसने अपनी सारी सहेलियों से मिलने का प्लान बनाया। उसकी सहेली गौरी (24) ने हॉटल मिरेन्डा में 14 नवम्बर को एक पार्टी रखी थी। यह खबर नाव्या ने सना को बताई थी और यह भी बताया था कि यह पार्टी बहुत खास होने वाली है क्योंकि वहां रॉक म्यूजिक रखा गया है। सना भी पार्टी के बहाने सभी से मिलने को बहुत उत्सुक थी।

माँ से भेंट में मिली हुई नीली साड़ी में आज सना बेहद खूबसूरत लग रही थी। वो आज पार्टी में श्वेता (24), जूही अमन (24), जया वाक्ची (26) और संचिता (26) से मिलने के लिए आतुर थी। इन सब का विवाह सम्पन्न हो गया था और सभी अपने एकल परिवार में खुश थे। सना ने जूही अमन को आईबी स्कूल ज्वाइन करने का न्यौता भी दिया था। परन्तु उसने सना के आमंत्रण को ठुकराया था। वह रसायन विज्ञान में अपनी पी-एच. डी कर रही थी। जया वाक्ची स्वयं एक फैशन हाऊस चलाती थी और सना अक्सर अपनी डिजाइनर बेडशीट और ब्लैंकेट्स वहीं से लेती थी। श्वेता एक योग शिक्षक थी और वह स्कूल में योग शिक्षक के रूप में कार्य कर रही थी। सना चाहती थी कि श्वेता उसके स्कूल में पढ़ाये। परन्तु उसने भी सना के निमंत्रण को ठुकरा दिया था। श्वेता बेहद खूबसूरत थी और जब वह अपने पति के साथ मॉल में मिली तब ब्रज व्रत उसके प्रति काफी आकर्षित हुआ था। संचित अपने पति के साथ कॉरपोरेट ऑफिस चलाती थी और दोनों मिलकर दो लाख रुपये महीना कमाते थे।

पार्टी में रॉक डांसर्स और गायकों की अच्छी टीम आई थी। पार्टी को थोड़ा ईलीट बनाने के लिए पंडित नेहरू की उपलब्धियों पर व्याख्यान भी रखा गया था। नाव्या ने पंडित नेहरू की राष्ट्र को दी गई उपलब्धियों पर भाषण भी दिया। कुछ बच्चे भी व्याख्यान सुनने हेतु बुलाये गये थे, उनके द्वारा एक लोक नृत्य भी पेश किया गया। लोक नृत्य 'आय लव माई इंडिया' थीम पर था।

जूही अमन अच्छी नृत्यांगना थी और आज के उसके नृत्य ने सभी को प्रभावित किया था। योग आर्या ने 'मेरा नाम जोकर का' प्रसिद्ध गाना अपनी मीठी आवाज में सुनाया। जब पार्टी चल रही थी तब सना अकेली बैठकर ब्रज व्रत और मोहन अक्षय के साथ बीते हुये लम्हें याद कर रही थी।

ब्रज व्रत के बिना बताये अचानक ऋषिकेश जाने पर सना ने मोहन अक्षय के साथ

पुनः एक यात्रा प्लान की थी। परन्तु अचानक काव्या के गिर जाने के कारण उसको यह ट्रिप निरस्त करना पड़ा। अपनी ट्रिप निरस्त होने का दुख सना को था। लेकिन माँ की स्थिति को देख उसने वो निरस्त करना ही उचित समझा था।

निधारित कार्यक्रम समाप्त होने पर सभी को डांस फ्लोर पर बुलाया गया। सना आज पहले गौरी के पति के साथ नृत्य कर रही थी। बाद में उसने निवेश के साथ नृत्य किया और अंत में संत भारगव के साथ किया। थक कर भोजन कर वह घर लौट गई। घर पहुंच कर उसे बार-बार मोहन अक्षय की याद आ रही थी। बड़ी उम्मीद के साथ उसने मोहन अक्षय को फोन लगाया पर उसे निराश होना पड़ा क्योंकि उसका फोन लगातार बन्द ही आ रहा था। नींद ना आने के कारण उसने बिस्तर पर लेटे-लेटे ही टीवी ऑन किया। टीवी पर चल रहे यूक्रेन और रूस के युद्ध के बारे में थोड़ी देर तक सुनना और जानकारी लेना उसने उचित समझा। पूरी रिपोर्ट सुनने के बाद सना के मन में यूक्रेन के प्रति आदर भाव जाग्रत हुआ। क्यों कि छोटा देश होने के बावजूद उसने बड़ी ताकत के सामने झुकना नहीं सीखा था। उसे यह बात सुनकर हंसी आई कि अमेरिंका रुस की बढ़त को रोकने के लिये यूक्रेन को सहायता करने को तैयार था। उसे यह जानकर भी दुख हुआ कि कितने ही निरपराध लोग इस युद्ध में रोज अपनी जान गवा रहे थे, उन सारे सैनिकों के प्रति भी सना के मन में प्रेम का भाव उत्पन्न हुआ और उसे लगा कि कारगिल में भी कुछ ऐसा हुआ होगा। जब शुरू में उसने समय बिताने के लिए टीवी ऑन किया था तब उसे इस युद्ध के समाचारों में कोई रूचि नहीं थी। लेकिन देखते ही देखते वह सारी रिपोर्ट देखने लगी थी। लम्बे समय देखने से सुबह सना सिर दर्द की तकलीफ से जागी। लेकिन स्कूल तो जाना ही था। उसने अपने स्कूल की डायरी खोली और आज के काम देखे। पहला काम था कि सीबीएसई स्कूल का दौरा करना क्योंकि वह वहां स्कूल के स्टॉफ में निर्मल व्रत का नाम डालना चाह रही थी। दूसरा काम यह था कि आईबी स्कूल का दौरा करना क्योंकि उसकी कमेटी में उसे काव्या का नाम डालना था। दोनों ही लोगों की ओर से सना ने पचास लाख का डोनेशन दिखाया था।

सना स्कूल पहुंची और वह आईबी स्कूल के राउन्ड पर निकली। प्रधानाचार्य हुलास राय से उसने स्कूल के बारे में प्राथमिक चर्चायें की। आईबी स्कूल की छात्र संख्या ज्यादा बढ़ नहीं रही थी। यह चिन्ता का विषय था और सना को स्कूल चलाने के लिए निजी पैसा लगाना पड़ रहा था। दोपहर के 12:45 बज रहे होंगे कि अचानक उसका पुराना प्रेमी चन्दन गेट कीपर को धक्का देकर सना के कमरे में घुस गया। उसके साथ एक और बदमाश आकाश भी था। चन्दन ने घुसते ही सना से बदतमीजी पूर्ण बात-चीत शुरू की,

"हेलो डार्लिंग सना हाऊ आर यू ?" उसका 'डार्लिंग' शब्द सुन कर सना को गुस्सा आया। लेकिन तमाशा ना हो इसलिए उसने उससे शांति से पूछा, "कहो कैसे आना हुआ?" "कुछ नहीं बस ये आठ बच्चे लाया हूँ इन्हें तुम्हारे स्कूल में एडमिशन चाहिए।" "देखो चन्दन, आई एम सॉरी, ये सारे ही बच्चे प्रवेश परीक्षा में अनुत्तीर्ण हो चुके हैं और इन्हें एडमिशन नहीं मिल सकता", सना ने कहा। इस पर चन्दन आवाज़ चढ़ा कर बोला, "कैसा सॉरी! चुपचाप इनके फार्म पर साइन करो क्योंकि मैं ऐसा ही चाहता हूँ और हां याद रहे ये बच्चे जब तक पढ़ेगें कोई फीस नहीं देंगे समझी?" सना थोड़ी सहम कर रह गई और बोली, "क्या बकवास है ये? यदि फ्री में पढ़ना है तो सीबीएसई स्कूल में पढ़ें, वहां गरीबी रेखा के नीचे के बच्चों के लिए निःशुल्क व्यवस्था है।" चन्दन जरा ताव में आ गया और बोला, "नहीं वो पढ़ेंगे तो यहीं पढ़ेंगे कोई सीबीएसई नहीं।" सना ने कहा सॉरी। उसका सॉरी सुनते ही चन्दन और आकाश उसकी ओर बढ़ गये। सना ने दराज़ में रखी हुई पिस्टल हाथ में उठाई और घबराकर दो बुलट दागी। चन्दन और आकाश जमीन पर गिरे थे। सना ने तत्काल एसपी को फोन लगाया और उन्हें सारा वाकया सुनाया।

एसपी को याद आया कि एक बार किसी आंदोलन के दौरान आकाश के पिता ने एसपी के ऊपर स्याही फैंकी थी। एसपी आकाश को पहचान गया। उसे आकाश या उसके पिता से पहले से ही बदला लेना था। पूछताछ करने पर एसपी को पता चला कि चन्दन के पिता भी क्रिमिनल रिकॉर्ड के थे और दो माह पूर्व एक पुलिस एनकाउंटर में मारे गये थे। दोनों ही लड़के एसपी की नजर में चढ़े हुये थे और दोनों का ही रिकॉर्ड क्रिमिनल था। गुरुग्राम में भी उन्होंने कई वारदातों को अन्जाम दिया था और वह फरीदाबाद भागे थे। उन्हें तत्काल गिरफ्तार करने का एक पत्र एसएसपी गुरुग्राम ने एसपी फरीदाबाद को भी लिखा था। सारा मामला समझने के बाद एसपी ने कहा, "मैडम सना, आप कोई चिन्ता ना करें। वो दोनों ही ब्लैक लिस्टेड क्रिमिनल्स हैं। आप को कुछ नहीं होगा। बस कानून को अपना काम करने दें।" एसपी महोदय ने दोनों के पुराने आदतन अपराधी होने के सारे रिकॉर्ड के साथ चन्दन और आकाश के खिलाफ एफआईआर लिख दी। नवीन ने भी सना को निश्चिन्त होने का आश्वाशन दिलाया और अधिवक्ता वेद शर्मा को सना की ओर से लगाया। वेद शर्मा एक प्रसिद्ध वकील थे और बातचीत से उन्होंने सारा माजरा समझ लिया था। उन्होंने सना को आश्वासन दिया कि बिलकुल फिक्र मत करना। आपने जो किया, आत्मरक्षा में किया है। निश्चिन्त रहो।

पुलिस ने दोनों के शव उठाये और उन्हें पोस्टमॉर्टम के लिए ले गये। सना ने पूरा

ऑफिस धुलवाया और वह बाहर आकर एक कप स्ट्राँग कॉफी हाथ में लिए माथा पकड़कर बैठ गयी। लेकिन वह बिलकुल घबराई नहीं थी और उसने पूरे वाकिये में साहस से सामना किया था। उसका विश्वास था कि बुराई का अंत बुरा ही होता है और उन्हें उनके दुष्कर्मों की सजा मिली है।

(15)

घर पहुंच कर सना बिलकुल चुपचाप, कुछ मायूस सी अपने कमरे में सीधे चली गई। उसे छोड़ने मोहन अक्षय आया हुआ था। सना को और मोहन अक्षय को इस रूप में देखकर ब्रज व्रत समझ गये कि कुछ तो गड़बड़ हुआ है। मोहन अक्षय ने कुछ भी बोलने से इंकार किया और सना की ओर देखता रहा। 5-10 मिनट रूक कर वह चुपचाप लौट गया। उसके जाने के बाद ब्रज सना के पास पहुंचा और बोला, "सना सच बताओ क्या बात है? क्या हुआ? मुझे पूरा-पूरा सच जानना है।"

बिना कुछ कहे सना बस रोने लगी और ब्रज के कंधे पर सिर रखकर रोती ही रही। बार-बार ब्रज उससे पूछ रहे थे, "अरे कुछ बताओगी नहीं तो पता कैसे चलेगा कि क्या हुआ है? बिना कुछ जाने मैं तुम्हारी मदद भी नहीं कर सकता। विश्वास रखो, मैं सदैव तुम्हारे साथ हूँ और तुम्हारा साथ कभी नहीं छोड़ूंगा, मामला चाहे जो हो।"

कुछ समय रोने के बाद सना कुछ कहने की मनःस्थिति में आ गई और उसने पूरा वाकया ब्रज को सुनाया। ब्रज ने गंभीरता से पूरी कहानी सुनी और बोला,"तुमने ठीक किया, उन कमीनों को अच्छी सजा मिल गई। दोनों के हाथ में पिस्टल थी ना, फिर वो तुम्हें कुछ कर बैठते तो और फिर उन्होंने गेट कीपर से भी तो हाथापाई की थी। तुम्हें कुछ नहीं होगा और गेट कीपर गवाही भी तो देगा। दोनों ही बदमाश नामजद गुंडे थे। अब शांत हो जाओ और कुछ खा लो। जीवन में उतार चढ़ाव तो आते ही रहते हैं। लेकिन एक बात याद रखो, तुम्हारे और चन्दन के पूर्व के प्रेम संबंधों के बारे में कभी जिक्र मत करना। मैं सोचता हूँ तुम्हें मेरी बात समझ में आ रही है।" ब्रज ने सना का माथा चूम लिया। उससे सना को काफी राहत मिल गई। थोड़ी शांत भी हो गई। दोनों ने मिलकर खाना खाया। बिस्तर पर लेटे-लेटे सना ने अपने गुस्से का इजहार तो कर ही दिया, "तुम बिना बताये ऋषिकेष चले गये। जाना था तो बता के जाते, मैं तुम्हें रोकती नहीं, बस इतना ही चाहती थी कि जो करो, बताकर करो, मैं कोई मामूली मूर्ख स्त्री नहीं हूँ कि पति को परमेश्वर मानकर उसकी

सारी गलतियां सहन करती रहूं। क्या मैं कहीं कुछ गलत कर रही हूँ या पत्नी होने से तुम्हारी अपेक्षाओं पर खरी नहीं हूँ", ब्रज ने अपराधबोध से कहा, "नहीं सना सही में मुझ से गलती हो गई और दुबारा ऐसी हरकत मैं कभी नहीं करूंगा। आज वादा करता हूँ।" दूसरे दिन, ब्रज स्वयं सना के साथ स्कूल गया। वहां योग शिक्षक से मिलकर ब्रज ने काफी चर्चायें की। इतने में विनायक का फोन आया। विनायक पूछ रहा था, "क्या मैं और कल्पी तुम्हें आकर तुम्हारे कल्चर सेन्टर में ज्वाइन कर सकते हैं?" ब्रज ने उन्हें आज ना आने की बात की और कहा, "मैं थोड़ा व्यस्त हूँ, फ्री होकर बात करता हूँ।" असल में आईबी स्कूल में वह लोग एक ग्रुप बनाकर इंडियन कल्चर सेन्टर स्थापित करना चाहते थे पर कल की घटना से ब्रज भी थोड़ा सहम गया। लेकिन सना ने उसे भरोसा देते हुये कहा, "यह सेन्टर तुम्हारा शौक है और तुम उसे जरूर चालू करो। मैं हमेंशा तुम्हारे साथ हूँ। सब ठीक हो जायेगा। थोड़े दिन की ही तो बात है।"

ब्रज ने सना को अपने मन के इंडियन कल्चर सेन्टर की परिकल्पना समझाई। वहां योग, मेडिटेशन, आहार और जीवन पद्धति, जैविक दवाईयां और सौन्दर्य प्रसाधन पर चर्चायें होगी और समय समय पर इन विषयों पर ट्रेनिंग कार्यक्रम भी होंगे। इसके अलावा, रामायण, महाभारत और भगवद्गीता पर भी प्रवचन होंगे। उसका उद्देश्य भारत की वैदिक परम्परा, आहार और आचरण को बढ़ावा देना था।

अगली सुबह सना काम में व्यस्त थी। एक टेलिस्कोप कम्पनी का व्यक्ति डेमोस्ट्रेशन हेतु बुलाया गया था। उसे ग्राउंड के मध्य बिठाकर टेलीस्कोप का डेमोस्ट्रेशन हो रहा था। बच्चे कौतूहलवश कार्यालय के सामने उसके प्रदर्शन को देखने इकट्ठा हुये। इतनी बड़ी दूरबीन बच्चे पहली बार ही देख रहे थे। एक-एक कर बच्चे दूरबीन को देखते रहे। सना को भी वह दूरबीन पसंद आई और उसने 4 लाख रुपये की लागत वाली 4 दूरबीनों का ऑर्डर दिया। इंग्लिश टीचर ने बेसबॉल, बॉलिंग और टेलिस्कोप के बारे में तैयार किया हुआ विज्ञापन सना को लाकर दिखाया। इस विज्ञापन का प्रभाव इतना अच्छा पड़ा कि अगले ही दिन लगभग 50 नये बच्चों के एडमिशन हो गये थे।

ब्रज व्रत ने योग, भारतीय दर्शन, भारतीय संस्कृति आदि विषयों पर व्याख्यान के लिए व्याख्यान कक्षों की जांच की। फिर वह बाहर से आए लोगों को रहने की जगह देने के लिए छात्रावास में गया, ताकि उनकी जीवनशैली में बदलाव लाया जा सके। यहां मेस का एक कमरा उबले हुए भोजन और हर्बल चाय आदि के लिए लिया गया था। हर्बल दवाओं की

खेती के लिए ब्रज ने नवीन को फोन लगाया, "नमस्ते पापा जी" "नमस्ते बेटा जी!, कैसे हैं आप?" "मैं आप से कुछ विशेष सहायता की अपेक्षा रखता हूँ। पापा जी कल्चर सेन्टर के अंतर्गत मैं भारतीय जीवन पद्धति के साथ-साथ कुछ जैविक दवाईयों के प्रयोग पर भी काम करना चाहता हूँ। परन्तु उसके प्रयोगों के लिए मुझे चार-पांच एकड़ जमीन की जरूरत है।" नवीन ने उत्साहित होकर कहा, "यह तो बड़ी अच्छी सोच है। अपने पास लगभग 35 एकड़ का खेत है उसमें से 5 एकड़ पर तुम जैविक दवाईयों का काम कर सकते हो। मेरा सहयोगी आकर तुम्हें ले जायेगा। उसके साथ मैं अपने मुख्य रसायनज्ञ को भी भेजता हूँ। शायद उन्होंने कुछ जैविक पौधों की रोपनी भी की है। तुम देख लेना।"

नवीन की बात सुनकर ब्रज व्रत खुश हुआ और दिल से थोड़ा आराम महसूस करने लग गया। क्योंकि कम से कम वह अपने शौक के विषय के बहाने स्वतंत्र होने जा रहा था।

घंटे डेढ़ घंटे में नवीन के मुख्य रसायनज्ञ आईबी स्कूल पहुंचे। ब्रज उनके साथ फार्म देखने चला गया। ब्रज को देखकर आश्चर्य हुआ कि वह बेहद खूबसूरत जैविक पौंधों का बगीचा बनाया गया था। लगभग 200 से अधिक औषधीय पौधे वहां लगाये गये थे और उस रसायनज्ञ ने ब्रज को एक-एक कर सारे पौधे के उपयोग और महत्व समझाना शुरू कर दिया। ब्रज व्रत के कुछ भी समझ में नहीं आ रहा था। फिर भी वह बड़े शौक से सारी जानकारी लेने का प्रयास कर रहा था। ब्रज ने सहज ही उससे पूछा, "जब इतना काम आप कर रहे हो तो क्यों ना हम कुछ जैविक दवाईयां बनाने का काम शुरू करें।" रसायनज्ञ ने अपनी खुशी जाहिर की और कहा, "आप नवीन सर से बात करो। वह निश्चित ही आपकी मदद करेंगे।" फार्म देखकर ब्रज व्रत विशेषज्ञ के साथ नवीन की फैक्ट्री पहुंचा। नवीन ने और व्रत ने मिलकर लंच किया। ब्रज ने अपने मन की बात नवीन के सामने रखी। नवीन बोला, "बेटा जी, दवाईयां बनाना कोई हंसी-मजाक का खेल नहीं है। कुछ विशेषज्ञ और फार्मा का सर्टिफिकेट सभी की जरूरत पड़ेगी। पहले मुझे यह बताओ कि आप किस प्रकार की दवाईयां बनाना चाहते हैं?" उत्साह से ब्रज बोला, "मेरे दिमाग में खांसी की दवाई, कुछ सिर दर्द का मलहम वगैरह-वगैरह जैसा काम करना चाहता हूँ।" नवीन मुस्कुराकर बोला, "देखो व्यवसाय में ये वगैरह-वगैरह कुछ नहीं होता। जो भी है स्पष्ट कहो। तुम भी सोचो और मुझे भी सोचने के लिए दो दिन दो, मैं कुछ सोचकर बताता हूँ।" "ठीक पापा जी जैसा आप उचित समझें। "ठीक है हम दोनों दो दिन बाद डिज़ाइन के साथ मिलते हैं।"

'डिजाइन? किस तरह के डिजाइन?'

'उत्पादन और संरक्षण के लिए आवश्यक प्रयोगशालाओं के डिजाइन।'

"तो चलो दो दिन बाद हम फाइनल प्लान के साथ बैठते हैं।"

फरीदाबाद के मुख्य चौराहों पर 12 होर्डिंग लगाए गए तथा समाचार पत्रों के माध्यम से पर्चे भी वितरित किए गए। चूंकि अंतर्राष्ट्रीय योग दिवस के कारण लोगों को योग के महत्व के बारे में अच्छी तरह से पता था तथा टीवी स्क्रीन पर योगासन लगातार दिखाए जा रहे थे, इसलिए अच्छा प्रतिसाद मिला तथा ब्रज व्रत को थोड़ी खुशी हुई। लेकिन फिर महत्वाकांक्षाओं को पूरा करने के लिए एक बड़ा पुल पार करना था।

विनायक और कल्पी ने भी ब्रज की इस प्रकल्प में सहायता की। सभी लोग आईबी स्कूल ग्रांउड में इकट्ठा होते थे। शुरूआत में 15 सदस्य हो गये थे। धीरे-धीरे संख्या बढ़ भी रही थी। एक माह के बाद वहां पर भारतीय भोजन के नाम से दलिया और अन्य भारतीय काढ़ों को देना भी प्रारम्भ किया गया। सभी को वहां जैविक चाय भी पिलाई जाती थी। सभी सदस्यों को लगभग 02 किलोमीटर की दौड़, सभी योगासन करवाये जाने लगे। नये-नये व्याख्यान भी आयोजित किये जा रहे थे जिनका उद्देश्य यह था:

- शाकाहारी बनो।
- शराब सेवन हानिकारक है।
- तम्बाकू या सिगरेट का सेवन हानिकारक है।
- पश्चिमी भोजन (फास्ट फूड निषेध करो)।
- आपका पेट डस्टबिन नहीं है, सोच समझ के अन्न ग्रहण करो।
- रोज ध्यान करो।
- पाश्चात्य पार्टियों में अपना समय बरबाद ना करो इत्यादि।

यह सारा काम कल्पी स्वयं ही करती थी। उसने अधिकांश विषयों पर अपने व्याख्यान भी तैयार किये थे, साथ-साथ विनायक भी रामायण और महाभारत पर व्याख्यान तैयार कर रहा था। सभी सदस्यों के लिए वहां भजन संध्या का भी आयोजन होता था। देखते ही देखते दो माह में पूरा ग्रांउड सदस्यों से भर गया। किसी से कोई फीस इकट्ठा नहीं की जाती थी। वहां एक दान पात्र रखा गया था। सभी लोग अपनी स्वेच्छा से उसमें दान राशि डालते थे और आश्चर्य की बात यह थी कि भरपूर मात्रा में लोग दान दे रहे थे, महत्वपूर्ण यह भी था कि ब्रज व्रत वह सारा पैसा ईमानदारी से कल्चर सेन्टर हेतु ही प्रयोग में ला रहा था। ब्रज व्रत खुश था। उसे इस बात की खुशी थी कि अब वह कम से कम समाज हित का कोई कार्य तो कर रहा है।

आख़िरकार, ब्रज व्रत को थोड़ी संतुष्टि हुई-'अब मैं समाज के लिए कुछ कर रहा हूँ।'

फिर नवीन ने मुख्य केमिस्ट से कहा कि खांसी की दवा, सिरदर्द की बाम और जलने पर बरनॉल पर कल्चर सेंटर का रैपर लगा दिया जाए, जिस पर ब्रज व्रत की तस्वीर हो। बाकी दर्द निवारक दवाएँ अब कल्चर सेंटर के उत्पाद माने जाने लगे। पहली खेप मुफ़्त में बाँटी गई और फिर 10% छूट के साथ पैसे लिए जाने लगे। ब्रज व्रत अपनी दवाइयों के लिए भी मशहूर हो गए।

सना ने इन सभी गतिविधियों को देखा और वह ब्रज व्रत की उपस्थिति से खुश हुई। उसे लगा कि कम से कम उसे अपनी रुचि की नौकरी तो मिल गई। उसे विनायक और कल्पी के साथ व्यायाम करने का आनंद लेने दें- इससे वह खुश और प्रसन्न रहेगा, क्योंकि उसने अपना खुद का फोन नंबर दिया था। होर्डिंग्स पर उसने बीमार और जरूरतमंद लोगों का चिकित्सा सहायता के लिए स्वागत किया। इसलिए, उसने रोगियों को राहत दिलाने में मदद करने के लिए एक आयुर्वेदाचार्य को नियुक्त किया।

नवीन और सना में से किसी ने भी आय-व्यय का अनुमान नहीं लगाया। ब्रज व्रत संस्कृति केंद्र के इस पहलू पर ध्यान केंद्रित नहीं करना चाहता था। लेकिन फिर समय उसके जैसे लोगों को भी सबक सिखाता है।

(16)

महत्वाकांक्षाएं मनुष्य को मजबूत भी बनाती हैं और मजबूर भी बनाती है। दिन रात उनके पीछे भागने के लिए मनुष्य बावला हो जाता है। प्रत्येक मनुष्य महत्वाकांक्षाएं पालता है। हर एक के पास कोई ना कोई महत्वाकांक्षा तो होती ही है और व्यक्ति अपनी महत्वाकांक्षा को स्वयं तक ही सीमित करता है। अमूमन वह इनको परिवार या मित्रों के साथ साझा नहीं करता। राजनेता उच्च पद की महत्वाकांक्षा रखते हैं। वह स्वयं को मुख्यमंत्री या प्रधानमंत्री तक की सोच लेकर राजनीति करते हैं। खूबसूरत युवतियां मिस इंडिया या मिस वर्ल्ड के ख्वाब देखती हैं। व्यापारी टाटा-बिरला, अडानी, अम्बानी बनने की महत्वाकांक्षा रखता है। उसी प्रकार नवीन भी सफलतम व्यापारी बनने की महत्वाकांक्षा रखता था।

कैटी और सिल्की अपने को काव्या बनने की महत्वाकांक्षा रखती थी। वह दोनों काव्या को बारीक नजर से देखती थीं -खूबसूरत, बड़ा बंगला, बंगले में ऊंचे कालीन, हर कमरे में एसी, ठण्ड के लिए हीटर, बड़े-बड़े स्नानागार, मंहगी साड़ियां, उस पर मैचिंग

ज्वेलरी, घर में उच्च कोटि के बेड-शीट- सब कुछ कैटी और सिल्की को मोहित करता था। काव्या को भी अपना सारा ऐश्वर्य दिखाने का बड़ा शौक था। वह रोज बदल-बदल के साड़ी आभूषण पहनती थी। नवीन के पास भी अनेक सूट थे जिन्हें वह बदल-बदल कर पहनता था। रौबदार रहना और दिखना काव्या और नवीन को बहुत अच्छे से आता था और उनके जैसा जीवन यही कैटी और सिल्की की भी महत्वाकांक्षा थी।

काव्या के गिरने के बाद कैटी और सिल्की घर पर गेस्ट हाउस में ही रह रहे थे। दोनों अब बेझिझक साथ सोती थीं और दोनों में काफी नजदीकियां थीं। घर में रहकर दोनों नवीन के साथ ही खाना खाती थीं। काव्या की सहायता के लिए नवीन ने दोनों को घर में रखा था। बिस्तर पर पड़े-पड़े काव्या को इन दोनों का साथ मिल सके यही नवीन का उद्देश्य था। लेकिन दर्द ज्यादा होने के कारण काव्या रोज रात को नींद की गोलियां खाकर ही सोती थी।

एक दिन अचानक नवीन कैटी और सिल्की के कमरे में आ गया। नवीन के कमरे में घुसते ही उसके लगाये हुये परफ्यूम की खुशबू से कमरा महक गया। नवीन ने सिल्की से कहा, "देखो काव्या सो गई कि नहीं? नहीं सोई हो तो उसे गोली खिला दो और उसी के पास थोड़ी देर बैठी रहो ताकि वो आराम से सो सके।" सिल्की चली गई और अचानक नवीन कैटी के पास आया और उसके कंधे पर हाथ रखते हुये उसने पूछा, "कैटी डियर भविष्य के बारे में तुम्हारे क्या विचार हैं? कुछ नई खोज के बारे में सोच रही हो कि नहीं।" "सर कुछ नहीं सोचा अभी तक, पर नये-नये प्रयोग कर दवाईयों की नयी खोज में जरूर लगी हुई हूँ पर क्या करूं आजकल घर में ही व्यस्त रहती हूँ और बिना प्रयोगशाला के काम सम्भव नहीं है, यह आप अच्छे से समझ सकते है।" कहते हुये कैटी थोड़ी सी सहमी और पीछे हटने लगी। उसे अपने नजदीक खीचते हुये नवीन ने कहा,"हां कैटी मैं यह समझता हूँ, सोचता हूँ नीचे सना का कमरा अब खाली है। उसी में कुछ जरूरी प्रयोगशाला सामग्री लाकर एक छोटी-मोटी प्रयोगशाला तो शुरू कर ही सकते हैं। इससे तुम्हें काम करने में भी आसानी होगी। यह ठीक है ना?" कहते हुये नवीन ने अपने होंठ उसके होंठो से लगाये। कैटी अपने कमरे में नाइट ड्रेस में ही थी और नवीन उसके प्रति पूर्णतः आकर्षित हो गया था। कैटी शुरू में कुछ समझ नहीं पाई लेकिन नवीन के पास खींचने पर वह भी अपने आप को रोक ना सकी। नवीन ने उसे कहा, "तुम दोनों मिलकर एक परफ्यूम की प्रयोगशाला क्यों नहीं लगातीं। आजकल नये-नये खुशबुओं का युवा पीढ़ी में बहुत दीवानापन है। मार्केट हर रेंज के इत्रों की बिक्री के लिए खुला है और इसमें मुनाफे का प्रतिशत भी काफी ज्यादा हैं।"

"यह तो बहुत अच्छी बात आपने कही सर यदि सिल्की मेरे साथ तैयार हो जाये तो हम दोनों यह कारोबार बहुत अच्छे से कर सकते हैं।" कैटी उत्साहित होकर बोली, "तो ठीक है, नीचे दूसरी मंजिल पर 15 दिन में इत्र की प्रयोगशाला खड़ी कर सकता हूँ। मैंने इसका काफी अभ्यास किया हुआ है। मेरे पास ढेर सारे मिश्रणों के फॉर्मूले तैयार हैं। तुम दोनों आज से ही इसका प्लानिंग और बिक्री की रणनीति बना लो। प्रोडक्शन शुरू करवाने का काम मेरा" खुश होकर थेंक्यू कहते हुये कैटी ने नवीन के गालों को चूमा। उत्तेजित होकर नवीन ने उसे और कस कर पकड़ा लेकिन अपनी स्वतंत्रता के भाव में कैटी ने नवीन को उसके शरीर के साथ खेलने दिया। मैं एक फैक्ट्री की महत्वपूर्ण अधिकारी बनूंगी और काफी पैसा कमाऊंगी, इस ख्वाब मे वह खो गई। अचानक उसे लिया हुआ शिक्षा का कर्ज भी याद आया और वह कर्ज भी जल्दी ही चुकाने के स्वप्न से वह रोमांचित हो गई। छोटे-छोटे समझौते सफलता के लिए जरूरी होते हैं। यही ख्याल बार-बार उसके मन में आ रहा था।

आज नवीन का यह निराला रूप देख कैटी स्वयं हैरान थी। अब नवीन के साथ काम करते-करते कुछ महीने बीत गये थे पर नवीन का आज का रवैया उसे रोमांचित कर गया। उसे वह दिन भी याद आये जब गंदे कमरे में, घटिया कॉलेज के लड़कों के साथ की हुई मस्ती और आज अपने बॉस के साथ बंगले में बीते हुये क्षण उसे अमीरी का असली अर्थ समझा रहे थे। सत्य तो यह था कि नवीन को कैटी से नजदीकियां बनानी थीं। इसलिए वह कैटी को उसकी शिक्षा, बचपन, माता-पिता पूछने में समय गँवा रहा था। उसे इस वक्त पास में कैटी चाहिए थी। सारी बातें कर वह कमरे से बाहर निकला, उसी वक्त सिल्की कमरे में घुस रही थी। नवीन ने सिल्की का मन बहलाने के लिए इत्रों के कारखाने की बात सिल्की के सामने भी छेड़ी और कहा, "मैं कैटी से इसी प्रोजेक्ट पर बात कर रहा था। मुझे लगता है तुम दोनों नये-नये प्रोजेक्ट में काफी रूचि रखती हो।" सिल्की भी नये प्रोजेक्ट की बात सुन कर हैरान रह गई। नवीन चला गया। पर सिल्की के मन में यह बात बार-बार आ रही थी कि नया प्रोजेक्ट नवीन ने सबसे पहले मुझे क्यों नहीं बताया? क्या उसने कैटी को इसके लिए ज्यादा उपयुक्त समझा या नवीन कैटी को भी फंसाना चाहता था? नये प्रोजेक्ट में बॉस कौन होगा मैं कि कैटी? उत्पाद कौन सम्भालेगा? मार्केटिंग कौन देखेगा? क्या नवीन की इस इत्र कम्पनी का व्यवसाय भारत के बाहर भी फैलेगा? यह सब सोचते-सोचते सिल्की सो गई। कैटी तो पहले ही सो चुकी थी।

काव्या बिस्तर पर लेटे लेटे काफी उदास हो रही थी-किटी पार्टी बन्द, हॉटेलिंग बन्द,

शॉपिंग बन्द- काव्या को सारी जिन्दगी रुकी-रुकी सी लग रही थी। कभी-कभी वह उठकर मेकअप करने की बात सोचती थी पर उसकी पीठ का दर्द उसे फिर से लेटने को मजबूर करता था। वह काफी उदास और दुखी हो गई थी। दर्द के लिए रोज दो ब्रूफेन खानी पड़ती थीं। जिसके कारण पेट की तकलीफ भी हो रही थी। स्ट्रोंग एंटीबायोटिक्स उसे सहन नहीं हो रहे थे। पर दर्द भी तो सहन नहीं हो रहा था। अकेले पड़े-पड़े काव्या भी अपने भविष्य को लेकर चिंतित होती थी-क्या मैं कभी ठीक नहीं हो पाउंगी? क्या यह पीठ का दर्द मुझे जीवन भर अपाहिज बना देगा? क्या वो पुराने दिन-वो पार्टियां, वो शॉपिंग मैं नहीं कर पाऊंगी-ऐसे सारे विचार उसे अधिक उदास करते थे, कभी-कभी उसकी आंखें भी भर आती थीं, मन में यह ख्याल जरूर आता रहा-क्या ऐसी अपाहिज पत्नी के साथ नवीन वफा कर पायेगा? क्या वो मुझे पहले जैसा प्यार करेगा? पर क्या करे? वह अपने दिल के सारे ख्याल किसी से खुलकर कह भी नहीं पाती थी। अपनी सहेलियों के सामने बिस्तर पर एक गाऊन में पड़े रहना उसे बिलकुल पसंद नहीं था। लेकिन वह मजबूर थी, असहाय थी, परेशान थी। बिस्तर पर पड़े-पड़े उसे बहुत सी पुरानी बातें याद आती थीं। एक जमाने में उसकी मनपसंद फिल्म 'लव इन टोकियो' उसे याद आ रही थी। लेकिन आज उसके हीरो के रूप में नाचता हुआ नवीन उसे सिल्की के साथ दिख रहा था। वह ऐसे ख्यालों से परेशान थी और कभी कभी तो सपने में चिल्ला देती थी, "नवीन... ये क्या कर रहे हो? सिल्की मेरी छोटी बहन है।" कमरे में अकेले चीखकर वो जाग जाती थी। आजकल वह कमरे में अकेली ही सोती थी, उसे गुडनाइट किस देकर नवीन बाजू वाले बेडरूम में ही सोता था। एक दिन उसकी आवाज सुन कर नवीन दौड़कर कमरे में आया और पूछा, "क्या बात है? क्यों चीख रही हो? कोई बुरा सपना देखा क्या?" लेकिन काव्या सच बात नवीन को बता नहीं सकी और केवल कुछ नहीं कहकर करवट बदल कर सो गई। नवीन उसकी पीठ पर हाथ फेरते हुये बोला, "रिलेक्स डियर! सब ठीक हो जायेगा। कुछ ही समय की तो बात है। तुम अच्छे से आराम करो तो जल्दी ठीक हो जाओगी। थिंक पोजिटिव डार्लिंग।" उसकी बात सुनते ही काव्या रोने लग गई और बोली, "नवीन क्या मैं ठीक नहीं होऊंगी? सच बताओ! और मानो मैं ठीक नहीं हो सकी तो तुम मुझे छोड़ तो नहीं दोगे?" नवीन ने कहा, 'काव्या सकारात्मक सोचो, अधिकतर स्वप्न भ्रम होते हैं। तुम जल्दी ही ठीक हो जाओगी। तुम्हारे प्यार के बिना रहना मेरे लिए बहुत मुश्किल है'।

पांच दिन बाद चेकअप के लिये काव्या हॉस्पिटल पहुंची। हड्डी रोग विशेषज्ञ ने

काव्या की विस्तृत जांच की। उन्होंने हाथ और पांव का पुराना प्लास्टर निकालकर पुनः प्लास्टर करने की सलाह दी। रीढ़ की हड्डी के डॉक्टर ने उसे कम से कम तीन हफ्ते और पूर्ण आराम की सलाह दी। सब कुछ सुनकर काव्या और उदास हो गई।

नवीन के नये प्रोजेक्ट पर कैटी से प्रथम बार बात करने की बात सिल्की भूल नहीं पा रही थी। आखिर उसने नवीन से पूछ ही लिया, "सर, यदि नया प्रोजेक्ट डालना है तो आपने मुझ से पहले कैटी से क्यों चर्चा छेड़ी? क्या कैटी मुझसे बेहतर है? या आपका मुझ पर विश्वास ना रहा" उसकी बातें सुनकर नवीन हल्का सा परेशान हुआ। पर सिल्की को खुश करने के लिए बोला,"सिल्की डार्लिंग, तुम से बेहतर कोई हो ही नहीं सकता। लेकिन कैटी तो नई-नई है। उसे भी अपनी जिम्मेंदारियों का एहसास होना चाहिए ना और फिर मैं कैटी को तो केवल परख रहा था। नया प्रोजेक्ट तो तुम ही को करना है। कैटी तो बस एक बहाना थी। मैं यह देखना चाहता था कि कैटी में कुछ नया करने का जज्बा है या नहीं और वो तुम्हारा साथ दे सकती है या नहीं। तुम्हारी बात अलग है सिल्की। तुम हमेशा मेरे लिए नम्बर वन थीं और रहोगी। पहले काम तो शुरू होने दो, फिर देखना। हम दोनों इस नये इत्र के व्यवसाय में कितने आगे बढ़ते हैं।" नवीन की बातें सुनकर सिल्की को थोड़ी राहत हुई। दोनों गले लगे और सिल्की को खुश करने के बाद नवीन चला गया। उस रात ग्राउंड फ्लोर पर स्टडी रूम में सिल्की के साथ मौज-मस्ती करते हुए उसने उसमें अपनी गहरी दिलचस्पी दिखाई। आज दोपहर उसने आईआईटी की दो लड़कियों को आने से भी मना कर दिया था क्योंकि वे ट्रेनिंग के लिए आई थीं।

(17)

धीरे-धीरे भारतीय संस्कृति केन्द्र ने अपनी गतिविधियों के माध्यम से काफी लोकप्रियता हासिल कर ली थी। विनायका और कालपी दोनों ही बड़ी मेहनत से इस केन्द्र पर अपनी सेवाएं देते रहे। केन्द्र पर चल रहे योगाभ्यास काफी लोकप्रिय हो रहे थे। वो दोनों ही प्रशिक्षक के रूप में काफी लोकप्रिय हो रहे थे, दोनों ही मृदुभाषी भी थे,कई लोगों की शारीरिक बीमारियां भी अब ठीक होने लगी थीं। लोगों को योगाभ्यास से अपनी बीमारियों में राहत महसूस होने लगी। यहां नेपाल, भूटान, कम्बोडिया, इंडोनेशिया, वियतनाम, सुमात्रा, जावा आदि देशों से कुछ विदेशी नागरिक भी यहां के योग कार्यक्रम में

शामिल होने आने लगे। इस केन्द्र के अनुसरण में कुछ लोग अन्यत्र भी ऐसे केन्द्र स्थापित करने का मन बनाने लगे।

विनायका और कालपी हमेशा साधारण कपड़े पहनती थीं, उनके उरोजों का उतार-चढ़ाव कुछ प्रशिक्षकों को आकर्षित करता था। योग अभ्यास करते हुये उनका लचीला शरीर लोगों की नजर से चूकता नहीं था। एक दिन चार बदमाश एक पिस्टल लेकर गार्ड को धक्का मार के सेन्टर में घुस गये और गार्ड से यह कहते हुए बहस करने लगे, "सना मैडम से कुछ जरूरी आदेश है दरवाजा खोलो।" दरवाजा खुलते ही गार्ड भाग गया और दुबारा लौटकर नहीं आया। बदमाशों ने विनायका और कालपी के साथ काफी बदतमीजी की और उन दोनों को पिस्तौल की नोक पर अपना कौमार्य खोना पड़ा। तत्काल सना को घटित सारे हादसे की जानकारी दी गई। सना भी सारा मामला सुनकर आश्चर्यचकित हो गई। वह दोनों रोते-रोते कह रही थीं, "जाते हुये उन चार बदमाशों ने हमें धमकी दी है कि यदि हम पुलिस को बतायेंगे तो वे हमें और कष्ट देंगे। इसलिए बेहतरी इसी में है कि पुलिस तक मत पहुंचो।" सना ब्रज व्रत के साथ कमरे में पहुंची, दोनों ही लड़कियां रो रही थीं। सना ने दोनों लड़कियों को सांत्वना दी। ब्रज सब कुछ देखकर इतना सदमें में था कि वह चुपचाप सारा वाकिया सुन रहा था। उसने इस प्रकार के हादसे की कभी कल्पना भी नहीं की थी, यह सब कुछ अनापेक्षित था। अब लड़कियों की स्थिति बड़ी विचित्र हो गई। उन्हें सहारा देने वाला कोई नहीं था लेकिन सना ने उन्हें शांत करते हुये कहा, "शांत हो जाओ, हम लोग कुछ ना कुछ तो करेंगे। तुम समझ सकती हो कि इस वक्त पुलिस के पास जाना तुम्हारे लिए घातक हो सकता है और इस प्रकार की बदनामी दुनिया में होगी तो तुम्हे और दिक्कतों का सामना करना पड़ सकता है। बेहतर है कि इस वक्त हम शांत रहें और उन बदमाशों पर कड़ी नजर रखें। तुम्हारे मन में कभी कोई सन्देह हो तो तत्काल मुझे बता देना।"

ब्रज व्रत ने भी उन्हें शांत करते हुये बड़ी विनम्रता से कहा, "देखो रोना बन्द करो किन्तु सदा सतर्क रहो और योगाभ्यास करने आने वाले सभी पर नजर रखो। हमें थोड़ी सी भी कुछ भनक लगती है तो अब पहले से ही हम सतर्क रहेंगे और कुछ किया भी तो नहीं जा सकता।" ब्रज ने उन्हें आश्वासन दिया कि जल्द ही दो बन्दूकधारी गार्ड़ रख लिये जायेंगे। उन्हें तैनात कर हम और सुरक्षित हो सकते हैं।

विनायका और कालपी दोनों ही चुप थे,परन्तु इस विवेक पूर्ण योजना के लिए उन्होंने ब्रज को धन्यवाद दिया, कुछ दिन आराम करने के बाद दोनों ही पुनः योगाभ्यास हेतु आती रहीं। क्यों कि उन्हें इस बात का अंदेशा था कि दिन प्रतिदिन योग शिक्षकों की संख्या भी

बढ़ रही है और इतने अच्छे सेन्टर में दोबारा नौकरी मिलना इतना आसान नहीं था। यहां दोनों को आवास के साथ भोजन और बच्चों के लिए शिक्षा भी मुफ्त मिल रही थी। इसलिए उन्होंने समझौता करना बेहतर समझा। हालात के देखते हुये काम जारी रखना ही समझदारी समझा।

उनके इस निर्णय से सना और ब्रज को बड़ी राहत मिली क्योंकि इस घटना के कारण स्कूल की छवि खराब नहीं हुई थी और संस्कृति केन्द्र भी पूर्ववत जारी रहा।

कुछ दिन तक ब्रज व्रत इस हादसे को लेकर काफी बेचैन रहा। वह स्वाभाविक रूप से समाज में व्याप्त इस भ्रष्ट व्यवस्था और आपराधिक हादसों के प्रति सचेत हो गया था। आसपास और समाचार पत्रों में रोज इस प्रकार की खबरें आती ही रहती थीं और उनके साथ पुलिस के बयान भी आते थे लेकिन हादसों में कमी नहीं हो रही थी। छोटे बच्चों के अपहरण के हादसे भी आये दिन हो रहे थे और अन्तरजातीय विवाहों का मुद्दा भी समाज के ताने बाने को ध्वस्त कर रहा था। युवा विधवाओं की स्थिति भी चिन्ताजनक थी। समाज में काफी तनावपूर्ण माहौल बन रहा था। कार्य क्षेत्र पर भी नारी हिंसा के कई प्रकरण सामने आ रहे थे, ब्रज व्रत इन सारी घटनाओं के प्रति हमदर्दी जताते थे।

स्कूलों और कॉलेजों में छात्रों की संख्या कम होने लगी क्योंकि वे कोचिंग सेंटर और यूट्यूब लेक्चर पर निर्भर हो गए। नतीजतन, प्रकाशकों ने नई किताबें छापना बंद कर दिया, खासकर आर्ट्स, कॉमर्स और लॉ स्ट्रीम की। इंजीनियरिंग और मेडिकल के छात्रों ने नोट्स के लिए जरूरी पन्नों की ज़ेरॉक्स कॉपी ले ली।

किसानों के आंदोलन भी जगह-जगह जोर पकड़ रहे थे जिससे यातायात में बाधा लगातार उत्पन्न हो रही थी। किसान का खरीदी शुल्क तो नहीं बढ़ रहा था, लेकिन शराब की बिक्री आसमान छू रही थी। सारी परिस्थितियों का ब्रज रोज जाएजा ले रहा था, बार-बार उसके मन में यही प्रश्न आता था, “क्या गांधी के स्वप्नों का भारत यही है?”

आम व्यापारी भी जीएसटी के लागू होने पर परेशान थे। उन्हें व्यापार में कई प्रकार की कठिनाईयों का सामना करना पड़ रहा था। बिचोलिये हर जगह फैले थे, छोटे व्यापारी, किसान इन बिचोलियों के शिकार हो रहे थे। क्या यही आजादी है? कहां है हमारे अधिकार? सारा सांस्कृतिक ताना-बाना ही बिखर रहा था। ब्रज बदलते हुए इस परिदृश्य को लेकर काफी चिंतित था। अमीर और गरीब के बीच की खाई दिन-ब-दिन बढ़ रही थी। समाज सही मायने में दो विभागों में विभाजित हो रहा था। दवाईयों के खर्चे आसमान छू रहे थे। भारतीय उत्पाद नगण्य था। कई विदेशी कम्पनियों ने अपने कारखाने भारत में लगा लिए थे और सारे

ही विदेशी उत्पाद बाजारों में भरे पड़े थे। चीन का कब्जा साफ-साफ दिख रहा था। ब्रज ने यह जाना कि देश के 27 प्रतिशत से ज्यादा लोग अब गरीबी रेखा के नीचे आ गये थे और इन सब पर कोविड काल आया था। वह कोरोना काल जैसे तैसे समाप्ति पर था और धीरे-धीरे दुनिया पुनः अपनी गति पकड़ने की कोशिश कर रही थी।

सना दिन-ब-दिन भारी हो रही थी। खाली समय में वह अपने होने वाले बच्चे के स्वप्नों में खोयी रहती थी। लेकिन अब काम करना उसकी जरूरत बन गया था। थोड़ी थकने के बावजूद सना रोज काम पर जाती थी। कालपी सना को इस समय पर लेने वाले विशेष आहार के चार्ट बना कर दे रही थी और समय-समय पर सना को क्या करें, क्या ना करें, के व्याख्यान भी देती थी। सना अक्सर रेस्टरूम में क्लास हो जाने के बाद मोहन अक्षय के साथ रोमांस करती थी। यद्यपि वह सना के साथ बाहर घूमने की इच्छा रखता था व जयपुर, मुम्बई तथा गोवा घूमने का प्रस्ताव रखता था लेकिन सना उसके प्रस्ताव को यह कहकर ठुकरा देती थी कि अभी नहीं, सही समय और अवसर की प्रतीक्षा करो।

सना अपनी बचपन की कई तस्वीर देखती रहती थी। बचपन की तस्वीरें सना को खुश करती थीं और वो बचपन की सुन्दर, आकर्षक और मासूम हरकतों को देख आनन्दित होती थी। बैठकर वह अन्य बच्चों को खेलता देख प्रफुल्लित होती थी। कभी-कभी वह हॉकी खेलती थी, अपनी माँ को याद करती थी। उसकी माँ ने सना में भी खेल के प्रति रूचि पैदा की थी और माँ की हॉकी स्टिक को सना ने बड़े सम्भाल कर एक स्मृति के रूप में रखा था। सना वह बातें भी याद करती थी जब वह अपने स्कूल के दिनों में रात-रात भर जग कर अंग्रेज़ी उपन्यास पढ़ा करती थी।

अचानक एक खबर सना को लगी कि शाम 06:00 बजे बाद आजकल हॉस्टल में बच्चे पार्टियां करने लगे हैं। स्थानीय लड़के लड़कियां भी उनके साथ अपना जन्म-दिन मनाते थे। हॉस्टल के नौकरों द्वारा शराब का इन्तजाम होता था। मौज मस्ती के लिए महँगे पेय मँगाए जाते। सना शराब तो पसंद करती थी पर पार्टीज नहीं। वह अकेलापन चाहती थी और स्वयं को अपने स्टडी रूम तक सीमित रखती थी। इन पार्टियों में लड़के-लड़कियां देर रात तक हॉस्टल नियमों का उल्लंघन करते हैं। इन पार्टियों में बाहर के बच्चे भी सम्मिलित होते हैं। सना को यह बात अच्छी नहीं लगी। उसने हॉस्टल की वॉर्डन टिया को तत्काल उपस्थित होने का आदेश दिया। टिया ने भी बच्चे उसकी बात नहीं मानने की बात स्वीकार की, सना ने बच्चों के नेता साहू को बुलवाया। पूछताछ करने पर उस बच्चे ने सना को साफ शब्दों में जवाब दिया, "यहां हम कोई गुरुकुल में नहीं रहते। यहां कोई गुरु वशिष्ठ या

द्रोणाचार्य नहीं हैं। आज हम 21 वीं शताबदी में रहते हैं। हमारा जीवन हमारी आजादी है। यही हमारा नियम है और यदि हम बच्चे पार्टी करते हैं तो आपका क्या जाता है?आखिर हम आपके गुलाम नहीं हैं। आजाद भारत के आजाद नागरिक हैं। आपको जो एक्शन लेना है आप ले सकती हैं, लेकिन हम अपनी आजादी नहीं खो सकते।" बच्चे की बात सुनकर टिया और सना दोनों ही हक्की-बक्की रह गईं और चुप रहना उन्होंने बेहतर समझा। टिया एक शब्द नहीं बोली क्योंकि वह भी सना की तरह प्रधानाचार्य मोहन अक्षय के साथ मस्ती करती थी और छात्र उसकी व्यक्तिगत ज़िन्दगी के बारे में जानते थे। यह सारा वाकिया सुनकर ब्रज व्रत काफी परेशान हुआ। आस्था के इस संकट ने ब्रज व्रत को चिन्तित कर दिया, आखिर ब्रज व्रत इस खुले समाज की उपज नहीं थे।

(18)

सिल्की अब धीरे-धीरे अपने काम से उकताने लगी थी। उसके ऊपर सदैव नवीन की नजरें बनी रहती थीं और सिल्की नवीन के चंगुल से अब निकलना चाहती थी। वह अपनी स्वयं की छवि निर्माण करना चाहती थी। उसने अन्यत्र कई जगह नौकरी के आवेदन देना शुरू किया। एक मुक्त पंछी की तरह वह आसमान में उड़ना चाहती थी और दुनिया में अपनी पहचान तलाशना चाहती थी। नवीन की तरह वो कई नये रसायनिक चुंबकों से मिलना चाहती थी। वह उनके साथ काम करना चाहती थी। उसे ऐसा लगता था कि नवीन कोई एकमात्र दुनिया में रसायनिक विशेषज्ञ नहीं है। काव्या के माध्यम से वह सकल सचदेवा से दोबारा मिली थी। उसने सकल सचदेवा से मुलाकात कर उनके साथ काम करने की इच्छा जाहिर की। सकल सचदेवा की अपनी मोबाइल फैक्ट्री थी और वह एक अच्छा व्यवसायी था।

सकल सचदेवा ने सिल्की का साक्षात्कार लिया पर वह उसे काम पर रखने हेतु तैयार नहीं था। क्योंकि मोबाइल इंडस्ट्री में सिल्की को कोई अनुभव नहीं था। लेकिन सिल्की का काम का जज्बा देखकर उसने सिल्की को 40 हजार रूपये तनख्वाह पर रख लिया। उसकी यही शर्त थी कि पहले सिल्की को बॉडी मेकिंग में ट्रेनिंग लेनी होगी। इसके लिए वह उसे चाइना भेजना चाहता था। सिल्की आसानी से राजी हो गई और वह शांघाई चाइना जाने के लिए उत्सुक हो गई। उसने सकल की यूनिट में तत्काल पदभार ग्रहण कर लिया। लेकिन उसने नवीन के बजाय उसके पीए को अपना त्यागपत्र सौंप दिया और वह नवीन को छोड़कर चली गई।

नवीन ने बिना किसी शिकायत के इस्तीफा स्वीकार कर लिया और देखना चाहा कि वह अन्य उद्योगों में अस्तित्व के लिए कैसे संघर्ष करती है? उसका बकाया वेतन दिया गया और वह बिना किसी विदाई समारोह के चली गई। उसे गेस्ट हाउस छोड़ना पड़ा और मोबाइल की बीना यूनिट के पास लॉज में रहना पड़ा क्योंकि वहाँ रहने की व्यवस्था नहीं थी। अब उसे नवीन की यूनिट और बीना यूनिट के बीच का अंतर समझ में आया क्योंकि उसे नाश्ता तैयार करना था और फिर टिफिन का खाना मंगवाना था। ख़राब ! लेकिन फिर कुछ कीमत तो चुकानी ही थी।

कुछ दिन सकल की फैक्ट्री में काम करने के बाद सिल्की शांघाई (चाइना) चली गई। वहां जाने के लिए वह काफी उत्साहित थी। क्योंकि अब उसके जीवन की नई शुरूआत हो रही थी। अब उसे स्वयं को गढ़ना था। लेकिन रात होते होते उसे कैटी की कमी जरूर महसूस हो रही थी। अकेले बिस्तर पर पड़े-पड़े उसकी हालत उस चिड़े की तरह होती थी जिसकी प्रेमी चिड़िया को कोई शिकारी मार गया हो।

शांघाई में बैटरी बनाने पर दिये जाने वाले सारे व्याख्यान अंग्रेज़ी में होते थे, किन्तु अधिकांश शब्दों में चाइनीज भाषा का प्रयोग होता था। अब शांघाई में उसके फू-फू, माऊ जूनियर, चाऊ-चाऊ मित्र हो गये थे। इन तीनों ने एनटीयू सिंगापुर से बीटेक की डिग्रियां ली थीं और अब मोबाइल कम्पनी की ट्रेनिंग ले रहे थे। इन तीनों को ट्रेनिंग के दौरान भी अच्छी खासी रकम स्टाइपेंड के रूप में मिलती थी और वह महंगे हॉस्टल में रहते थे। उनका खान पान भी अलग था। वह केवल मांसाहारी थे और सिल्की को मांसाहारी भोजन बिलकुल भी पसन्द नहीं था। खाने को लेकर सिल्की हमेशा परेशान रहती थी। अक्सर, वह दही चावल, मूंगफली, पिज्जा और आलू चिप्स पर ही दिन गुजारा करती थी।

धीरे-धीरे सिल्की शांघाई की चमकीली सड़कों और इमारतों का हिस्सा बन गई। वहां की नई पीढ़ी की मस्तियां वह चुपचाप अकेले देखती रहती थी। उसे शांघाई की सड़कों पर एक भी भारतीय हॉटल या रेस्टोरेंट नहीं मिला। उसके खाने के बड़े ही बुरे हाल हो रहे थे। लेकिन उसे काम तो करना था। शांघाई, फरीदाबाद से कई गुना बेहतर जगह थी और सिल्की अब छोटी नदी से निकल कर समुद्र में आ गई थी। उसे चाइनीज नहीं आती थी इसलिए स्वाभाविक रूप से वह किसी से बात नहीं कर पाती थी, केवल हाय या हेलो कह कर वह चुप रहती थी। लोगों को घूमते, मस्ती करते देख उसे बार बार कैटी और नवीन की याद आती थी। काश! वह मेरे साथ होते! लेकिन क्या करने? आगे बढ़ना है तो पुराना पीछे छोड़ना पड़ता है। यही सोचकर सिल्की आगे बढ़ रही थी।

चौथे दिन उसे चाऊ और फू-फू बाजार में भटकते दिखे। उन दोनों ने इसे पहचान लिया। तीनों मिलकर एक रेस्टोरेन्ट में बैठ गये। चाऊ ने सिल्की से भारतीय दर्शनशास्त्र पर बात की और उसने सिल्की को गौतम बुद्ध के आठ नियमों के बारे में बताया। लेकिन सिल्की ने जीवन में कभी भी बुद्धिज्म को पढ़ा नहीं था। चाऊ का बौद्ध धर्म में ज्ञान देखकर सिल्की को काफी आश्चर्य हुआ। उसके लिए ये आश्चर्य की बात थी कि वह भारतीय होने के बावजूद बौद्ध धर्म के बारे में पूर्णतः अज्ञानी है। चाऊ सिल्की को अपने हॉटल एन-लाइ में ले गया। उसने वहां शैम्पेन और फ्रेंचफ्राई लाने को कहा। उसके बाद दोनों ने डांस फ्लोर पर खूब डांस किया। डांस के दौरान वह बार-बार सिल्की के गर्दन और गाल पर किस करता रहा। डांस कर थकने के बाद चाऊ सिल्की को लेकर अपने कमरे में आया। सिल्की तब आश्चर्यचकित रह गई जब उसने पूछा, "क्या तुमने कभी कबीर को पढ़ा है? क्या तुम रविन्द्रनाथ टेगौर को पढ़ी हो? क्या तुम यह जानती हो कि टेगौर की रचनाओं पर कबीर का कितना प्रभाव है। क्योंकि इस महाकवि ने अपनी कृतज्ञता पर कई कविताओं में कबीर के बारे में लिखा है।" उसका यह भारतीय साहित्य का ज्ञान देखकर सिल्की को स्वयं पर शर्म आई, वह चुप रह गई। यह कहते कि, "नहीं, वह विज्ञान की छात्रा रही और उसने साहित्य में कभी रूचि नहीं ली।" दूसरा प्रश्न तत्काल चाऊ ने रखा, "भारत के लोगों का चाइना के प्रति क्या अभिमत है? भारत में चाइना के बढ़ते हुये व्यापार को लेकर भारतीय क्या सोचते है?" पुनः निरुतर होने के कारण सिल्की को शर्मिन्दा होना पड़ा। चाऊ ने व्यंग्यात्मक तरीके से सिल्की को कहा, "अजीब बात है! तुम भारत में रहते हुये ना तो भारत का साहित्य और ना ही व्यापार जानती हो।" सिल्की शर्म के मारे पानी-पानी हो गई और अब चाऊ को छोड़कर जाने के लिए उतावली हो गई। इतने में फू-फू कमरे में आया और पूछने लगा, "तो तुम्हें बैटरी सेल बनाने के व्याख्यान समझ में भी आ रहे है कि नहीं? नहीं आ रहे हों तो बताओ मैं समझा सकता हूँ।" "नहीं मुझे काफी समझ में आ रहे हैं। इतने व्याख्यानों के सहारे तो मैं भारत जा कर निश्चित ही बैटरी बना सकूंगी।" "भारत में क्यों शांघाई में क्यों नहीं? तुम चाहो तो मैं तुम्हें यहां नौकरी दिला सकता हूँ।" "नहीं-नहीं ट्रेनिग समाप्त कर जल्द से जल्द भारत लौटना चाहती हूँ।" फू-फू हंसकर बोला, "ऐसी क्या जल्दी है? क्या वहां कोई खास है जो तुम्हारा इंतजार कर रहा है? तुम शादीशुदा हो? भारत के जीवन के आगे भी कुछ सोचा करो, वहां कुछ नहीं रखा।" इन प्रश्नों ने सिल्की को परेशान कर दिया। वह भावनात्मक रूप से घायल हो गई क्योंकि सही मायने में अब उसका वहां कोई नहीं था। माता-पिता का देहांत हो चुका था और उसकी इकलौती बहन काव्या अपने में ही मशगूल

थी। वह सिल्की को लेकर ज्यादा ध्यान नहीं रखती थी। एक क्षण उसे लगा कि हो सकता है शायद नवीन उसका इंतजार करे। सिल्की ने फू-फू को जवाब दिया, "है ना! वहां काव्या है, नवीन है और कैटी है। जो मेरा इंतजार कर रहे है।" फू-फू मुस्कुराया, वो सिल्की की सारी पुरानी कहानी जानता था और उसने पूछा, "क्यों सकल का नाम नहीं लोगी जिसने तुम्हें यहां ट्रेनिंग लेने भेजा है और अपने इत्र कारखाने की खबर नहीं लोगी। तुम्हें इत्र का व्यवसाय नहीं करना।" मानो वो सिल्की के बारे में सब कुछ जानता था। सिल्की एकदम सदमें में आ गई। फिर उसे खुश करने के लिए फू-फू ने उसके भारतीय सौन्दर्य की तारीफ करना शुरू कर दिया। सिल्की को गुस्सा आया लेकिन वह चुप रही।

फू-फू उससे बात करते-करते उसके काफी नजदीक आ गया था। उसने अपनी बाहें फैलाई और सिल्की को अपनी बाहों में ले लिया। उसने उसके बाल पकड़े और उसे चूमना शुरू कर दिया। सिल्की को काफी असहज महसूस हो रहा था। लेकिन अब वह फू-फू की शिकार हो गई थी। भागने का उसके सामने कोई रास्ता ना था। सिल्की हताश हो गई और चुपचाप बिस्तर पर पड़ी रही। थोड़ी देर बाद फू-फू उठ गया और उसने सिल्की के मुँह पर पचास चाइनीज युवान फेंके। सिल्की चिल्लाई, "नहीं फू-फू नहीं क्या तुमने मुझे कोई वेश्या समझा है आखिर हम दोनों एक साथ पढ़ते हैं। मित्र हैं, तुम्हारे फेंके हुये पैसे मुझे नहीं चाहिये।" कहते हुये उसने फू-फू के पैसे दूर फेंके। पैसे को उठाते हुये फू-फू बोला, "रख लो, मैडम साहिबा! पैसे से ही तुम्हारे जीवन की गाड़ी चलेगी, पैसा नहीं तो कुछ नहीं।" सिल्की चुपचाप उठी, वॉशरूम जाकर तैयार हुई और उसने चुपचाप कमरा छोड़ दिया। अपने कमरे में जाकर अपने पलंग पर गिरी और रोने लगी। यहां वह बिलकुल अकेली थी। शारीरिक संबंध इतना महत्वपूर्ण नहीं था जितना कि आज उसको मानसिक अकेलापन खा रहा था। वह मानसिक रूप से काफी प्रताड़ित हुई थी। पहले बौद्ध धर्म के अज्ञान पर उसकी हंसी उड़ाई गई थी, फिर साहित्य के ऊपर उसको ताने दिये गये थे, फिर भारतीय अर्थव्यवस्था और चाइना मार्केट को लेकर उसका अपमान किया गया था और अंत में शारीरिक रूप से उसका शोषण हुआ था। आज सिल्की को जीवन के संघर्षों का पता चल रहा था। बार-बार उसे अपने देश लौटने की इच्छा तीव्रता से हो रही थी।

उसने स्वयं से पूछा, क्या रसायन प्रयोगशाला की ट्रेनिंग काफी नहीं थी? क्या अन्य उद्योग नहीं है जिसमें वह काम कर सके? कब तक वह यह सब सहन करते हुये यहां रहेगी? और कुछ नया करने के लिए उसके मन में विचार क्यों नहीं आये? पिछले अनुभव और यहां के औद्योगिक जीवन में क्या अंतर है? क्या उसका जीवन धुँए की तरह उड़कर गायब

हो जायेगा या किसी इत्र की खुशबू की तरह नष्ट हो जायेगा? उसे ऐसा लगा मानो वह एक सुन्दर सा फूल है जो सुबह तो खिलता है लेकिन शाम होते-होते बिखर कर धरती में मिल जाता है? क्या वह केवल एक उपभोग की वस्तु है फिर चाहे नवीन हो या फू-फू दोनों में क्या कोई अंतर नहीं है? क्या जीवन जीने का यह तरीका सही है? क्या जीवन इसी तरह जीने लायक है? सिल्की बेहद दुखी थी।

उसने थोड़ी देर में आंखे पोंछी और खुद का साहस बंधाया, “मेक्रोनी अपने स्वप्न को साकार करने इटली छोड़कर इंग्लेंड में बस गये और वहां उन्होंने वायरलेस संचार में सफलता पाई। इतनी पाई कि वह दुनिया के सर्वोच्च शिखर पर पहुंच गए। आईंस्टीन भी अपने सापेक्षता के सिद्धांत के लिए मशहूर हैं। तो फिर ऐसी कौन सी बात है जो उसे आगे बढ़ने से आज रोक रही है। एक गुलाम की तरह मैं नहीं रह सकती। शारीरिक शोषण की शिकार एक दासी की जिन्दगी वह नहीं जी सकती।”

दूसरे दिन फू-फू क्लास में आकर उसके पास बैठ गया। उसने उसका हाथ अपने हाथों में ले लिया और बोला, “प्रशिक्षण का समय कुछ सीखने का तो होता ही है लेकिन यही वो समय भी जब हम निश्चिन्त होकर कुछ दिनों के लिए मजे ले सकते हैं। मुझे पता नहीं तुम्हें यहां क्या कमी खल रही है? मस्ती में रहो और अपने जीवन के पथ को आगे बढ़ाओ। केवल वर्तमान में ही अस्तित्व है। अतीत को भूल जाओ और अज्ञात तथा अजन्में भविष्य की प्रतीक्षा मत करो। कल किसने देखा है। हम केवल आज जानते हैं। आज के लिए जियो।”

सिल्की चुपचाप उठ कर चली गई। उसका आज भी उतना ही दर्दनाक था जितना उसका कल और वह आने वाले कल के बारे में कुछ भी नहीं जानती थी।उसे मौजमस्ती का कोई भविष्य नहीं दिखाई दिया क्योंकि उसके पास फू फू के बारे में कोई जानकारी नहीं थी। उसने दुखी मन से नवीन को फोन लगाया लेकिन उसका फोन लगातार व्यस्त आता रहा। फिर उसने काव्या को फोन लगाया लेकिन काव्या ने अभी व्यस्त हूँ, फिर बात करूंगी कह कर फोन रख दिया और कैटी ने तो नम्बर बदल लिया था और सिल्की को उसने नम्बर देना जरूरी भी नहीं समझा। आज सिल्की का एक और भ्रम टूट गया था।

(19)

शायली (26) विनायका की बड़ी बहन थी। उसने जय प्रकाशक में अपनी नौकरी से त्यागपत्र दिया था। जयपुर के जय प्रकाशन ने छह माह से उसे तनख्वाह नहीं दी थी। उसने एम.ए. हिन्दी तथा अंग्रेज़ी होने के नाते स्कूल में काम करना बेहतर समझा। वह इग्नू से अपना बीएड भी कर रही थी। वह जयपुर से फरीदाबाद पहुंची। विनायका से उसे कुछ सहायता की अपेक्षा थी। विनायका उसे ब्रज व्रत के पास ले गई। अपनी बहन को ब्रज व्रत से मुलाकात करवाते हुये बोली, "सर यह मेरी बहन है शायली! इसे नौकरी की तलाश है। इससे पहले वह जयपुर में जय प्रकाशन के साथ काम कर रही थी। किन्तु अब उसने वह नौकरी विगत छह माह से तनख्वाह ना मिलने के कारण छोड़ दी है। सर मैं चाहती हूँ आप उसे कहीं एडजेस्ट कर लें।"

उसकी सारी शैक्षणिक योग्यताएं जानने के बाद ब्रज व्रत ने उससे कुछ चर्चायें करना उचित समझा। उसने उससे कबीर, सूरदास, तुलसीदास, टैगौर आदि के बारे में कुछ प्रश्न पूछे। लेकिन ब्रज उससे बोला, "तुमने तो अंग्रेज़ी में भी एम.ए. कर लिया है। मैं अंग्रेज़ी सीखना चाहता हूँ। क्या तुम मुझे मेरे घर आकर अंग्रेज़ी सिखा सकती हो? तुम समझ सकती हो कि मैं यहां तो नहीं पढ़ सकता। मेरे घर पर तुम्हें रहने और खाने की भी व्यवस्था मिल जायेगी। परन्तु मेरी एक शर्त है। मुझे अंग्रेज़ी में निपुण बनाने तक तुम अपना काम नहीं छोड़ सकोगी।" "परन्तु सर आपको अंग्रेज़ी की इतनी क्या जरूरत है?" "देखो मैं बोल चाल की अंग्रेज़ी जिसे स्पोकन इंग्लिश कहते है, सीखना चाहता हूँ, मैं कान्वेंट स्कूल्स को चलाता हूँ और उसके लिए अंग्रेज़ी जानना और अंग्रेज़ी में फर्राटेदार बात करना आना बहुत जरूरी है। मैं तुम्हें इस काम के 20 हजार रुपये महीना दे सकता हूँ। बताओ क्या तुम तैयार हो?" शायली को इसकी अपेक्षा ही नहीं थी। वह तत्काल तैयार हो गई। उसने ब्रज को प्राथमिक अंग्रेज़ी सीखने की सारी पुस्तकों की सूची बना कर दे दी। ब्रज ने तत्काल ही पुस्तकों को मंगवा लिया। सारी हरकत देख सना को बड़ा ही आश्चर्य हुआ। किन्तु वह यह सोचते हुए चुप ही रही कि चलो कुछ नया सीखना कभी बुरा नहीं होता। अच्छा है।

शायली सुन्दर, सुशील और योग्य थी। उसने स्टडी रूम में ही अपना कमरा बना लिया। प्रथम सप्ताह में ब्रज ने टेन्सेस, नॉउन, व्हर्ब आदि से शुरूआत की। फिर धीरे-धीरे ब्रज ने रोजमर्रा बोलचाल की अंग्रेज़ी पढ़ना शुरू कर दिया। शायली उसे हिन्दी में पूछती थी और ब्रज उसे अंग्रेज़ी में जबाव देता रहा। शायली एक अच्छी शिक्षिका

थी। उसने ब्रज को माय हॉउस, माय वाईफ, माय सिटी, माय एम्बिशन आदि विषयों पर 10-15 पंक्तियां बोलना सिखाया। धीरे-धीरे उसने स्कूल और शिक्षा तथा शिक्षा पद्धति पर भी बोलना सिखाया। फिर उसने ब्रज को भारतीय दर्शन, भारतीय जीवन पद्धति पर अच्छे-अच्छे वक्ताओं के भाषण सुनने को कहा। लेकिन उसने यह जाना कि इन विषयों पर ब्रज को अच्छा खासा ज्ञान है। उसने यह भी जाना कि भारतीय इतिहास, मुगल काल, फ्रेंच इतिहास आदि विषयों का भी ब्रज को अच्छा खासा ज्ञान है। जब वह भारतीय स्वतंत्रता संग्राम के बारे में बोली तो उसने पाया कि ब्रज उससे अधिक जानकारी रखता है। परन्तु अंग्रेज़ी सीखने में ब्रज को समस्या तब आती थी जब शायली अंग्रेज़ी ग्रामर के कुछ सवाल ब्रज से पूछती थी। ब्रज को वह बहुत कठिन लग रहे थे। शायली सुन्दर थी। उसका सुडौल शरीर ब्रज को आकर्षित करता था। परन्तु ब्रज ने कभी उसकी ओर ध्यान नहीं दिया। यह कहते हुये कि नहीं वह यहां मेरी शिक्षिका है और एक शिक्षक की ओर गलत निगाह डालना अनैतिक है। दोनों शाम को नियमित बैडमिन्टन खेलते थे, दोनों में अच्छी खासी दोस्ती हो गई। लगभग 20 दिनों में ब्रज व्रत टूटी-फूटी अंग्रेज़ी बोलने लग गये थे। अब उन्होंने पंडित जवाहर लाल नेहरू, महात्मा गांधी, बाबा साहेब भीमराव अम्बेडकर आदि लोगों के चरित्र पर बोलना सिखाया। ब्रज टैगौर की कविताओं में काफी आनन्द लेते थे, उन्हें टैगौर में एक राष्ट्र भक्त नजर आता था। टैगौर की कविता 'वेयर दा माइन्ड इज विदाउट फियर' ब्रज को काफी पसन्द थी। एक प्रखर समाज सेवी के रूप में टेगौर ने हमेशा अच्छे स्कूल, कॉलेज और यूनिवर्सिटीज़ का सपना देखा था। भारत को विश्व विजेता देखना टैगौर का हमेशा सपना रहा और ब्रज को आज 21 वीं शताब्दी में वह सपना पूरा होता महसूस हो रहा था। ब्रज को अंग्रेज़ी लेखकों में और कविताओं में शनै-शनै रूचि उत्पन्न होने लगी थी।

डेढ़-दो महीनों में ब्रज अंग्रेज़ी समाचार पत्रों में लिखे हुये भारतीय अर्थ व्यवस्था, संविधान, चुनाव, लोकतंत्र सब कुछ पढ़ने लग गया था। धीरे-धीरे ब्रज अपनी पूजा-पाठ और आध्यात्म की दुनिया से बाहर निकलने लगा था। वह अब वास्तविक दुनिया की हलचलों को समझने लगा था। वह एक यथार्थवादी हो गया था। भ्रमों की दुनिया से वह बाहर निकल गया था। वह सामाजिक, आर्थिक और राजनीतिक समस्याओं को बड़ी रूचि के साथ पढ़ने लगा था। वह शायली के सामाजिक दृष्टिकोण की प्रशंसा करने लगा। शाम को रोज बैडमिंटन खेलने के बाद वह दोनों कॉफी का आनन्द लेते थे और विभिन्न मुद्दों पर सकारात्मक चर्चा भी करते थे।

ब्रज व्रत शाम को शायली के साथ खेलते हुये हमेशा सफेद किट में रहते थे और उस

किट में काफी स्मार्ट भी लगते थे, दोनों की नजदीकियां भी बढ़ती गईं और अक्सर शायली ब्रज के साथ अपने सम्बंधों के बारे में सोचती थी। लेकिन वह जानती थी कि ब्रज एक शादीशुदा व्यक्ति था और शायली ने हमेशा स्वयं पर नियंत्रण रखना ही उचित समझा।

कभी-कभी विनायका भी बातचीत करने पहुंच जाती थी। उसने ब्रज को प्राकृतिक चिकित्सा से होने वाले लाभ के बारे में बताया और बम्बई स्थित राष्ट्रीय नेचरोपेथी केन्द्र के बारे में जानकारी भी दी। ब्रज ने अपने सांस्कृतिक केन्द्र में निसर्ग उपचार के बारे में सोचना आरम्भ कर दिया। उसने निसर्ग उपचार को व्यवसाय में परिवर्तित करने की ठान ली। उसने मुम्बई जाना तय कर लिया। उसकी इस रूचि को सना कुछ समझ नहीं पाई और उसने यह कहते हुये बात टाल दी कि एक साथ इतने सारे काम क्यों करना। किसी भी एक कार्य में सम्पूर्ण मन से काम करो, यही बेहतर होगा, "जेक ऑफ आल बट मास्टर ऑफ नन, मत बनों। पहले केवल योग और हर्बल दवाईयों पर अपना ध्यान केन्द्रित करो। पहले यह मुनाफे का सौदा बनाओ, फिर आगे की सोचो।"

सच कहें तो उसे मुम्बई भेजने के लिए शायली ही जिम्मेंदार थी। वह स्वयं भी उनके साथ मुम्बई और गोवा घूमना चाहती थी और ब्रज के नजदीक आना चाहती थी। ब्रज भी शायली की बातों से काफी प्रभावित था और सना के लाख मना करने के बाद भी वह शायली के साथ बम्बई के लिए रवाना हो गया।

निसर्ग उपचार केन्द्र पर जाकर उसने अपना रजिस्ट्रेशन किया और शुरू के हफ्ते भर में ही ब्रज ने अनेक नैसर्गिक व्यायाम सीख भी लिये। मगर उसे वहां का उबला खाना और काली कॉफी बिलकुल पसन्द नहीं थी। वहां उसे रोज तीन किलोमीटर दौड़ना पड़ता था। ब्रज को इतना दौड़ना भी पसन्द नहीं था। वहां सादा भोजन था, कोई आलू पराठा नहीं मिलता था। फलों के नाम पर रोज एक सेब मिलता था और ब्रज भूखा ही रहता था। अब ब्रज को यह बात समझ में आई, "दूर के ढोल सुहाने लगते हैं।"

एक दिन अचानक ब्रज को सिल्की का फोन आया, वह बोली, "यदि रूचि हो तो हम दोनों मिलकर एक व्यवसाय शुरू कर सकते है। हम लोग कुछ हर्बल दवाईयां, हर्बल चाय और हर्बल कॉफी का उत्पाद डालेंगे। मैं तुम्हें पूरी सहायता करने को तैयार हूँ, लागत तुम्हारी रहेगी और उत्पादन के तरीके मेरे रहेंगे, गंभीरता से कुछ दिन अच्छे से सोच विचार करो, मैं एक हफ्ते बाद पुनः फोन करूंगी।"

सचदेवा को सिल्की के इस परिवर्तन के बारे में कुछ नहीं पता था। उसने तो उसे

मोबाइल तकनीक सीखने के लिए चाइना भेजा था। लेकिन वह नहीं जान पाया कि सिल्की को मोबाइल में विशेष रूचि नहीं थी। सिल्की अपने अनुभवों के आधार पर केवल रासायनिक उद्योग में ही काम करना चाहती थी। वह रासायनिक उद्योग के शिखर पर पहुंचने के ख्वाब देखती थी। वह यह नहीं समझ पा रही थी कि रासायनिक उद्योगों का क्षेत्र कितना कठिन और अस्वाभाविक है।

बम्बई में आकर शायली बार-बार ब्रज के करीब जाने का प्रयास कर रही थी। वह सपने में स्वयं को रानी पद्मावती के रूप में देखती थी, जो राजा रतन सिंह की रानी थी। जब जब वह ब्रज के नजदीक आती, ब्रज उससे दूर ही रहने का प्रयास करता। एक दिन ब्रज ने उसे साफ-साफ ही कह दिया, "ये क्या बदतमीजी है शायली, तुम मेरी शिक्षिका के रूप में आई हो और हम दोनों के बीच के अंतर को जानो, मैं एक शादीशुदा व्यक्ति हूँ और किसी भी प्रकार का व्यभिचार मुझे पसन्द नहीं है।" उसकी बातें सुनकर शायली को शर्म आ गई और उसने ब्रज से अपनी गलती की माफी मांग ली। ब्रज ने आगे गोवा घूमने के प्लान को भी निरस्त कर दिया। शायली को अब ब्रज का सामना करने में भी शर्म आने लगी। उसने बार-बार माफी मांगी और ब्रज ने उसे माफ कर देने का वादा किया।

एक दिन ब्रज समुद्र के किनारे टहलने गया। किनारे पर बनी हुई अनेक झुग्गी झोपड़ियां देखकर ब्रज को बड़ा आश्चर्य हुआ। वहां ब्रज को एक विवेकानन्द आश्रम भी दिखा। दोनों विवेकानन्द आश्रम पहुंचे। आश्रम के हाल देखकर ब्रज हक्का-बक्का ही रह गया। आश्रम के मैनेजर ने बताया कि आजकल आश्रम के लिए दान आना बन्द हो गया है। इसीलिए बच्चों की यह हालत हो गई है। खाना बहुत कम दिया जाता है और फल, दूध जैसी सुविधा आश्रम में सम्भव नहीं होतीं। ब्रज ने वहां लगभग 15 बच्च्चें ऐसे देखे जो कुपोषित थे, उनकी स्थिति बिलकुल भी ठीक नहीं थी। वह गंभीर बीमारी से ग्रसित दिख रहे थे, ब्रज को उन पर दया आई और उसने तत्काल 20 हजार रुपये का दान देकर बच्चों के लिए राशन और जरूरी दवाईयां लाने को कहा। आश्रम के डॉक्टर को भी उसने फोन लगाकर बच्चों की देखभाल करने को कहा। डॉक्टर को भी उनकी फीस देने का वादा ब्रज ने किया। उसके लिए अलग से 30 हजार रुपये का चेक ब्रज ने दवाईयां एवं डॉक्टर के लिए दिया। ब्रज ने प्रति माह उन्हें पैसे भेजने का वादा भी किया। वह बहुत दुखी हो गया था। उसने शायली को दुखी मन से कहा, "इनकी जिन्दगी देखो और तुम्हें रोमांस याद आता है। देखो जरा पैसा और जीवन दोनों ही धुंए के जैसे हैं, अभी दिखता है और अभी गायब हो जाता है।" कुछ दिन रहने के

बाद दोनों फरीदाबाद लौट आये। उन्हें पुनः पाकर सना आश्चर्यचकित हो गई। किन्तु खुश भी हुई, उसने चुटीले अंदाज में ब्रज से पूछा, "कैसी रही यात्रा, सब ठीक तो है।" ब्रज उसका व्यंग्य समझ गया और मुस्कुरा कर बोला, "एकदम ठीक। वहां कुछ भी असाधारण गठित नहीं हुआ डार्लिंग।" सना ने उसे कॉफी के लिए बुलाया लेकिन यह जानकर सना हैरान रह गई कि ब्रज ने कॉफी पीना छोड़ दिया था। बल्कि उसने सना से कहा कि अपना पेट कोई डस्टबिन नहीं है, जो चाहें उसमें डालो। मैं केवल दिन में दो ही बार भोजन करूँगा, इसके अलावा कुछ ना खाऊंगा। टी, कॉफी सब कुछ बन्द! समय के साथ इंसान को भी बदलना चाहिए और अपनी बुद्धि को भी बढ़ाना चाहिए, नहीं तो जिन्दगी मकड़ी बन जाती है, जो अपने ही जाल में फंसकर उसी को तोड़ने-मरोड़ने के खेल में घिर जाती है।

उसकी बातें सुन सना मुस्कुराई और बोली, "अच्छा लगा तुम्हारी बातें सुनकर।"

(20)

आज रविवार था। निर्मल व्रत और बीना व्रत सना से मिलने और उसके स्वास्थ्य को देखने ब्रज व्रत के घर आये। घर आने की जिद बीना की थी क्योंकि वह सना के स्वास्थ्य को लेकर चिंतित थी। मिल बैठकर बीना सना को अपने स्वास्थ्य के बारे में कोई भी जोखिम ना उठाने और समय-समय पर पूरी सावधानी बरतने की सलाह देना चाहती थी। निर्मल व्रत भी इस बहाने ब्रज व्रत से अकेले में बातचीत करना चाहता था। उसने ब्रज को समझाया—

पीछे मुड़कर देखो और प्राप्त हुये अनुभवों से सीखने की कोशिश करो।
भविष्य की ओर देखो और उसमें आशा की उम्मीद खोजो।
अपने इर्द-गिर्द देखो और सत्य को जानने की कोशिश करो।
अपने भीतर देखो और स्वयं को खोजने का प्रयास करो।

ब्रज व्रत बम्बई के उन गरीब बच्चों की हालत को देकर बहुत दुखी हो गये थे। ऐसे समय में अपने पिता की बातों ने उन्हें काफी राहत पहुंचाई। निर्मल व्रत ने ब्रज के अंग्रेज़ी के बढ़े हुये ज्ञान की तारीफ की और शायली से मिलकर वह काफी प्रभावित हो गये। ब्रज से आधी उम्र की उस बच्ची ने इतना अच्छा काम किया था। उसे देखकर निर्मल व्रत ने साफ-साफ शब्दों में ब्रज से पूछा, "आशा करता हूँ तुमने शिक्षक और विद्यार्थी के फासले को बरकरार रखा है। तुम और तुम्हारे शिक्षक में किसी भी प्रकार का कोई संदेहास्पद रिश्ता नहीं

है?" ब्रज ने आत्मगिलानी के भाव से कहा, "नहीं पापा जी, आप बिलकुल संदेह ना करें। मैं बस अंग्रेज़ी सीखना चाहता था और अच्छा बोलना चाहता था। मुझे कभी-कभी स्कूल में बच्चों को संबोधन भी देना पड़ता है और ऐसे वक्त पर अंग्रेज़ी ना आने से मुझे काफी शर्मिन्दगी का एहसास होता है।" "तो फिर मैं निश्चिन्त हो जाऊं?" निर्मल व्रत ने ब्रज के कंधे पर हाथ रखकर मुस्कुराकर बोला।

सना ने दोनों को खाने पर रुकने की जिद की, उसके आग्रह को मानते हुये, वह दोनों रुक गये। लेकिन बीना ने फिर से सना को समझाया, "देखो बेटा, छह महीने तक अब पूरा आराम ही कर लो, अब स्कूल जाना समझदारी नहीं है और फिर ब्रज तुम्हारे स्कूल की चिंता करने के लिए है ना! तुम बस खुद का ख्याल रखो।" बीना की यह बात सना को अच्छी नहीं लगी। लेकिन कुछ ना बोलना ही उसने बेहतर समझा, ब्रज भी चुप ही था। बीना की यह चिन्ता स्वाभाविक थी क्योंकि बीना ने अपने जीवन में दो बार गर्भपात का सामना किया था और उसने उस दुख को जिया था। लेकिन बीना ने इसके बारे में सना को कुछ नहीं बताया। क्योंकि उसे डर था कि ऐसी बातें सुनकर सना उदास ना हो जाये। चारों ने मिलकर भोजन किया और यह वरिष्ठ दंपत्ति अपने घर के लिए निकल गये।

काव्या का प्लास्टर निकल गया था। लेकिन आज भी उसकी रीढ़ की हड्डी में काफी दर्द था। एक दो हफ्तों में काव्या बिना वॉकर के सहारे चलने लगी थी। लेकिन एक आया सदैव उसके साथ चलती थी ताकि उसे जरूरत पड़े तो सहारा मिल सके। क्योंकि एक दिन वह बॉथरूम में फिसल गई थी और उसके सिर में चोट आई थी। चोट मामूली ही थी इसीलिए कोई चिन्ता की बात नहीं थी। लेकिन फिर भी डॉक्टर ने देखकर उसे सावधानी बरतने को कहा था।

काव्या ऐसी छोटी-मोटी चोट को लेकर बिलकुल भी गंभीर नहीं थी क्योंकि एक हॉकी की खिलाड़ी होने के नाते उसने कई बार चोट खाई थी। लेकिन डॉक्टर की सलाह पर और नवीन के आग्रह पर वह अभी भी रोज ब्रूफेन 600 एम.जी. दिन में दो बार लेती थी। उसने देखा कि उसकी बीमारी के वक्त से नवीन ने उससे कुछ दूरियां बनाई हैं। इसीलिए किसी ना किसी बहाने वह नवीन के पास आना चाहती थी। लेकिन नवीन हमेशा यही कह कर टाल देता था कि पहले ठीक हो जाओ। काव्या को चुप रहना पड़ता था और अपनी इच्छाओं को भूलना पड़ता था।

आज व्यास रिद्धि की किटी पार्टी थी। नवीन ने रिद्धि के पति सकल सचदेवा को फोन करके पिछली बार की बात सुना दी। पिछली बार सकल की पार्टी के बाद ही नवीन का

स्वास्थ्य गड़बड़ हो गया था। नवीन ने इस बार उसे अपना खाने का ठेकेदार बदलने को कहा। सकल को वह बोला, "यार पिछली बार मुझे बेहद तकलीफ हुई थी, उस ठेकेदार ने बासा चिकन और डुप्लीकेट व्हिस्की भी पिलाई थी। इस बार जरा सावधानी बरतो।" उसकी सलाह मानकर सकल ने इस बार हॉटल ली मेरिडियन में 12 कमरे और पार्टी के लिए एक हॉल बुक कर लिए थे और उसने वहां मैनेजर को साफ हिदायतें दी थी, "कुछ भी शिकायत मिली तो मैं पूरा पेमेंट रोक दूंगा, ध्यान रहे।" हॉटल मैनेजर ने उससे उसे कोई भी शिकायत ना मिलने का वादा किया। रॉक गायिकायें बुलवाई गई थीं और आज की पार्टी को व्यास रिद्धि की जन्म दिवस की पार्टी कहा गया। सच तो यह था कि रिद्धि का जन्म दिवस एक महीने बाद था।

सिल्की ने सकल सचदेवा को चीन से लौटकर पुनःअपनी सेवायें देना आरम्भ किया था। उसने चीन और जापान से कुछ नई मशीनें भी मंगवाई थी। आज की पार्टी में वह नवीन से दूरी बनाए थी और नवीन के सामने आने से भी बच रही थी लेकिन ऐसा हो ना सका। पार्टी छोटी थी तो सब का आमना-सामना तय था। 10 ही मिनट में नवीन उसके सामने आया। नवीन को सामने देखकर सिल्की तत्काल बोली, "नमस्ते सर" "नमस्ते! हेलो सिल्की कैसी हो? क्या नया चल रहा है? कुछ प्रगति की?" "नहीं सर सब कुछ साधारण है, जिन्दगी चल रही है और आपके जैसे व्यक्ति के सामने मैं क्या प्रगति करूंगी।" सिल्की नीचे सर झुकाकर बोली। नवीन ने कहा, "कोई बात नहीं सिल्की, पार्टी के मजे लो और खुश रहो। और हां! जब भी तुम्हारा मन हो, घर आ सकती हो।" सिल्की शर्मिन्दा महसूस करने लगी और बोली, "सर मैं आपके एहसान कभी नहीं भूल सकती, मैंने जो कुछ पाया है सब आप ही से सीखा है।" नवीन थोड़े कड़े अंदाज में बोला, "सच कहूं सिल्की, आज तक जीवन में तुम ने कुछ नहीं पाया, मेरी नजर में वही सच्चा इंजीनियर होता है जो नये विचारों के साथ रहे और ये...?" सिल्की जरा उदास हो गई। इतने में मधुराज वहां पहुंचा, पहुंचते ही मधुराज ने सिल्की का गाल चूमा और उसके कमर में हाथ डाल कर उसे डांस फ्लोर पर ले गया। थोड़ी देर नाचने के बाद नवीन ने देखा कि दोनों बाजू वाले कमरे में चले गये।

आभाजी संचय से कुछ जरूरी बातचीत कर रहे थे। उन्होंने रियल स्टेट में 30 करोड़ रुपये लगाये थे और वह संचय से रियल स्टेट के व्यवसाय की स्थितियां जानना चाह रहे थे। वह चर्चा ही कर रहे थे तो भाव्या भी वहां आकर खड़ी हो गईं। उन्होंने भाव्या से पूछा, "तुम बताओ कि रशिया-युक्रेन युद्ध के चलते सोने के क्या हाल होंगे? सोना और बढ़ेगा? ऐसा लगता है चुनाव आते-आते सोना आसमान छुएगा। तुम्हें क्या लगता है?" भाव्या बोली,

"आगे आगे देखो होता है क्या" और वह प्रबोद से बात-चीत करने लगी। उनकी चर्चा का विषय स्कूलों की गिरती हुई स्थिति पर था और वह शिक्षक और उनकी तनख्वाह को लेकर चर्चाएं कर रहे थे, पार्टी शबाब पर थी। कोई कुछ तो कोई कुछ सारे ही व्यवसाय के बारे में चिन्तित थे। देश के हालात और आने वाले चुनाव सभी को हैरान कर रहे थे।

नेहल स्वीटी आज कुछ ज्यादा ही उत्साह में थी। वह सभी के पास जाकर एक एक ड्रिंक टेस्ट कर रही थीं। जैसे इस पार्टी की आयोजनकर्ता वही हो। वह इसलिए सबसे मिल जुल रही थीं क्योंकि फरीदाबाद नगर पालिका के चुनाव में वह अध्यक्ष पद का चुनाव लड़ना चाह रही थी। उसका गणित एकदम साफ था, तीस प्रतिशत वोट उसकी जाति के थे और बीस प्रतिशत वोट वह पैसे के दम पर खरीदना चाहती थी।

मगर आज की पार्टी में काव्या का मन नहीं लग रहा था। वह कुछ उदास सी थी, एक कोने में बैठी थी। नवीन उसके पास आकर बैठा, वह बोली, "कुछ नया होना चाहिए, ऐसी पार्टियों में आजकल मैं बहुत बोर होती हूँ। वही रूटीन पार्टी, वही शराब, वही लोग, वही नाच, वही गाना अब मुझे मजा नहीं आता।" नवीन बोला, "अब यही होगा और नया क्या होगा? कम से कम अपनी व्यस्तम जिन्दगी से सब लोग कुछ समय निकाल कर एक शाम इकट्ठा तो होते हैं। इतना काफी है, आनन्द लो डियर, ये कोई छोटे बच्चों की बर्थडे पार्टी तो नहीं है" और उसने उसे गले लगाया।

आज शॉ-वेलेस की इम्पोंटेट व्हिस्की पार्टी में धमाल मचा रही थी। सभी लोग अपने-अपने पार्टनर के साथ एक-एक कर कमरे में जा रहे थे। नवीन और काव्या भी एक कमरे में चले गये। रात के 12:30-01:00 बजे तक धीरे-धीरे, एक-एक, खाना खाने हेतु टेबल पर आये। शराब भी अब बढ़-चढ़ कर बोल रही थी। कुछ लोग तो गलती से किसी और के कमरे में चले गये पर वहां भी उनका स्वागत ही हुआ। लगभग 03:00 बजे के बाद सारे लोग अपने-अपने घर के लिए रवाना हुये।

काव्या ने इसे आधुनिक सांस्कृतिक क्रांति कहा।

(21)

नेहल स्वीटी ने चुनाव लड़ने का मन बना लिया था। बिना समय बर्बाद किये नेहल और उसके पति रामदीन कौशल ने चुनावी प्रचार आरम्भ किया। जगह-जगह नेहल के होर्डिंग लगाये गये, फिर चाहे वो बिजली के खम्बे हों या टेलीफोन के, उसे किसी भी

राजनैतिक दल का सहयोग अपेक्षित नहीं था और रामदीन भी चापलूसी कर राजनैतिक पार्टी के नेताओं से सहयोग मांगना नहीं चाहता था।

नेहल ने एमए राजनीतिविज्ञान में ही किया था। वह स्थानीय निकाय एवं उनके महत्व को बखूबी जानती थी। उसने अपना चुनावी कार्यक्रम तय कर लिया था। प्रति सेक्टर कम से कम दो सभाएं उसने निश्चित की थी। यह बात अलग थी कि जन सभाओं में पुरूष अपने कामकाज छोड़कर भाषण सुनने के बिलकुल इच्छुक नहीं थे। उनकी जिन्दगी अपनी रोजी-रोटी में ही व्यस्त थी। बाद में नेहल ने यह निर्णय लिया कि दो छोड़कर हर वार्ड में एक ही सभा ली जाये, उसका समय दोपहर का तय किया गया, जिससे घर की महिलाएं सुनने आ सकें। उसके इस कार्यक्रम में अबाशी, नबाशी और भाव्या ने साथ दिया। बाद में विधि, व्यास रिद्धि और अलका वैभव ने भी उसकी सहायता की। जगह-जगह चुनाव प्रचार के पर्चे भी बांटे गये जो यह वादे करते थे-

- फरीदाबाद की सारी सड़कें चौड़ी कर सुधारी जायेगीं।
- साफ-सफाई पर विशेष ध्यान दिया जायेगा।
- उसकी टीम अलग से रोज सफाई करेगी।
- सोलर पैनल्स् लगाये जायेंगे जिससे बिजली की आपूर्ति होगी।
- नये सफाई कर्मियों की नियुक्ति होगी।
- सारे मंदिर नव निर्माण कर सजाये जायेंगे।
- विशेष स्वास्थ्य शिविरों के आयोजन होंगे।
- अधिकांश लोगों को आयुष्मान कार्ड दिये जायेंगे।
- उसका ऑफिस जन सहयोग के लिए 24 घंटे खुला रहेगा।

रामदीन कौशल एक बड़ी इलेक्ट्रॉनिक कम्पनी में प्रोड्क्शन इंजीनियर थे। उनकी चुनाव में व्यस्तता देख उनके बॉस ने उन्हें एक 'कारण बताओ नोटिस' तो थमा ही दिया। यह कहते हुये कि आपको यदि चुनाव में व्यस्तता रखनी है तो बेहतर है कि आप एक माह की बिना तनख्वाह की छुट्टी ले लें। यह आपको पहली और अंतिम चेतावनी दी जाती है।

अपने बॉस का यह रवैया कौशल को पसंद नहीं आया। उन्हें यह लगा कि चुनाव में उनका विरोध हो रहा है और उन्हें अधीनस्थ अधिकारियों के समक्ष अपमानित किया जा रहा है। यह सारी बात उसने नेहल को बताई और दोनों इस निष्कर्ष पर पहुंचे कि कौशल को चुनाव में सक्रिय भूमिका नहीं निभाना ही बेहतर है। क्योंकि उनके लिए नौकरी बहुत जरूरी थी। इस निर्णय पर नेहल उदास तो हुई लेकिन और कोई रास्ता भी तो नहीं था। कौशल ने

नेहल को साफ-साफ बता दिया, "यही रास्ता है तुम मेरे ऊपर कदापि निर्भर ना रहो और फिर बेटी सुषमा नीट की तैयारी कर रही है। उसके भविष्य का सवाल है और चयन होने पर उसे पैसा भी देना होगा। 01 करोड़ से कम खर्चा नहीं है।" नेहल गुस्से में बोली, "तो मेरा मेयर बनने का स्वप्न, स्वप्न ही रहेगा?" "हां इसे सपना समझ सकती हो। मुझे इस चुनाव में पैसे खर्चा करने के अलावा कोई लाभ नहीं दिख रहा।" कहते हुये कौशल उठकर अपने बेडरूम की तरफ चला गया।

दूसरे दिन नेहल पंडित निर्मल व्रत के घर चली गई। उसने उनके पाँव छुये, बीना व्रत ने उसे चाय पिलाई। नेहल ने धीरे से पंडित निर्मल व्रत से पूछ डाला, "पंडित जी, क्या मैं चुनाव लड़ लूं? जीत सकती हूँ?" "मैं किसी भ्रम का भविष्य कैसे बता सकता हूँ?" निर्मल व्रत गंभीरता से बोले "भ्रम? क्या चुनाव एक भ्रम है?" पंडित निर्मल व्रत ने उसके सामने 15 चक्र बनाये और उसे एक-एक चक्र पर उंगली रखते हुये बोला

पहला चक्र	-	अहंकार
दूसरा चक्र	-	व्यभिचार
तीसरा चक्र	-	बेईमानी
चौथा चक्र	-	लालच
पांचवा चक्र	-	झूठे वादे

इत्यादि-इत्यादि...

बिना किसी संकोच के उन्होंने कहा, "यह वह सारे चक्र हैं जिनमें चुनाव का भ्रम तुम्हें ढकेलता है। तुम इस चुनाव में लगभग कितना पैसा खर्च करोगी?" नेहल ने कहा, "15 से 20 लाख", निर्मल व्रत मुस्कुराए और बोले, "गलत, इतने पैसों में कुछ भी नहीं होगा। तुम्हें वोटर खरीदने के लिए भी इतना पैसा नहीं पुरेगा। कम से कम 02-03 करोड़ के खर्चे की अपेक्षा रखो।" वह गंभीर होकर बोले, "तुम मेरी बेटी जैसी हो, अभी तुम्हारे बच्चे पढ़ रहे हैं, उनका भविष्य बनाना तुम्हारी जिम्मेंदारी है। अच्छा है यदि तुम यह पैसा उनके भविष्य निर्माण में खर्च करो। तुम्हारे पति नौकरी में है, मतलब तुम्हारे पास तथा-कथित ऊपरी आमदनी नहीं है। उनकी सेवाएं भी निजी कम्पनी की हैं। जिसमें कोई पेंशन का प्रावधान नहीं है। देखों बेटा इस चुनावी माया जाल में मत फंसो, अभी वक्त है। जितनी जल्दी हो इससे बाहर आने की कोशिश करो।"

निर्मल व्रत की बातों ने नेहल को धक्का पहुंचाया। वह कुछ समझ नहीं पाई। वह

पूर्णतया हताश, निराश और घबराई सी हो गई। हालांकि निर्मल व्रत सच ही बोल रहे थे। उसने स्वयं से पूछा, "आज तक जीवन में इन सच्चाईयों का एहसास उसे पहले क्यों नहीं हुआ? इन सारे कटु लेकिन सत्य बातों को वह कैसे नज़रंदाज़ कर सकती है? अगर हार गई तो क्या होगा और अगर जीत भी गई तो भी क्या हासिल करेगी? क्या जीत उसे कुछ नये स्थान पर ले जायेगी? जिसे झूठी सामाजिक सुरक्षा कहते हैं। क्या विजय का यह गौरव उसे यह सुरक्षा देगा? उसका समर्थन कौन लोग करेंगे? क्या वो लोग उसके बुरे वक्त के साथी होंगे?"

बिना किसी सोच के और बिना किसी विवाद के उसने चुनाव में पीछे हटने का निर्णय लिया। रात में बिस्तर पर पड़े-पड़े उसे इस बात का एहसास हुआ कि आज शायद वह कुछ हल्का महसूस कर रही है। उसे आज चैन की नींद की अपेक्षा थी। उसने सोचा कि पंडित जी ने 'भ्रम" शब्द का उपयोग एकदम सटीक ही किया था और वो जो कह रहे थे वह सब कुछ सत्य उचित ही था। जब कौशल को उसने अपना निर्णय सुनाया तो वह भी खुश हुये। उसके इस निर्णय से कौशल ने भी राहत की सांस ली और कहा, "कभी-कभी मूर्खतापूर्ण निर्णय का एहसास होने में देरी लगती है। पर जो होता है अच्छे के लिए ही होता है।"

एक हफ्ते बाद एक दिन सुबह-सुबह नेहल के घर की घंटी बजी। नेहल ने दरवाजा खोला तो देखा कि दो बच्चों के साथ बाजू के निराश्रित आश्रम के प्रबंधक दरवाजे पर थे। उन्होंने कहा, "मैं इन बच्चों के आश्रम का मैनेजर हूँ, आज-कल हमें दान मिलना कम हो गया है। तो आपसे खाना और कुछ कपड़ों की अपेक्षा है। कुछ का इंतजाम शासन के पैसों से हम कर लेंगे।" "तो मैं क्या करूं?" नेहल ने कहा। मैनेजर कहने लगे, "समस्याएं बहुत हैं मैडम, ये बच्चे जवान हैं, अभी-अभी इनकों एक फैक्ट्री में काम भी मिल गया है और इन बच्चों की शादी तय हुई है और इनकी शादी के लिए हमारे पास कोई व्यवस्था नहीं है। उत्तर प्रदेश सरकार सामूहिक विवाह कराती है, परन्तु हरियाणा सरकार ऐसी कोई सुविधा नहीं देती। अब आप ही का सहारा है। ये बच्चे बड़ी आशा से आप के पास आये हैं।" "ठीक है लेकिन मैंने चुनाव नहीं लड़ने का निर्णय लिया है। परन्तु मानवता के आधार पर मैं अपनी कुछ सहेलियों से चर्चा करती हूँ, उनसे निवेदन करती हूँ, देखते हैं कुछ होता है वो जरूर करेंगे। आप अपना फोन नम्बर दे दीजिए। मैं एक-दो दिन में आपको बताती हूँ।" बच्चे उत्साहित हो गये और चिल्लाने लगे "मैडम जी की जय! मैडम जी की जय!" उनकी जय सुनकर नेहल हंस पड़ी और उसने बच्चों को कुछ नाश्ता कराया।

अगले ही दिन अलका वैभव ने किटी पार्टी रखी थी। यह पार्टी विक्रम हॉटल में थी। पार्टी में नेहल ने बच्चों के विवाह की बात रखी और नेहल को आश्चर्य हुआ कि सारे ही लोग स्वेच्छा से सहयोग करने को तैयार हो गये। विधि और संचय ने तो ऐसे और जरूरतमंद बच्चों को ढूँढने की बात कही। जिससे बड़े स्तर पर सामूहिक विवाह कार्यक्रम सम्भव हो सकें। पंडित जी तो आशीर्वाद देने और ब्याह रचने को तैयार ही थे। नवीन ने उस दिन के भोजन का जिम्मा लिया, व्यास रिद्धि ने सभी नव वधुओं को विवाह के उपलक्ष्य में लाल सिल्क की साड़ी देने की बात कही, तो विधि के पति संचय ने सब वरों को एक-एक सूट देने की बात कही।

सभी समाचार पत्रों में सामूहिक विवाह की खबर छप गई। ऑफिसर्स क्लब का हॉल तय किया गया। इस कार्यक्रम में कांतिभूषण ने अपनी ओर से टेंट की व्यवस्था देने का वादा किया। पंडित निर्मल व्रत भी दहेज के हिसाब से कुछ सामग्री लेकर पहुंच गये। शायली, विनायका, सावी, सांची और सूर्या एक अच्छे स्वयं सेवक की तरह काम में मशगूल थे। थोड़ी ही देर में सामूहिक विवाह में भाग लेने वाले लगभग 20 नव दंपत्ति एकत्रित हुये। पंडित निर्मल व्रत ने श्लोकोच्चार आरम्भ किया और वधू और वर के हाथों में वर मालायें दीं। पूरे संस्कार पूर्ण कर वर माला सम्पन्न हुई।

यह एक बहुत ही अच्छा कार्यक्रम हुआ था, जो नवीन-काव्या की मित्र मण्डली के हाथों से सम्पन्न हुआ था। कार्यक्रम समाप्ति पर सब ने यही कहा -सारी अपेक्षा हमें सरकार से नहीं रखनी चाहिए। यदि शासन नहीं करता है तो ऐसे सामाजिक कार्य तो हम लोगों को करने चाहिएं।

बड़े अखबारों के सारे पत्रकार उपस्थित थे और सभी ने इस आयोजन की खुलकर तारीफ की। अखबार में अगले दिन प्रमुखता से यह खबर छपी थी, समाज के सामने यह अच्छा उदाहरण प्रस्तुत हुआ था। सभी ने मुक्त कण्ठ से इसकी प्रशंसा की।

(22)

सुबह-सुबह नवीन समाचार पत्र पढ़ रहा था। पढ़ते-पढ़ते अचानक उसे अपने दामाद ब्रज व्रत का ख्याल आया और उसे इस बात का अफसोस हुआ कि ब्रज व्रत जैविक पेड़-पौधे, जैविक दवाईयां, मनुष्य शरीर संरचना, उसमें होने वाले रोग तथा उन पर उपचार और इसके लिए जरूरी दवाईयों के बारे में पूर्णतः अपरिचित था। वह यह सोच ही रहा था कि अचानक फोन की घंटी बजी, "पापा जी सुप्रभात" "सुप्रभात बेटा! कहो क्या हालचाल

हैं?" "ईश्वर की कृपा और आपके आशीर्वाद से ठीक हूँ पापा जी। पापा जी मैं आज खेत जाकर अपने जैविक पेड़-पौधों को देखना चाहता हूँ। क्या आज आप मुख्य वैज्ञानिक को भेज सकते है?" "11:00 बजे चलेगा, तुम्हारे पास समय है?" "जी ठीक है" "तो फिर 11:00 बजे मैं ऑफिस जाते-जाते तुम्हें घर से लिए चलूंगा। "ठीक है पापा जी प्रणाम करता हूँ।"

निर्धारित समय पर नवीन और ब्रज खेत पहुंच गये। ब्रज व्रत को ज्यादा कुछ भी समझ में नहीं आ रहा था, फिर भी वह पेड़-पौधे देखने निकल गया। नवीन ने गार्ड से कमरा खुलवाया और उसे कॉफी बनाने के निर्देश दिये। एक चक्कर लगाकर ब्रज व्रत भी नवीन के पास आकर बैठ गये। कॉफी पीते-पीते नवीन ने ब्रज को पूछा, "मुझे यह बताओ कि सांस्कृतिक केन्द्र के नाम से तुम किस प्रकार का उत्पाद चाहते हो? तुम्हारे मन में है क्या?" "पापा जी, जैविक चाय, जैविक कॉफी और जैविक सौन्दर्य प्रसाधन बनाना चाहता हूँ।" "सौन्दर्य प्रसाधन? मतलब सही मायने में कौन से प्रसाधन?" "सौन्दर्य सामग्री में चेहरे की क्रीम, पाउडर, नेल पॉलिश, लिपस्टिक, शैम्पू ऐसे कुछ प्रसाधन सामग्री बनाना चाहता हूँ।" "और तुमने इसका कोई बजट बनाया? लगभग कितना खर्चा आयेगा यह सारी सामग्री बनाने में?" खर्चे की बात सुनकर ब्रज अचानक उदास सा हो गया और कतराते हुये बोला, "लगभग 25 लाख रुपये पापा जी" "ठीक है पर यह बताओ कि इतने खर्च के बाद एक साल में कितने मुनाफे की तुम्हें अपेक्षा हैं?" "लगभग पांच लाख रुपये सालाना" "ठीक है, बढ़िया है, मान लो, यह सारा सामान हम जयपुर कैमिकल कम्पनी से बनवायें, लोगो हमारा रहेगा, बस तुम्हें केवल मार्केटिंग की चिन्ता करनी होगी। वैसे ही जैविक चाय और कॉफी हम दक्षिण के इलाके से मंगवायेंगे और लोगो अपने ही सांस्कृतिक केन्द्र का लगाएंगे। इससे हमें कारखाना लगाने का काम बच सकता है और खर्चा भी कम आ सकता है। देखो, समझने की कोशिश करो जो तुम कह रहे हो वह सारा उत्पादन स्वयं करना आसान नहीं है।" "पापा जी, असल में, मैं बाजार में उपलब्ध जैविक उत्पादों का तरीका ही बदलना चाहता हूँ। बाजार में मिलने वाली अधिकांश सामग्री अक्सर मिलावटी होती है।" "यह सही भी हो सकता है और गलत भी, कोई भी उत्पाद नकली कह कर आज-कल ठुकराये जाते हैं। यह व्यवसाय की राजनीति है और यह हर क्षेत्र में होता है। मेरी बात मानो उत्पादन भूलो, केवल मार्केटिंग की चिन्ता करो। बाकी सब मैं देख लूंगा। दूसरा, अपने पैसे ट्रेडिंग के लिए बचाकर रखें क्योंकि बाजार में क्रेडिट का चलन काफी आम है। मुख्य बात यह है कि आपके पास मैन-पावर नहीं है। और तुम्हें इस विषय पर कोई महारथ

भी नहीं है। यह एक विज्ञान है जिसके लिए विशेष प्रकार की पढ़ाई आवश्यक होती है। इसलिए सोचो और फिर निर्णय लो।" ब्रज थोड़ा सा सहम गया और सौन्दर्य सामग्री जयपुर कम्पनी से खरीदने हेतु तैयार हो गया।

कॉफी पीकर दोनों वहां से निकल पड़े और नवीन ने ब्रज को आईबी स्कूल छोड़ा और वह फैक्ट्री के लिए निकला। अब नवीन के मन में ब्रज की ओर से केवल ट्रेडिंग करने की बात ही बार-बार आ रही थी। क्योंकि वह अपने दामाद की योग्यता और अज्ञानता से बखूबी परिचित था। लेकिन दामाद की इच्छा के लिए यह काम करना नवीन ने तय किया।

आने वाले सप्ताह में इस प्रकार की सामग्री के होर्डिंग्स लग गये। फरीदाबाद के अनेक चौराहे भारतीय संस्कृति केन्द्र हर्बल कास्मेटिक्स से पट गये। इन्हें देखकर ब्रज हैरान रह गया और उत्साहित भी हुआ। उसने यह प्रोजेक्ट सना के साथ साझा किया। लेकिन सना ने एक व्यंग्यात्मक हंसी फेंक कर ब्रज के उत्साह को ठण्डा कर दिया और मुस्कुराते हुये बोली, "बहुत अच्छे आई विश यू गुड लक" "ब्रज ने बड़ी आतुरता से पूछा, "लेकिन तुमने यह नहीं बताया कि मेरी इस योजना में तुम मेरा साथ किस प्रकार से और कहां तक दोगी?" "देखो ब्रज मैं कभी उच्च रसायनिक मेडिकल साइंस और शारीरिक विज्ञान की विद्यार्थी नहीं रही हूँ, इसलिए इन मामलों में मैं कुछ भी सलाह देने लायक नहीं हूँ। और तुम देख ही रहे हो अब मुझे प्रग्नेंसी के छः महीने भी पूर्ण हो चुके हैं, धीरे-धीरे मुझसे मेहनत भी कम होगी और उसके बाद मैं बच्चे में व्यस्त हो जाऊंगी। हां, मगर इतना जरूर कहती हूँ। पापा से पूछे बगैर कुछ भी मत करना। वह इस क्षेत्र के जाने-माने खिलाड़ी हैं। देखो यह सारी विज्ञान की बाते हैं। किसे कितने तापमान में उबालना और कब ठण्डा करना महत्वपूर्ण कार्य होता है और यह एक टेक्निकल विषय है। इस योजना को लेकर ज्यादा उतावले मत हो। हमारे लिए अभी काफी काम है।" सना की बातें सुनकर ब्रज को यह समझ में आ गया कि सना इसमें ज्यादा रूचि लेने में इच्छुक नहीं है। उदास स्वर में वह बोला, "इसका मतलब तुम मुझे हतोत्साहित ही कर रही हो।" "देखो ब्रज मैंने बताया ना यह इतना आसान नहीं हैं, मैं एक व्यापारी परिवार से ताल्लुक रखती हूँ। ना कि वैज्ञानिक के परिवार से। इसलिए व्यापार की बारीकियों को समझती हूँ। यदि कुछ सीखना चाहते हो तो जरूर करो पर सोच-समझ के आगे बढ़ो।" "देखो हर फैक्ट्री वाला उस क्षेत्र का ज्ञानी नहीं होता। कैमिकल इंजीनियरिंग अलग है और हर्बल साइंस भी अलग है।" "अरे, लेकिन साइंस भी तो कोई चीज है! और व्यापार कोई एक दिन में नहीं सीखता" सना झुंझलाकर बोली। ब्रज समझ गया कि सना

को रूचि नहीं है और सना भी यह जान गई कि ब्रज इसे लेकर काफी उत्साहित है तो उसने ज्यादा बहस करना उचित नहीं समझा।

स्कूल से ब्रज ने ड्राईवर को अपने माता-पिता के घर ले चलने को कहा। क्योंकि वह कई दिनों से उन लोगों से नहीं मिला था। तब उसने अपनी योजना पिता निर्मल व्रत से साझा की, तो वह आश्चर्य से बोले, "ब्रज बेटा, जैविक दवाओं, हर्बल चाय और दवाइयों के विशिष्ट ज्ञान के बिना तुम ने यह प्रोजेक्ट लेने का सोचा ही कैसे? क्या तुमने कभी विशिष्ट मानवीय शरीर और मस्तिष्क पर पर्याप्त पुस्तकों का अध्ययन किया है। जानते भी हो शरीर का कौन सा भाग कहां रहता है?" ब्रज गंभीर हो गया। पिता जी ने फिर पूछा, "तुम्हारी इस योजना के बारे में नवीन जी क्या सोचते हैं?" अपना सिर झुकाकर ब्रज बोला, "उन्होंने मुझे यही सलाह दी कि मैं उत्पाद पर ध्यान ना दूं बल्कि केवल जैविक सामग्री का ट्रेडिंग करूं। लेकिन पापा जी मैं उत्पाद स्वयं करना चाहता हूँ। नवीन जी ने मुझे उत्साहित नहीं किया। जबकि मैं उनसे कोई आर्थिक सहयोग भी नहीं चाहता।" पिता जी ने ब्रज को समझाते हुये कहा, "देखो बेटा उनका अनुभव है और वो इस व्यवसाय की बारीकियों को जानते हैं। उनकी सलाह के बगैर आगे बढ़ना ठीक नहीं होगा। तुम चाहो तो मैं उनसे बात करूं?" "जी नहीं कोई जरूरत नहीं है" ब्रज ने उदास होकर बोला। "अच्छा एक बात बताओ यह व्यवसाय जिसे तुम जैविक दवाईयों का व्यवसाय कहते हो, इसमें कितना खर्चा आने वाला है।" "लगभग 25 लाख रूपये पिता जी" "फिर तुमने इसमें लगने वाले अन्य खर्चों के बारे में सोचा जैसे उधारी, बिलम्ब से आने वाला भुगतान आदि। यह भी तो खर्चे होते हैं ना, कई बार तो महीनों तक पैसों की वसूली नहीं होती। मुझे लगता है कि तुम्हारे पास अभी इतना धन नहीं है कि तुम हर्बल दवाईयों का जुआ खेल सको।" "पापा जी, मैं बैंक से लोन लेना चाहता हूँ" "मेरे अनुसार बैंक लोन केवल सहायता के लिए लिया जाता है और मूल लागत खुद की लगानी पड़ती है। अपनी लागत की क्षमता से बाहर जाकर लोन लेना समझदारी नहीं होती। तुम शायद उधारी के इस भँवर में फंस सकते हो। रातों की नीद गायब होती है। बहुत तकलीफ होती है।"

"मगर बेटा यदि तुम्हारे स्वाभिमान को ठेस ना पहुंची हो तो मैं तुम्हें 15 लाख रूपये की सहायता कर सकता हूँ। इसमें काम चलेगा क्या? नवीन जी से बार-बार भीख मत मांगों।" "ठीक है पापा जैसा आप कहें।" "लेकिन बेटा अभी भी सोच लो ये जैविक दवाईयों का सिर दर्द लेना है या नहीं? अभी दो स्कूल तो पहले ढंग से चलाओ और योग क्लासेस के बारे में सोचो।" "ये तो मैं कर ही रहा हूँ पापा पर योग करना इतना आसान नहीं है।"

"विनायका, कालपी, शायली जैसी लड़कियां जब योग को आगे बढ़ा सकती हैं तो तुम क्यों नहीं?" पापा ने पूछा। ब्रज ने बोला, "विनायका शायद यह व्यवसाय छोड़ सकती है क्योंकि उसकी अभी शादी हुई है। और वह अति महत्वाकांक्षी भी है और उसकी पचास हजार रुपये महीने के वेतन की अपेक्षा भी है।" "तो छोड़ो उसको, इन दिनों योग के शिक्षकों की कोई कमी नही हैं। और समाचार पत्रों में नये शिक्षक का विज्ञापन निकालो।" निर्मल व्रत अपने बेटे की क्षमताओं को बहुत अच्छे से जानते थे। वह जानते थे कि ब्रज अपरिपक्व, अविवेकी है। यह जानते हुए कि वह एक वयस्क और विवाहित पुरूष है, इसलिए ब्रज बत उससे बहस करना नहीं चाहते थे। क्योंकि वह बूढ़े भी होते जा रहे थे।

इतने में निर्मल के पास नवीन का फोन आया, "नमस्ते पंडित जी।" "नमस्ते नवीन जी कैसे हैं आप लोग" "ठीक हैं" "दरअसल बात यह थी कि काव्या और मैं आठ माह गर्भवती उत्सव मनाना चाहते हैं। सोचा, सबसे पहले आपसे बात करूं।" "नहीं नवीन जी यह कार्यक्रम तो हम लोग आयोजित करेंगे और आप दोनों मेहमान बनकर जरूर आयेंगे।" "तो जल्दी बताइए, आज ही अपन तारीख फाइनल कर लें तो बेहतर है पर हां लन्च की व्यवस्था हमारी ओर से होगी।" "नहीं नहीं लन्च आपने दिया अथवा हमने दिया एक ही बात है।" मैंने इसलिए आपको फ़ोन किया था क्योंकि सना बहुत सारे पारिवारिक संकटों के विषय में कुछ नहीं जानती।" "ठीक है, मैं शाम तक आपको उपयुक्त मुहूर्त बता देता हूँ।" "पर याद रखें नवीन जी कार्यक्रम हमारी ओर से होगा और लन्च भी हम देंगे। आपको शुद्ध-शाकाहारी सात्विक भोजन कराते हैं। ठीक है पंडित जी, राधे-राधे।"

अगले मंगलवार को सुबह 11.30 बजे जश्न मनाने की तारीख सुझाई गई। नवीन ने बढ़िया खाना और सजावट का प्रबंध किया। काव्या और नवीन ने सना से पूछा कि उसे क्या पसंद है-सूट, मर्दाना सूट, साड़ी या मिडीज? लेकिन सना ने काव्या से कहा- 'मम्मी अब मेरे पास बहुत है। डिलीवरी के बाद अपने फिगर को जाने बिना मैं रेडीमेड कपड़े कैसे चुन सकती हूँ, क्योंकि उसमें बदलाव हो सकता है? इसके अलावा, फरीदाबाद एक बहुत बड़ा शहर है और हम डिलीवरी के बाद भी ऐसी चीजें खरीद सकते हैं।' 'नहीं। सना। कपड़े और उपहार रिश्तेदारों व दोस्तों के सामने प्रदर्शित किए जाते हैं। अगर कुछ भी नहीं दिखाया गया तो हम दोनों मुँह नहीं दिखा पायेंगे। इससे काम नही चलेगा।'

(23)

के. मार्ट शांघाई से सिल्की ने नवीन, काव्या, सना, सकल और कैटी के लिए ढेर सारे उपहार खरीदे। वह चाईना से भारत वापसी की तैयारी कर रही थी। उसने फरीदाबाद पहुंचकर सबसे मुलाकात की। कैटी को चाइनीज नेकलेस भेंट किया, लेकिन कैटी ने उसे पाकर बहुत ज्यादा प्रसन्नता व्यक्त नहीं की। काव्या को उसने सिल्क का चाइनीज बुनाई वाला एक दुपट्टा भेंट किया। काव्या ने सिल्की को गले लगाया और पूछा, "कैसी हो? यह बता सुना है कि चाइना में भारतीय भोजन के खाने में बहुत दिक्कतें आती है। तुम ने शाकाहारी भोजन कैसे मैनेज किया?" काव्या ने सिल्की को घर भोजन हेतु आमंत्रित किया। परन्तु सिल्की नवीन के सामने आना नहीं चाहती थी। लेकिन उसी दिन अचानक नवीन निर्धारित समय से पूर्व घर आ गया। सिल्की को सामने पाकर वह आश्चर्य से बोला, "अरे सिल्की तुम कब आईं? ठीक तो हो ना?" "जी सर मैं बिलकुल ठीक हूँ" "इतने दिनों बाद दिख रही हो कहां गायब रही?" "सर मै तो शंघाई गई थी, एक प्रशिक्षण लेने के लिए। मोबाइल बैट्री प्रोडक्शन का प्रशिक्षण था।" "कैसा रहा प्रशिक्षण?" "सर कुछ खास नहीं वहां तो बस थ्योरी ही ज्यादा थी और लैब तक तो हमें लेकर भी नहीं गये।" "ओहो! मतलब तुम्हारा समय और मेहनत दोनों ही फालतू गये, क्या तुम अब सकल सचदेवा के लिए बैट्रीयां बनाओगी?" "सोचती तो यही हूँ" सिल्की ने यह कहते हुये बैग में से एक चाइनीज टाई निकाली और नवीन को भेंट की। टाई देखकर नवीन खुश हुआ और बोला,"थैंक्यू! टाई के लिए भी और शंघाई में याद करने के लिए भी। नहीं तो लोग अमूनन पुराने रिश्ते भूलने में देरी नहीं करते।" मुस्कुराकर सिल्की बोली, "नहीं सर आपने मेरे लिए जीवन में जो कुछ किया है, वह मैं कैसे भूल सकती हूँ? कभी नहीं।"

अगले दिन से सिल्की ने सकल सचदेवा के साथ अपना काम पुनः प्रारम्भ किया। सकल भी सिल्की के द्वारा दिया गया उपहार पाकर खुश हुआ और बोला, "आशा करता हूँ अब तुम अपनी मोबाइल यूनिट के लिए उत्तम बैट्री बना सकोगी।"

अपने कमरे में अकेले पड़े-पड़े सिल्की को आज अपने दिवंगत माता-पिता की याद आ रही थी। वह सोचने लगी-काश आज माँ-पिता जी होते तो वह मेरी शादी के बारे में सोचते, लेकिन आज मैं अकेली हूँ, काव्या तो फरीदाबाद के किसी लड़के से मेरी शादी तय कर सकती है। लेकिन नवीन इस बारे में कभी नहीं आगे बढ़ेगा। नवीन तो मेरा शोषण ही करेगा। आज के समय में गरीबी बहुत बड़ा गुनाह हो गया है।

सिल्की अब रोज काम पर ध्यान देकर नई बैट्री बनाने लगी। लेकिन बैट्री बनते ही 03 घण्टों में सारी बैट्रियां लीक होती थीं। उनमें से काला द्रव्य रिसता था। उसके सीनियर ऑफिसर तरूण वक्लीवाल (56) सिल्की की असफलता चुपचाप देख रहे थे। यह बात अलग है कि उसके मेहनत की असफलता के साथ-साथ वह सिल्की को भी बारीक नजर से देख रहे थे क्योंकि उनका बेटा वरूण वक्लीवाल (27) एक केमिकल इंजीनियर था और वह न्यूयार्क में एक फैक्ट्री में पदस्थ था। वह सिल्की को अपनी बहू की नजर से तराश रहे थे। एक दिन अचानक तरूण ने सिल्की से पूछा, "क्या मैं तुमसे एक निजी सवाल पूछ सकता हूँ?" "जी सर जरूर" सिल्की बोली। "देखो सिल्की मुझे घुमा फिराकर बोलना नहीं आता। मेरा बेटा है वरूण। वह न्यूयार्क में रहता है और अभी तीन दिनों बाद आने वाला है। वह किसी भारतीय लड़की से विवाह करना चाहता है। मैं चाहता हूँ तुम दोनों मिलो और तय करो। यदि बात तय होती है तो मुझे खुशी होगी और तत्काल हम शादी भी कर सकते हैं।" "परन्तु सर शादी की तैयारी करने के लिए मेरा कोई भी नहीं है।" सिल्की की आँखों में उदासी साफ झलक रही थी। "कोई बात नहीं सिल्की मैं तुम्हारे बारे में सबकुछ जानता हूँ। यह बात करना मैं बहुत पहले चाहता था। पर संकोच कर गया। लेकिन आज सोचा कह ही डालूं। क्या तुम ने किसी को चुना तो नहीं है?" सिल्की बोली, "नहीं सर ऐसी कोई बात नहीं है। वरूण जी को आने दें और हम दोनों मिलने के बाद सोचते हैं।" मन ही मन में सिल्की ईश्वर को इस आशीर्वाद के लिए धन्यवाद दे रही थी। उसने सोचा- कम से कम जिन्दगी में स्थिरता तो आ जायेगी।

सिल्की की बैट्री का उत्पाद असफल होने से सकल सचदेवा उससे काफी नाराज हुआ और उसने सिल्की को काम से हटा दिया। लेकिन तरूण सामने आकर बोले, "कोई बात नहीं, वरूण को आने दो। अपनी बातचीत यथावत रहेगी।" सिल्की ने उन्हें धन्यवाद दिया।

सिल्की अपने कमरे में वापस आई। काम से हटा देने के कारण वह उदास तो थी लेकिन उसके मन में अपने भविष्य के बारे में ख्याल बार-बार आ रहे थे- वरूण कैसे आदमी होंगे? क्या वह मुझ जैसी गरीब लड़की से विवाह करेंगे? क्या वह न्यूयार्क में ही सेटल होना चाहेंगे? वहां वो क्या काम करते होंगे? क्या वो मांसाहार एवं मदिरा लेते होंगे? क्या वह अंग्रेज़ी या भारतीय जीवन पद्धति पसंद करते होंगे? उनकी आमदनी कितनी होगी?

उसने सोचा कि काव्या को यह बात बताई जाये और उससे सलाह लेना उचित रहेगा। यही सोचकर उसने काव्या को फोन लगाया, "नमस्ते दीदी!" "नमस्ते सिल्की कहो, क्या बात है?" "दीदी मेरे एक सीनियर ऑफिसर हैं तरूण वक्लीवाल। उनका बेटा है वरूण वो

अमेरिका में रहता है और किसी भारतीय लड़की से विवाह करना चाहता है और कुछ ही दिनों में फरीदाबाद आ रहा है। तरूण जी हम दोनों को विवाह बंधन में देखना चाहते हैं। मेरी समझ में कुछ नहीं आ रहा, अब आप ही कुछ बताएं।"

"ये तो बड़ी अच्छी बात है। आगे बढ़ो और वरूण से मिल लो, यदि बात जमती है, तो तत्काल मुझे बताओ। तुम्हारी बहन हूँ। हम सारी तैयारी कर लेंगे। लेकिन वरूण का चयन सोच-समझ कर करना।" "जी दीदी। बाकी अब वरूण से मिलने के बाद बताती हूँ।"

वरूण और सिल्की एक कॉफी हॉउस में मिलने पहुंचे। वरूण के साथ उसके पिता तरूण वक्लीवाल भी थे। वरूण अच्छा था, स्मार्ट था। सिल्की और वरूण में औपचारिक परिचय हुआ। परिचय कराने के बाद तरूण किसी काम के बहाने वहां से निकल पड़े ताकि दोनों में एकांत बातचीत सम्भव हो सके। वरूण ने पूछा, "क्या आप मुझसे शादी के लिए तैयार हैं? कहीं पापा जी ने आपको जबरदस्ती तो नहीं की?" "नहीं-नहीं, मैं भी उनसे सहमत थी और मैं यहां स्वेच्छा से आई हूँ।" "देखो सिल्की मैं एक शाकाहारी हूँ और किसी भी प्रकार का नशा नहीं करता हूँ। जीवन में आज तक मैंने मदिरा को छुआ भी नहीं है। मैं सादगी भरी जिन्दगी पसन्द करता हूँ और दिखावटी रिश्ते, जीवन या दिखावटी औपचारिकताओं में मेरी कोई आस्था नहीं है। मेरे लिए घर बहुत महत्वपूर्ण संस्था है और मेरा मानना है कि एक घर आपसी प्रेम, आपसी सम्मान, जुड़ाव और आपसी व्यवहार पर निर्भर करता है। जीवन में एक दूसरे के प्रति ईमानदारी और सच्चाई जरूरी है। यह मैं तुम्हें अपने जीवन के सिद्धांत बता रहा हूँ और तुम मेरे पिता और मेरे छोटे भाई किरण को जानती हो। किरण नीट की तैयारी कर रहा है और डॉक्टर बनना चाहता है। तुम्हें कुछ पूछना है तो पूछ सकती हो।"

"जी वरूण जी और पूछने को कुछ बचता नहीं है। आपने तो ईमानदारी से सब कुछ बता दिया। मैं जानती हूँ कि आप जैन समाज से हैं और शाकाहारी हैं। मैं भी साफ बता देना चाहती हूँ कि मैं एक बहुत गरीब परिवार से आती हूँ और आज मेरे माता-पिता दोनों ही इस दुनिया में नहीं हैं। मेरी बड़ी बहन है काव्या जिसका विवाह नवीन जी से हुआ है। नवीन जी फॉर्मा कम्पनी चलाते हैं। मेरे पास एक गाड़ी है जिसका लोन अभी तक चुका नहीं है। आपसे कुछ छुपाना नहीं चाहती हूँ।" मुस्कुराकर वरूण बोले "लोन की इतनी चिन्ता क्यों करती हो? सातवां फेरा पूर्ण होने के पहले लोन चुका दिया जायेगा।" फिर भी सिल्की ने कह ही डाला, "एक बात और स्पष्ट करना चाहती हूँ। आप सोच-विचार कर हामी भरें क्योंकि ना तो मेरे पास कोई सोना है, ना जेवर है और ना ही जायदाद है। मैं तो पांच सितारा होटल में कोई रिसेप्शन भी नहीं दे पाऊंगी।" "सिल्की मुझे एक अच्छी पत्नी चाहिए ना कि कोई

बिजनेस वूमेन।" और वह हंस कर बोला, "मेरी लम्बाई तो केवल 5.5 है और तुम शायद मुझ से ऊँची हो।" बात सुनकर सिल्की भी हंस पड़ी और बोली, "मैं भी एक पढ़ा-लिखा इंजीनियर चाहती हूँ। कोई मुक्केबाज या खिलाड़ी नहीं। आप जैसे हो मुझे पसंद हो।" "तो क्या मैं अपनी बातचीत पक्की समझूं?" वरूण ने तीन पेस्ट्री और कॉफी मंगवाई। तरूण जी भी वहां पहुंच गये। तीनों ने पेस्ट्री खाई और कॉफी पी। सिल्की ने उठकर तरूण जी के चरण स्पर्श किये।

अगले ही सप्ताह में शादी समारोह आयोजित किया गया। अत्यंत सादगी में यह समारोह सम्पन्न हुआ, केवल नजदीकी रिश्तेदार और 25-30 लोग ही आमंत्रित थे। सिल्की की ओर से नवीन, काव्या, सना, ब्रज व्रत, निर्मल व्रत और बीना व्रत उपस्थित थे। सिल्की ने कैटी को बुलाना जरूरी नहीं समझा। काव्या ने सिल्की को एक सोने का हार, कान के झुमके, कई साड़ियां और वरूण के लिए एक सूट और अंगूठी भेंट की। नवीन ने धीरे से सिल्की के कान में बोला, "सिल्की, तुम्हारे लिए तो मैं एक बड़े होटल में पार्टी दे ही सकता था। केवल तुम्हारे लिए।"उसका 'तुम्हारे लिए' शब्द सिल्की को कुछ अच्छा नहीं लगा और सिल्की ने उसे नजर अन्दाज किया। तरूण शादी के बाद, वरूण और सिल्की को अपने दो बेडरूम वाले अपार्टमेंन्ट ले गया। शादी का समारोह चल रहा था तब वरूण की आँखों में अश्रु की धारा बह रही थी। वरूण को आज अपनी माँ की याद आ रही थी। वरूण की माँ का तीन माह पूर्व डेंगू बुखार के कारण देहान्त हो गया था।

वरूण सादगी भरा जीवन पसन्द करता था इसलिए उसने अपने विवाह की रात के लिए कोई फाइव स्टार होटल लेना उचित नहीं समझा। न ही सिल्की ने सुविधाओं के अभाव को महसूस किया जैसा कि वह नवीन के गेस्ट हाउस में सुविधाएँ भोग चुकी थी। दोनों अपने छोटे से घर में खुश थे, उसने चीजों व परिस्थितियों को स्वीकार किया। सिल्की ने अपने वैवाहिक जीवन की सफलता के लिए भगवान शिव की उपासना एवं पूजन किया। ब्रज व्रत ने मंत्रोच्चार द्वारा बहुत जिम्मेदारी से विवाह सम्पन्न कराया था। तरूण द्वारा दी दक्षिणा स्वीकार नहीं की।

वरूण के अपार्टमेंट में सर्वाधिक महत्वपूर्ण बात यह थी कि वहां कई तीर्थंकरों के चित्र लगे हुये थे। सिल्की तत्काल ही समझ गई कि वरूण को जैन धर्म तीर्थंकरों मे पूर्ण आस्था है और वह उसे पालता भी है। उसी शाम दोनों जैन मंदिर गये और रात को सिल्की ने पूरे परिवार के लिए स्वादिष्ट खीर का भोजन बनाया। तरूण ने बड़े लाड़ से अपनी बहू को 500/-रुपये दिये। आज तीनों ही खुश थे।बिना औपचारिकताओं के यह एक नयी शुरुआत

थी और सिल्की व वरुण को कोई शिकायत नहीं थी। सिल्की को याद आया- काव्या की शादी भी बिना दहेज व शान शौकत के हुई थी।

(24)

भावुक होकर वरूण सिल्की का इंतजार कर रहा था। रात होने को थी। सुबह के लिए थोड़ा दूध बचाकर सिल्की ने वरूण के लिए दूध का ग्लास बनाया और वह कमरे में पहुंच गई। वरूण के छोटे भाई ने अपने पिता के कहने पर कमरा स्वच्छ कर दिया था। जैसे ही सिल्की ने मेज पर दूध का ग्लास रखा, वरूण ने टीवी को बन्द किया और किरण कमरे से बाहर निकल गया।

एक सुलझी हुई चतुर महिला की तरह सिल्की ने शर्मीली होने का नाटक किया। जबकि वह बेताबी से वरूण से मिलन के लिए उत्सुक थी। वह आज ईमानदारी से अपने आप को वरूण को पूर्णतया समर्पित करने के लिए तैयार थी। वरूण उसके पास आकर बैठ गया और उसके गालों व होठों पर किस किया। वरूण उसके पास आया लेकिन वह झिझक कर थोड़ी पीछे हट गई। अंततःवरुण ने उसका ब्लाउज और ब्रा उतार दी और उसके बूब्स पर किस किया। जीवन के अनेक अनुभव सिल्की ने भोगे थे लेकिन आज सिल्की को वरूण के साथ सम्पूर्ण सुरक्षा का भाव महसूस हुआ। भले ही वह वरूण से पहली बार मिल रही थी। उसके लिए वरूण अजनबी भी था। परन्तु एक अजीब सी सुरक्षा और सुकून का भाव सिल्की के मन में उभरा था।

सिल्की ने मन ही मन में अपनी तुलना काव्या से की। काव्या नवीन के साथ समृद्ध जीवन जी रही थी। जिसे उच्च श्रेणी का जीवन भी कहा जा सकता है। हालांकि वह यह जान रही थी कि काव्या की नजर में नवीन एकदम शरीफ है और नवीन के अन्य महिलाओं के साथ संबंधों के बारे में काव्या पूर्णतः अनभिज्ञ व बेखबर थी। यहां वरूण भी एक पढ़ी-लिखी और सुन्दर भारतीय लड़की वधू के रूप में मिलने से बेहद खुश था। वह स्वयं को खुश-किस्मत समझ रहा था। दहेज जैसी कुप्रथा में वरूण की कोई आस्था नहीं थी और दहेज लेने का उसने जीवन में कभी भी विचार नहीं किया था। लेकिन एक बात उसे समझ में नहीं आ रही थी कि सिल्की जैसी सुन्दर लड़की आज तक अविवाहित क्यों और कैसे रह गई? उसने मन की यह शंका सिल्की से पूछ ही डाली, "एक बात बताओ, तुमने मुझ से शादी करने में इतनी देरी क्यों की?" सिल्की चुप ही रही और उसकी आँखों में आंसू उभर

आये। उसके आंसू देख वरूण भावुक हो गया और उसे अपने पूछे सवाल पर अफसोस भी हुआ। उसने माफी मांगते हुये कहा, "सॉरी सिल्की! मुझे ऐसा बेहूदा सवाल तुमसे नहीं पूछना था।" "वरूण, आज भी भारतीय विवाह समारोह में धन का बड़ा बोल-बाला है। आजकल के पढ़े-लिखे युवा भी सुन्दर, पढ़ी-लिखी, काम-काजी पत्नी तो चाहते हैं, मगर साथ में दहेज की फेहरिस्त भी लम्बी ही होती है। तुम्हारे जैसे पढ़े-लिखे जो एक गरीब लड़की से बिना दहेज के शादी करें, बिरले ही होते हैं।" वरूण ने सिल्की को गले लगाया और उसे चूमने लगा। सिल्की भी वरूण की बाहों में गुम हो गई। लेकिन सिल्की यह बात नहीं भूली कि तरूण और किरण बाजू के कमरे में सोये हुये थे और शायद उनको अभी तक नींद न आई हो।

सिल्की ने वरूण के साथ फारप्ले का आनन्द लिया और वरूण ने सिल्की को जीवन भर साथ निभाने का वादा किया। वरूण ने आज सिल्की को अपनी शिक्षा, इंजीनियरिंग की पढ़ाई, बैंक से लिया हुआ लोन और बीटेक करने के बाद सकल सचदेवा के पास की हुई नौकरी, सारी जानकारी दे दी। उसने यह भी बताया कि बीच में सकल को छोड़ उसने लाला तम्बाकू कारखाने में बड़े पद पर काम भी किया। लेकिन उसके वहां के अनुभव कुछ अच्छे नहीं थे इसलिए थोड़े दिन काम करने के बाद उसने वह नौकरी छोड़ दी। तब उसे बेरोजगार होने का अनुभव हुआ, इस अनुभव ने उसे बहुत कुछ सिखाया। लेकिन जल्द ही उसके एक मित्र के माध्यम से उसने एक अमेरिकन परफ्यूम कम्पनी में आवेदन किया। उसे तत्काल बुलावा भी आ गया था और इस प्रकार वह अमेरिका चला गया। और उसके सहायक के रूप में कार्य किया।

वरूण अपनी वर्तमान नौकरी से संतुष्ट था। लेकिन उसे बीफॉर्मा कम्पनी बनाने का शौक था। जिसके लिए अमेरिका के विश्वविद्यालय में बी फार्मा / एम फार्मा डिग्री की आवश्यकता थी। बिना किसी डिग्री के वह अमेरिका में यह काम नहीं कर सकता था। इसलिए वह अब न्यूयार्क यूनिवर्सिटी से पत्राचार पाठयक्रम के माध्यम से बी फॉर्मा की परीक्षा के लिए तैयारी कर रहा था, ताकि उसे बी फॉर्मा की डिग्री मिल सके।

वह जानता था कि अमेरिका में बी फॉर्मा के साथ कोई भी फॉर्मा कम्पनी उसे अच्छे वेतन पर निश्चित ही रखेगी। इस डिग्री के बाद वह सात हजार डॉलर्स तक की अपेक्षा कर रहा था। इतने पैसों में वह अपने परिवार के खर्चे चला सकता था। हालांकि यह बात उसने आज तक अपने पापा तरूण को नहीं बताई थी। क्योंकि वह अपने पापा की रिटायरमेंट के बाद देखभाल करना चाहता था। द्वितीय, किरन यह अच्छी तरह जानता था कि अगर

उसने नीट परीक्षा पास भी कर ली तो उसे पढ़ाई के लिए ऋण लेना पड़ेगा। फारफ्ले के बाद वरूण ने सिल्की के साथ संभोग किया। और सिल्की ने पूर्ण आनन्द की अनुभूति ली। अंततः सिल्की भी खुश थी। क्योंकि आज उसे एक पढ़ा-लिखा, सुशिक्षित, योग्य और अमेरिका में स्थाई इंजीनियर पति के रूप में मिला था। वह किसी मामले में नवीन से कम नहीं था। सिल्की यही सोचने लगी कि किस्मत ने साथ दिया तो वह नवीन और सकल सचदेवा से भी ऊपर पहुंच जाएंगे। अमेरिका की पहचान, युवा स्वप्न साकार करने के लिए है और अमेरिका इसके लिए मशहूर है।

सिल्की ने सोच समझ कर ही अमेरिका में नौकरी ना करने का निर्णय लिया था। लेकिन आज विवाह की पहली रात उसने यह सब बातें करना उचित नहीं समझा। वो आज वरूण की होकर रहना चाहती थी। वरूण को भी सिल्की में किसी स्वप्न सुन्दरी का आभास हो रहा था। आज दोनों ही खुश थे।

सुबह होते ही सिल्की जल्दी उठ गई, उसने चारों के लिए चाय बनाई और ट्रे में लेकर आई। उसे इस बात का आश्चर्य था कि घर में चाय के साथ देने हेतु बिस्किट भी नहीं थे, यह बात तरूण के ध्यान में आई, उसने तत्काल ही सिल्की को बोला, “बेटा मैं समझ रहा हूँ। आज ही मुझे किचन के सामान की लिस्ट देना, मैं सारा सामान ले आऊँगा।”

सिल्की ने फिर नाश्ता बनाया और ऑफिस जाने के पहले तरूण के हाथ में सामान की सूची थमा दी। वरूण ने खुद का और तरूण का टिफिन बनाने में सिल्की की सहायता की क्योंकि आज उसे अमेरिकन दूतावास में वीजा के लिए जाना था। अच्छा हुआ कि सिल्की को छः माह का विजीटर वीजा मिल गया था। सिल्की खुश थी कि अब वह कम से कम छः माह के लिए वरूण के साथ जा सकती है। उसे उम्मीद थी कि अक्सर यह वीजा आगे के लिए बढ़ता है। उसने मन ही मन में जो बाईडन और कमला हैरिस को उनकी उदार नीति के लिए धन्यवाद दिया।

काव्या और सना ने भी आज सिल्की को फोन लगाया। उन्होंने वरूण से भी बात की। सिल्की को खुश देखकर काव्या को बड़ी राहत महसूस हुई। सिल्की ने उसे अमेरिका जाने की बात बताई। काव्या ने उसे यह आश्वासन दिया कि उसे जो मदद चाहिए, काव्या करने को तैयार है। लेकिन सिल्की का भी अपना स्वाभिमान बोल पड़ा और उसने काव्या को उसके किये हुये सभी सहयोग के लिए धन्यवाद दिया।

अमेरिका जाने का दिन आया और फरीदाबाद छोड़ने का! टैक्सी आ गई। हमेशा के लिए सिल्की भारत छोड़कर जा रही थी। विदाई के वक्त वरूण की आँखों में आंसू आ

गये क्योंकि वह अपने पिता को छोड़कर जा रहा था। तरूण ने भी सिल्की और वरूण को आशीर्वाद दिया और यह सलाह दी, "देखो बच्चो, सदा सुखी रहो, एक दूसरे के साथ रहो। अमेरिका में हर चीज भौतिकवाद की नजर से देखी जाती है। इसलिए वहां रहते हुये भी भारतीय बन कर रहो। अपनी कमाई से ज्यादा खर्चे कभी ना करो, थोड़ी सी ही मासिक बचत जरूर किया करो। आज-कल विदेशों में नौकरी के अवसर बहुत कम हैं, किसी भी वक्त नीति बदलती है और हमें भोगना पड़ता है। मत भूलो रूस और यूक्रेन का युद्ध अभी चल रहा है। सतर्क रहो। मेरा आशीर्वाद सदैव तुम्हारे साथ है। सिल्की और वरूण ने अपने कॉलेज के दिनों, नौकरी के अनुभवों और जिन दोस्तों के साथ अब तक वे पढ़े और काम किया था, के बारे में बातें की। जब वरूण ने जहाज में सिल्की के शरीर के अंगों को सहलाना शुरू किया, वह उतेजित हो गई। अंततः वह वॉशरूम में चली गई और ब्रा व पैंटी उतार दी। फिर उसने वरूण से कहा-'उत्तेजना पर नियंत्रण रखने में असमर्थ? कुछ घंटों के लिए अपनी शारीरिक उतेजना पर काबू रखो। न्यूयार्क में हम मजे करेगें।'

वरूण सिल्की को लन्दन में रूककर घुमाना चाहता था। किन्तु उसने पैसे की कमी हो जाने के कारण कभी और लन्दन दिखाने का वायदा किया। फिर भी उसने सिल्की को बताया, "लन्दन के लोगों की अपनी अलग संस्कृति है। आजकल ब्रिटिश अर्थव्यवस्था पूरी तरह ध्वस्त है और प्रधानमंत्री इस संकट का समाधान करने में पूर्णतया असफल रहीं, इसलिए उन्होंने त्यागपत्र दे दिया। भारतीय मूल के ऋषि सुनक ने प्रधानमंत्री का पद ग्रहण कर लिया था और ब्रिटेन के नागरिक उनसे बहुत अधिक आशा रखते हैं।"

सिल्की ने ऑक्सफोर्ड और केम्ब्रिज यूनिवर्सिटी के बारे में बहुत कुछ पढ़ा था। आज यह यूनिवर्सिटी वह देखने जा रही थी। मन में सपने संवारे और आशा की उम्मीदों की पंखों पर सवार दोनों अमेरिका के लिए रवाना हो गये।

दोनों हीथ्रो एयरपोर्ट पर विमान बदलकर न्यूयार्क के लॉ-गार्डिया एयरपोर्ट पहुंचे। वहां से टैक्सी से वह अपार्टमेंट पहुंचे। वरूण का अपार्टमेंट मेट्रोपोलियन म्यूजियम ऑफ आर्ट के पीछे ही था और सिल्की न्यूयार्क देखकर बहुत उत्साहित थी। बेहद ठण्ड का मौसम था। मानो हिमपात अभी-अभी रूका हो। चारों तरफ बर्फ ही बर्फ नजर आ रही थी। वरूण का घर छोटा और अस्त-व्यस्त था। सिल्की ने पहुंचते ही साफ-सफाई शुरू कर दी। अकेले रहने के कारण उसकी किचन में कुछ भी सामान नहीं था। इसलिए आज बर्गर पर ही दिन काटना पड़ा। दोनों ने अपने नये मकान में एक-दूसरे की बाहों में रात गुजारी।

दूसरे दिन सुबह 06:00 बजे वरूण को ऑफिस पहुंचना था। फ्रिज में पड़े हुये बटर

और ब्रेड से सिल्की ने नाश्ता बनाया। वरूण के लौटते-लौटते शाम के 06:00 बजने वाले थे। सिल्की ने पूरे घर की सफाई करने का अभियान छेड़ दिया और वह उस दो बेडरूम के फ्लेट में अपना नया संसार बसाने लगी थी। वरूण ने गाड़ी की चाबी निकाली तो तत्काल सिल्की की समझ में आ गया कि वरूण के पास अपनी एक कार भी है। जीवन में अभी तक उसने अधिकांश यात्राएं बस के धक्के खाकर ही की थी।

सिल्की ने वरूण के जाने के बाद वैक्यूम क्लीनर से घर साफ कर लिया। प्रत्येक सामान ठीक जगह पर रख दिया। अब वही घर बेहद सुन्दर लगने लगा। काम से फुरसत पाकर सिल्की ने टीवी ऑन किया। टीवी पर इंडिया और हॉलेण्ड का हॉकी मैच आ रहा था। मैच देखते-देखते सिल्की की कब आँख लग गईं उसे पता ही नहीं चला।

उठकर सिल्की ने एक बड़ी शीट पर भगवान महावीर की तस्वीर लगा दी और फिर उसके सामने दीपक जलाया। उसको घर में एक बकरी एवं एक शेर के प्लास्टिक के खिलौने मिले। उसने तुरंत दोनों ही साफ किये और भगवान महावीर की तस्वीर के सामने रखे और नीचे यह लिखा- 'जिओ और जीने दो।"

गूगल पर पास के मार्ट की लोकेशन जानने के बाद, सिल्की ने ऑनलाइन किराने के सामान का आर्डर दे दिया। एक घंटे में सारी सामग्री घर पहुंच गई थी। वरुण ने सिल्की के पास अपना क्रेडिट कार्ड छोड़ दिया था, इसलिए कोई समस्या नहीं थी। किचन अब भर गया था। यह देखकर सिल्की को बड़ी खुशी हुई। उसने आज इन्टरनेट की मदद से वरूण के लिए हलवा बनाना ही उचित समझा, अपनी गृहस्थी वह कुछ मीठा बनाकर शुरू कर रही थी और वरूण की पत्नी की हैसियत से यह सब काम करके वह गदगद थी।

(25)

गर्भाधान समारोह बड़े ठाट-बाट से सम्पन्न हुआ। काव्या और सना की सारी मित्र मण्डली ढेर सारे तोहफों के साथ कार्यक्रम में आयी थी। निर्मल व्रत ने समस्त संस्कार रीतिनुसार सम्पन्न कराये। कैटी भी सुन्दर साड़ी पहन कर आई थी। आज कैटी एक महारानी की तरह खूबसूरत लग रही थी। नवीन से उसकी तारीफ किये बिना नहीं रहा जा सका। पूजा सम्पन्न होते ही वह कैटी के पास जाकर बोला, "आज तुम सबसे खूबसूरत लग रही हो।" नवीन और काव्या ने भी ब्रज व्रत, निर्मल व्रत और सना को ढेर सारे तोहफे दिये। आज नवीन ने सना को अपने दूसरे बंगले को तोहफे में दे दिया।

गाने-बजाने की मशहूर मण्डली उपस्थित थी। उनके द्वारा शास्त्रीय गायन और नृत्य भी

प्रस्तुत किये गये। आज रविवार था। सभी मेहमान फुरसत में बैठे थे। आज छुट्टी का दिन था और सारे लोग बच्चों को लेकर आये हुये थे। बच्चों के लिए एक खास जादूगर भी बुलाया गया था और बच्चे मस्ती में ऊधम मचा रहे थे। सारा वातावरण प्रफुल्लित था।

कार्यक्रम सम्पन्न हुआ, नवीन और काव्या अपने घर लौट गये। घर आकर घर के पूरे स्टाफ को भी उपहार दिये गये। खाने का समय था, पर काव्या का स्वास्थ्य अच्छा नहीं था। वह असहज अनुभव कर रही थी। लेकिन उसने नवीन को कुछ बताना उचित नहीं समझा। उसे लगा थोड़ा खाना ज्यादा खाने से उसे एसिडिटी की तकलीफ हो रही है। उसे अच्छा खासा बुखार भी आ गया। तत्काल उसने एक क्रोसीन 600 एमजी और एक नींद की गोली खा ली और वह सो गई।

नवीन कैटी के कक्ष में चला गया और उसका हाथ, हाथों में लेकर बोला, "कैटी तुम एक कैमिकल इंजीनियर होने के बावजूद एक बेहद खूबसूरत और आकर्षक स्त्री भी हो। लेकिन आज कैटी ने उसे जवाब दे ही दिया, "यह आपकी तारीफ तो अब पुरानी हो चली है।" कुछ समय कैटी के साथ बिताने के बाद नवीन पुनः अपने शयन कक्ष में आया। काव्या का स्वास्थ्य काफी खराब हो रहा था। उसे पसीना आ रहा था और उसके चेहरे पर दर्द साफ झलक रहा था। नवीन ने उससे पूछा, "काव्या, तुम्हारा स्वास्थ्य ठीक नहीं लग रहा है। चलो, हॉस्पिटल चलते हैं।" लेकिन काव्या ने कोई जवाब नहीं दिया और नवीन भी सो गया।

नवीन, निर्मल व्रत के पास पहुंचा। वह चिंतित था क्योंकि उसे अपने व्यवसाय में अभी-अभी काफी नुकसान उठाना पड़ा था। उसके मिक्सचर के फॉरमूले की चोरी हो गई थी और उसी फॉरमूले की अब अन्य कम्पनियां भी दवाई बना रही थीं और तो और नवीन के साथ काम करने वाले उसके कुछ लोगों ने स्वयं के एमएसएमई स्कीम में यूनिट खोल दिये थे। नवीन को व्यवसाय में काफी मुश्किलें आ रही थीं। उसने इन्हीं सारी समस्याओं के लिए निर्मल व्रत से बात करना उचित समझा। लेकिन निर्मल ने कुण्डली देखकर यह बोला, "कोई चिंता की बात नही है। व्यवसाय में यह उतार-चढ़ाव तो आते ही रहेंगे। मन की शांति के लिए एक शांति यज्ञ करो तो बेहतर होगा।"

डॉक्टर एन.के अरोरा ने काव्या को पूर्णतः आराम करने की सलाह दी थी। तीन दिन तक काव्या ठीक रही परन्तु चौथे दिन काव्या का स्वास्थ्य अचानक खराब हो गया। डॉक्टर अरोरा ने और किसी डॉक्टर को दिखाने की सलाह दी। डॉक्टर बत्रा को दिखाया गया। उन्होंने काव्या को ओमीक्रॉन वायरस से ग्रसित होने की बात कही। यह कोरोना का ही एक प्रकार था। काव्या का स्वास्थ्य बिगड़ता गया और बत्रा हॉस्पिटल में सुबह 04:00

बजे काव्या ने आखिरी सांस ली। कोरोना का काल था और आज नवीन के पास काव्या का शव घर ले जाने के लिए कोई भी आदमी नहीं था। नवीन ने अकेले ही सारी कागजी कार्यवाही पूर्ण कर ली और वह काव्या के शव को घर ले गया। आज नवीन के जीवन का सबसे खराब दिन था। घर आकर काव्या के शव को जमीन पर रखा गया। कैटी घर में ही थी। अचानक काव्या का शव देखकर वह जोर-जोर से रोने लग गई। काव्या की मौत की खबर फैल गई। कुछ ही पल में वहां ब्रज व्रत और सना पहुंच गये। सना भी सदमें में थी। उसकी हालत देखकर नवीन ने ही उसे सम्भाला और कहा, "सना तुम स्वयं को सम्भालो, मौत से कौन जीत सकता है?'"

काव्या की अंतिम यात्रा की तैयारी हो गई थी। काव्या की सारी मित्र मण्डली भी शोकाकुल थी। निर्मल व्रत ने काव्या के अंतिम श्लोक भी पढ़ डाले और सभी ने काव्या को अंतिम विदाई दी। बीना व्रत सना को सम्भाल रही थी। उसने सना को दाह-संस्कार के स्थान पर जाने से मना कर दिया। वह अकेली ही कैटी के साथ घर में रुक गई थी। नवीन ने मुखाग्नि दी। पांच किलो चन्दन की लकड़ी का उपयोग किया गया। निर्मल व्रत ने सभी को समझाया, "मृत्यु अविनाशी है। इससे कौन बचा है। मनुष्य के जन्म के साथ ही उसकी अंतिम सांस का दिन तय होता है।" सना बस रोए जा रही थी। अपनी माँ की यादें उसके आंसुओं को रुकने नहीं दे रही थीं।

तीसरे दिन उठावनी का कार्यक्रम सम्पन्न हुआ। पंडित रेवती प्रसाद द्वारा गरूड़ पुराण का पाठ किया गया। पंडित निर्मल व्रत ने भी यज्ञ का आयोजन किया। सना का अब पूरा समय हो रहा था। उसका रोना, उसके स्वास्थ्य के लिए अच्छा नहीं था। उठावनी कार्यक्रम के पश्चात सभी के लिए भोज का आयोजन था। ऋषिकेश से स्वामी परमानन्द जी विशेष रूप से पधारे थे। उन्होंने सभी को सम्बोधित किया "इस सृष्टि में सभी अस्थिर हैं। प्रकृति में कुछ भी स्थाई नही है। यह ब्रह्मांड एक तरल पदार्थ है। स्थाईत्व एक डिग्री का प्रश्न है। यह सृष्टि पारदर्शी है और मानव संस्कृति कुछ समय के लिए इस सृष्टि पर रहती है। इस सृष्टि पर जन्म और विकास की प्रक्रिया सदैव जारी रहेगी। सारे महाद्वीप प्राकृतिक रूप से ग्रहों के खंडहरों से बने हुये हैं। समय के साथ प्रत्येक पुरानी वस्तु या कला नष्ट हो जाती है और नई उसका स्थान लेती है। दिखने में तो हर चीज स्थाई नजर आती है। लेकिन हमें उसके रहस्य का विश्लेषण करना होगा। यद्यपि सभी चीजें परिवर्तनशील हैं। मौसम,वातावरण और अन्तरिक्ष में भी परिवर्तन होता है।"

'हर चीज़ अपने रहस्य का विश्लेषण किए बिना स्थायी हो सकती है। एक समृद्ध संपत्ति

महिलाओं को दृढ़ और स्थायी तथ्य लग सकती है। एक व्यापारी को लगता है कि एक सामग्री आसानी से अन्य सामग्रियों से बनाई जाती है और फिर आसानी से खो जाती है। प्रकृति उत्तेजक रूप से स्थिर और धर्मनिरपेक्ष लग सकती है और फिर भी बाकी सभी की तरह इसका एक कारण है... स्थायित्व को डिग्री का शब्द माना जाना चाहिए। सब कुछ औसत दर्जे का है। वास्तव में, चंद्रमा आध्यात्मिक शक्ति से बंधे नहीं हैं।'

'इस तथ्य को स्वीकार करें कि मनुष्य का सम्पूर्ण जीवन स्वयं घूमता हुआ चक्र है और अदृश्य छोटे-छोटे वृत्तों से नए बड़े वृत्तों का जन्म होता रहता है। नए वृत्तों के निर्माण की यह प्रक्रिया निरंतर चलती रहती है, चाहे सांसारिक लोग इस सार्वभौमिक घटना के प्रति सचेत हों या नहीं।'

'काफी हद तक चक्रों की यह पीढ़ी, बिना पहिये के चक्राकार चलती रहेगी और यह व्यक्तिगत आत्मा की सत्य शक्तियों पर निर्भर करता है।'

'जब कोई कार्य किसी नए कार्य से विरोधाभासी हो तो आश्चर्य क्यों करें। नई क्रिया आम तौर पर पुरानी पीढ़ी के लोगों को नापसंद होती है और बाद में कभी-कभी उस पर संदेह भी होता है। लेकिन फिर समय बीतने के साथ लोगों को इसकी आदत हो जाती है। दुर्भाग्य से, अधिकांश लोग क्षणिक सुख के लिए पुण्य की चीजों का त्याग कर देते हैं। हालाँकि, एक व्यक्ति का विकास उसके दोस्तों के समूह में देखा जा सकता है। लेकिन प्राकृतिक नियम है-जब भी वह सत्य के लिए एक दोस्त खोता है, तो उसे एक बेहतर दोस्त मिलता है।'

'सीमा के पाप से ऊपर उठने और प्रकृति की वस्तुओं, वृत्तों, भ्रमों और भ्रम के भीतर भ्रम के संबंध में उचित निष्कर्ष पर पहुंचने के लिए अपने स्तर पर सर्वोत्तम प्रयास करें।'

'भ्रम शब्द विचारशीलता के लिए उल्लेखनीय है। ऐसा कहा जाता है कि बातचीत सेवा का खेल है क्योंकि जब वक्ता बोलते हैं तो वे खुद को प्रकट करते हैं। अक्सर, उनकी चुप्पी महत्वपूर्ण होती है। आम तौर पर, नया वक्ता किसी विशेष विषय पर एक नई रोशनी डालता है और श्रोताओं को पिछले वक्ता के विचारों के दमन से मुक्त करने की कोशिश करता है। वास्तव में, श्रोताओं को उत्कृष्ट व तीव्र सच प्राप्त हो जाते हैं, हालांकि वह शान्त बैठे रहते हैं। फिर भी वे उग्र व्यक्ति हैं और उनकी प्रतिक्रियाएँ महत्वपूर्ण हैं। उनके पास साहित्य, शहर, जलवायु, धर्म आदि का अपना विकास भी है। भ्रम से बाहर होने पर भी वे जो हुआ है उसका विश्लेषण करते हैं। आइए, हम आत्मा की शाश्वत पीढ़ी की वास्तविकता

को जानें। बेशक, हर तथ्य के कारण और प्रभाव को समझना आवश्यक है। तथ्य ही सभी को भ्रम की शक्ति के विरुद्ध सावधानी बरतने के लिए बताते हैं।

'हमेशा याद रखो कि-एक आदमी का न्याय दूसरे के लिए अन्याय है; एक आदमी की सुंदरता दूसरे की कुरूपता है; एक आदमी की बुद्धि दूसरे की मूर्खता है।'

'ओम शान्ति, ओम शान्ति, ओम शान्ति।'

(26)

सिल्की ने स्वयं को एक गृहणी के रूप में ढाल दिया था और उसे नौकरी के लिए कोई तनाव नहीं था। वह एक अच्छी गृहणी बन गई। अमेरिकन मशीनों के प्रति उसने जागरूकता उत्पन्न की, क्योंकि उसने सुन रखा था कि अमेरिकन मशीनें उच्चश्रेणी की उन्नत व उनके परिणाम बहुत अधिक सटीक होते थे। घर बैठे-बैठे वह इंटरनेट के सहारे स्वयं को अपग्रेड भी कर रही थी। वह जानती थी कि नवीन की तरह वरूण को भी नवीनतम ज्ञान, रिसर्च और आधुनिक विषयों में उत्सुकता रहती है। वरूण को भी रसायन उद्योग में रूचि थी। पर वरूण को दो चीजों के लिए केमिकल्स का उपयोग कतई पसंद नही था। एक केमिकल्स युद्ध में बनने वाले बमों या अन्य सामग्री के लिए इस्तेमाल हों और दूसरा शराब या तम्बाकू के उपयोग के लिए। उसका यह मानना था कि यह दोनों ही मनुष्य जाति के लिए खतरा हैं। अपनी इस सकारात्मक सोच के कारण वह हमेशा शांत ही रहता था। उसे ज्यादा धन और प्रतिष्ठा का लालच नहीं था। उसका दृढ़ विश्वास और जीवन का सिद्धांत यही था, 'पहले योग्यता-फिर इच्छा।'

वरूण अपने अपार्टमेंट को व्यवस्थित देखकर रोज खुश रहता था और उसने जैन धर्म के सिद्धांतों में सिल्की की रूचि पैदा की। धीरे-धीरे सिल्की ने जैन धर्म में अपनी जागरूकता बढ़ाई और वह जैन जीवन सिद्धांत को अपने जीवन में उतारने लगी। लेकिन सिल्की को किसी विशिष्ट धर्म या जाति में कोई विश्वास नहीं था। लेकिन वह वरूण की बातों को मानती थी। एक बार एक जैन मुनि से उसने दया, लालच, अहंकार आदि विषयों पर व्याख्यान सुना जिससे वह बेहद प्रभावित हो गई।

सिल्की ने खाली समय में डायरी लिखना आरम्भ कर दिया। उसने लिखा, "जीवन की रफ्तार यहां पर काफी तेज है, जैसे शंघाई में देखी थी, बाहरी चकाचौंध मनुष्य को अंदर से कमजोर और खोखला कर देती है। तीसरे दिन उसने डायरी में इस भय से कुछ भी नहीं लिखा कि कहीं वरूण अमेरिका के जीवन के विषय में उसके विचारों से नाराज न हो जाए,

संभव है वह उसके विचारों को पसन्द करे अथवा नहीं। सना ने सिल्की को काव्या की मृत्यु के बारे में बताया। खबर सुनकर सिल्की बेहद दुखी हो गई। जीवन में उसका एक ही खून का रिश्तेदार था, बहन के रूप में आज उसने उसे भी खो दिया था। दुखी मन से उसने सना को लिखा, "मृत्यु अटल है, लेकिन तुम अपना ख़्याल रखना। तुम्हारे गर्भ में पलने वाले जीव के लिए तुम्हें अच्छा भोजन और अच्छे विचार जरूरी हैं। वरूण को छुट्टी मिलते ही मैं जरूर आऊंगी। काव्या के बारे में सुनकर मुझे जो क्षति हुई है, उसे मैं शब्दों में बयाँ नहीं कर सकती हूँ। ईश्वर उसकी आत्मा को शांति दे।" सिल्की ने नवीन को भी फोन लगाया, लेकिन नवीन ने कोई उत्तर नहीं दिया। फिर भी उसने नवीन को एक संदेशा भेज ही दिया- ईश्वर दिवंगत आत्मा को शांति प्रदान करे और तुम्हें बल।

वरूण और सिल्की।

उठावनी कार्यक्रम सम्पन्न हुआ। नवीन को अपना अकेलापन खा रहा था। काव्या के बिना उसे अब अधूरा-अधूरा लगने लगा। उसने अपने आप को काम में झोंक दिया और अपने दैनिक कार्यक्रमों में व्यस्त हो गया। लेकिन फिर भी अकेलापन उसे सता ही रहा था। एक विरक्ति का भाव उसे आने लगा। अपने फार्म हाउस के आस-पास के गांव के लोगों को देखकर वह उनकी खुशियों की दुआ देने लगा। उसने सोचा कि आज यदि सिल्की होती तो वो सिल्की के साथ दूसरा विवाह करता और अपने अकेलेपन को मिटा सकता। लेकिन भाग्य के सामने किस की चली है। उसने आज ईश्वर की लीला को समझ लिया था।

फिर उसके मन में कैटी का विचार आया। उसने सोचा कि कैटी को आर्थिक संरक्षण की जरूरत है और उस पर बड़ा भारी बैंक लोन भी है। कैटी से पूर्व में भी वह नजदीकियां बना चुका था और आज उसने कैटी को सिल्की की कार भी दे दी है। मगर यह भी हो सकता है कि कैटी साफ इंकार कर दे क्योंकि कैटी अभी जवान थी और नवीन और उसकी उम्र में काफी अंतर भी था। उसने साफ शब्दों में कैटी से पूछ ही डाला, "यदि तुम चाहती हो तो...?" उसको आधे में ही टोककर कैटी ने जवाब दिया, "तो क्या?" यह कहते हुए कैटी ऑफिस से चली गई। नवीन ने कैटी के माता-पिता को बुलवाया। शाम तक वह फरीदाबाद पहुंच गए। कैटी की माँ ने उसे समझाने की बहुत कोशिश की, "अपने भविष्य के बारे में सोचो। आज तक तुमने गरीबी से काफी संघर्ष किया है। हमारे जैसे गरीब परिवार को ऐसा मौका बार-बार नहीं मिलता और फिर अपने छोटे भाई और बहन के बारे में भी सोचो। तुम्हारे इस 'हां से' हमारी बहुत सी समस्या हल हो सकती हैं। आज तक तुम्हें जो लगा तुमने किया पर आज

मेरी बात मानो। भावनात्मक होना कभी-कभी दुखदाई भी होता है। यथार्थ में जियो और समझदारी से काम लो।"

लेकिन अपने निर्णय पर कैटी अड़ी हुई थी और वह इस प्रस्ताव को स्वीकार करने को तैयार नहीं थी। उसे मालूम था कि प्रस्ताव अस्वीकार करने पर नवीन उसे नौकरी से हटा देगा और आजकल नौकरियां बहुत कम थीं। उसके सामने और कोई विकल्प बचा नहीं था। लेकिन उसका मन इस बात के लिए तैयार नहीं था। उसने मन बना लिया-फिर से महिला हॉस्टल में रहने जाउंगी, संघर्ष करूंगी, नई नौकरी ढूंढूंगी परन्तु समझौता नही करूंगी।

उसका प्रस्ताव ठुकराते देख नवीन ने उसे काम से निकाल दिया। परन्तु नवीन के मन में किसी विधवा के साथ पुनर्विवाह की बात आ गई। उसने सोचा दुनिया में उसके लिए कैटी एकमात्र नहीं है। पंडित रेवती प्रसाद की एक चचेरी बहन थी, आशा अपूर्वा (40)। उसके पति का अभी-अभी कोरोना में देहांत हो गया था और वह बहुत उदास थी और जरूरतमंद भी। आजकल वह अपने भाई के. शर्मा के साथ रहती थी और वह निःसंतान भी थी।

आशा, काव्या के जितनी खूबसूरत तो नहीं थी, लेकिन दिखती अच्छी ही थी। उसकी काली-काली बड़ी आँखें आकर्षित किये बिना नहीं रहती थी। वह संस्कृत में एम.ए., पी-एच.डी थी। उसने अपने भाई के साथ मूलभूत कम्प्यूटर कौशल भी हासिल कर लिया था और स्कूल में उसके लिए नौकरी की सम्भावनाएं प्रबल थीं। रेवती प्रसाद ने नवीन को फोन कर आशा अपूर्वा के बारे में सब कुछ बता दिया और आशा की ओर से यह कहते हुए नवीन के समक्ष प्रस्ताव रखा, "कोई जल्दी नहीं है। आप सोच-विचार कर निर्णय लें लेकिन आशा से एक बार मिलने में कोई हर्जा नहीं है।" नवीन ने कहा, "ठीक है, मैं कल अपने फार्म हाउस पर आशा से मिल सकता हूँ। मेरा ड्राइवर कल तुम्हें और आशा को 03:00 बजे स्कूल से पिक कर लेगा।" नवीन ने इसके बारे में आज तक ब्रज और सना से चर्चा नहीं की थी। नवीन ने अपने शिक्षक बरनवाल जी से पूछना उचित समझा, जिन्होंने नवीन और काव्या के विवाह की पहल की थी। निर्मल व्रत को भी बताना उसने जरूरी समझा। निर्मल व्रत और नवीन फार्म हाउस पहुंचे तब आशा अपूर्वा और रेवती प्रसाद उनका इंतजार ही कर रहे थे कि पंडित निर्मल व्रत ने आशा का हाथ देखना शुरू किया। कुछ देर तक उसकी हस्त रेखायें देखने के बाद निर्मल व्रत बोले, "सब कुछ बहुत अच्छा है, आप आगे बढ़ सकते है?" फिर नवीन ने साफ-साफ आशा से पूछा, "क्या आप जानती हैं कि मेरी एक विवाहित बेटी भी है?" आशा ने हां कहते हुये सिर हिलाया। फिर नवीन ने पूछा, "आप दूसरा विवाह

क्यों करना चाहतीं है?" आशा ने जवाब दिया, "मैं पुनर्विवाह अपनी सुरक्षा के लिए करना चाहती हूँ। मुझे एक सभ्य इंसान की जरूरत है जो जीवनभर मुझे सुरक्षित रखेगा और प्रेम देगा। मुझे कोई बच्चे नहीं हैं। लेकिन मुझमें किसी बात की कमी भी नहीं है।" "क्या तुम एक साधारण विवाह समारोह पसन्द करोगी?" "जी, मैं भी यही चाहती हूँ।" और विवाह तय हो गया।

आशा अपूर्वा इस निर्णय से बेहद खुश थी। उसके जीवन का अकेलापन अब मिटने ही वाला था। नवीन ने सना को फोन लगाया और कहा, "बेटा, मैं कल दूसरा विवाह करने जा रहा हूँ। तुम्हारी नई माँ का नाम आशा अपूर्वा है। निर्मल व्रत ने भी मेरे इस निर्णय की सहमति दी है।" सना ने तत्काल ही खुश होते हुए कहा, "यह तो बड़ी अच्छी बात है पापा जी। आखिर आप अकेले पुरानी यादों के साथ इतनी बड़ी जिन्दगी कैसे बिताते। यह विवेकपूर्ण निर्णय है और हम सब इस निर्णय पर खुश हैं।"

(27)

वहाँ से वापस आकर नवीन ने ठेकेदार से सना के बंगले में पचास लोगों के लिए डिनर और नाश्ते का प्रबंध करने को कहा। उसे पता था कि अगर आयोजन स्थल उसके बंगले से दूर है तो सना शादी में शामिल नहीं हो पाएगी। उसने एक कप व्हिस्की पी और फिर डिनर किया, लेकिन फिर भी उसे नींद नहीं आई। उसे अपनी गलती का एहसास हुआ - उसे आशा अपूर्वा को किसी होटल में ले जाना चाहिए था ताकि वह और बातचीत कर सके और साड़ियों की खरीदारी कर सके। लेकिन उसने काव्या की अलमारी खोली और उसमें पंद्रह साड़ियाँ खुली हुई थीं, जिन्हें उसने उसे दिखाया भी नहीं था। फिर भी उसने उसके दिए गए सेल नंबर पर फोन किया - 'हैलो!' 'हैलो। मैं नवीन बोल रहा हूँ। क्या मैं अभी आशा अपूर्वा से बात कर सकता हूँ?' 'ज़रूर।' श्री के. शर्मा ने उसे फोन दिया और फिर कहा - 'हैलो नवीन जी! इस समय कोई खास बात है?' 'क्या आप सो गई हैं?' 'नहीं। अभी तक नींद भी नहीं आई है!' 'क्या हम किसी नजदीकी होटल में मिलकर कुछ देर बात कर सकते हैं?'

'अभी नहीं। क्योंकि यह मेरे भाई के लिए असुविधाजनक होगा। वैसे, हम कल सुबह 8 बजे मिल सकते हैं। कोई दिक्कत?'

‘नहीं। कोई बात नहीं। हम कल सुबह 8 बजे मेरे बंगले पर मिलेंगे। गुड नाईट।’

‘ठीक है। गुड नाईट।’

किसी भी व्यवस्था के लिए चिंता करने की कोई बात नहीं थी क्योंकि ठेकेदार-कैटरर उसकी पसंद-नापसंद जानता था। उसने सना से पूछा - ‘क्या शादी के लिए कुछ व्यवस्था करनी है?’

‘पापा शादी के मंडप में जो कुछ भी चाहिए, उसका प्रबंध कर देंगे। आराम से रहो और पापा जी, आपको भी मेरी तरह शादी करने का अनुभव है। चूंकि यह कमोबेश एक पारिवारिक मामला है, इसलिए चिंता करने की कोई बात नहीं है। मैंने अपनी किटी पार्टी की दोस्तों को हमारे साथ शामिल होने के लिए आमंत्रित किया है और उम्मीद है कि आपने भी अपनी दोस्तों को शादी के लिए आमंत्रित किया होगा।’

'हां, मैंने आमंत्रित किया है।''

आशा अपूर्वा और के. शर्मा बाइक से उनके बंगले पर पहुंचे और उनका गर्मजोशी से स्वागत किया गया। श्री के. शर्मा ने इस भावी विवाह के लिए भगवान का शुक्रिया अदा किया। कॉफी और पनीर आलू लेने के बाद उन्होंने उसे वहीं छोड़ दिया और अपनी कंपनी के लिए रवाना हो गए।

नवीन ने उसकी कमर में हाथ डाला और उसे बेडरूम में ले गया। वह थोड़ा तनाव महसूस कर रही थी, लेकिन फिर उसने उसके सामने पंद्रह साड़ियों के पैकेट रख दिए। उसने कहा - 'तुम चाहो तो शादी के लिए नई साड़ियाँ खरीद सकती हो। लेकिन मेरे पास साड़ी चुनने के लिए ज्यादा विकल्प नहीं हैं। अगर तुम इनमें से दो साड़ियाँ चुन लो, तो हमारा समय बच जाएगा। देखो ज़रा।'

उसे वे पूरी तरह से भव्य और शानदार लगीं और उसने दो साड़ियाँ चुनीं। फिर उसने उसे वॉशरूम जाकर साड़ी पहनने को कहा और देखा कि वह कैसी लग रही है। उसे यकीन हो गया कि इस समय उसकी कोई कामुक इच्छा नहीं है। उसने पेटीकोट, ब्लाउज और साड़ी ली, वॉशरूम में कपड़े बदले और कल से बेहतर दिख रही थी।

उसने कहा - ‘यह हुई न नवीन की पत्नी वाली बात। बढ़िया। देखो आशा अपूर्वा, हमेशा जवान और स्मार्ट बनी रहो।'

फिर वह काव्या का आभूषण बॉक्स लेकर आया और उसे उस शाम प्लैटिनम का हार पहनने को कहा। उसने सुझाव दिया - 'इसे बदल लो,' क्योंकि उसने कृत्रिम चेन पहनी हुई थी।

उसने पूछा - 'कृपया इसे गले में डालने में मेरी मदद करो।'

वह खुद को रोक नहीं सका और हार गले में डालने के बाद उसकी गर्दन पर चूमा। वह जवाब देने में थोड़ी उत्साहित महसूस कर रही थी लेकिन उसने अपनी भावनात्मक उत्तेजना को नियंत्रित किया। उसने बस उसे दोनों उपहारों के लिए धन्यवाद दिया और जाने की इच्छा जताई।

वह उसे बात करने के लिए रोकना चाहता था और उसे सभी कमरों में ले जाना चाहता था और उसे दोपहर के भोजन के लिए आमंत्रित करना चाहता था। लेकिन उसने उससे कहा - 'हम आज शाम एक दूसरे के साथ डिनर कर रहे हैं। जल्दी क्या है?'

'इस तरह की कोई जल्दी नहीं है। शायद आपको आज शाम अपने लिए कुछ चीजों की आवश्यकता हो। अगर तुम्हारा कोई कार्यक्रम न हो तो हम शॉपिंग के लिए मॉल जा सकते हैं।'

'कोई कार्यक्रम नहीं है, लेकिन मैंने भाई से जल्दी घर लौटने का वादा किया है।'

'इस तरह तुम तीन-चार घंटे के लिए फ्री हो जाओगी और लंच के लिए आराम से रुक सकोगी।'

'फिर मैं हम दोनों के लिए लंच बना दूँगी।'

'आज किचन के काम में अपने हाथों की खूबसूरती खराब करना ठीक नहीं है। मैं रेस्टोरेंट में ऑर्डर देकर तुम्हारी पसंद का लंच पैक करवा लेता हूँ। चलो मैं तुम्हें अपना घर दिखाता हूँ-एक ऐसा घर जिसमें आज शाम के बाद हम दोनों साथ रहेंगे।'

वह शरमाने का नाटक करती रही, लेकिन चुप रही। बंगले के कमरों को देखकर उसे खुशी हुई- हे भगवान! इसके पास दुनिया की सभी सुख सुविधाएँ और लक्जरी वाशरूम्स हैं।

कमरे दिखाने के तुरंत बाद उसे सना का फोन आया कि ब्यूटीशियन आशा अपूर्वा के घर दोपहर 3 बजे पहुँच जाएगी। उसने उसे संदेश दिया और सलाह दी

कि वह वहीं रहे, दुल्हन की तरह सज-धज कर तैयार हो, उसे जो सेट पसंद आए, उसे पहने और शादी की साड़ी बदले। आखिरकार उसने अपने भाई को फोन पर बताया कि वह नवीन के साथ सना के बंगले पर पहुँच जाएगी।

उसे अपनी शुरुआती शिक्षा, कॉलेज की शिक्षा, रसायन विज्ञान के क्षेत्र में प्रयोग, अपने मन में आने वाले विचारों के परिणाम जानने की इच्छा, गुरुग्राम से फरीदाबाद में शिफ्ट होना, फार्मा और ड्रग केमिस्ट के रूप में उसकी सफलता, उसके द्वारा बनाई जाने वाली हर्बल दवाइयाँ आदि के बारे में उससे बहुत कुछ साझा करना था। वह बहुत धैर्य से सब सुनती रही और उसके सामने एक मूर्ति की तरह बैठी रही, जैसे उसे कैनवास पर चित्रित किया जा रहा हो।

ब्यूटीशियन सही समय पर उनके साथ शामिल हुई और उनसे अनुरोध किया कि वे अपने साथ लाए गए उत्पादों से अपना चेहरा, हाथ, गर्दन धो लें। उन्हें शादी के लिए साड़ी और ब्लाउज चुनने को कहा गया। नवीन ने सारा मेकअप देखा, जिस तरह से ब्यूटीशियन ने आशा को अप्सरा में बदलने में मदद की। सौंदर्य प्रसाधन चमत्कार करते हैं, नवीन को एहसास हुआ। अगर महिलाएं सौन्दर्यीकरण पर दस हजार रुपये या उससे अधिक खर्च करती हैं तो वे मूर्ख नहीं हैं।

सना की किटी सहेलियां शादी के जश्न में शामिल हुईं और जोड़े को बधाई दी। जगमगाती रोशनी और फूलों से सजा सना का बंगला इसकी शोभा बढ़ा रहा था। गौरी (24), नव्या (28), श्वेता (24), जूही अमन (26), जया बागची (26) और संचिता नवीन के इस कदम से खुश हुईं और खूब नाचीं और शादी के गीत गाए। निर्मल व्रत ने अग्नि के चारों ओर सात फेरों से पहले श्लोक पढ़े। आशा अपूर्वा जीवन में मिले इस अवसर से खुश दिखीं और उनके भाई के. शर्मा ने उनका हाथ नवीन के हाथों में सौंप दिया।

जब निर्मल व्रत और बीना व्रत घर के लिए निकले तो नवीन के दोस्त शराब का लुत्फ़ उठा रहे थे। नवीन रात 12.30 बजे अपने बंगले पर पहुँचा और आशा को एक और हीरे का हार भेंट किया। वह सुंदर और आकर्षक दिख रही थी, हालाँकि उसे पता था कि यह हार थोड़े समय के लिए ही है। उसने लंबे समय के बाद सेक्स का आनंद लिया था और इसलिए बिस्तर पर बहुत खुश महसूस कर रही थी।

उसके सपने में, काव्या की आत्मा एरियल के रूप में प्रकट हुई, यानी बिना किसी पदार्थ के और उससे पूछा - 'मेरे जाने के बाद तुम्हें कैसा लग रहा है?'

'सब ठीक है। तुम इस समय कहाँ हो?'

'मुझे ठीक से नहीं पता क्योंकि मेरा गर्भाधान गुरुग्राम में एक महिला से हुआ है।'

'अब तुम्हारा लिंग क्या है?'

'अभी तक तो नहीं पता क्योंकि लिंग का निर्धारण लगभग चार महीने बाद होगा। लेकिन मैं तुम्हें अपनी दो अधूरी इच्छाएँ याद दिलाने आई हूँ, जो मैंने तुमसे कई बार साझा की हैं।'

'वे क्या हैं? मुझे याद नहीं कि मैंने तुम्हें कभी निराश किया हो।'

'पहले, मैंने तुमसे हवाई यात्रा का आनंद लेने के लिए कहा था। फिर मैं लंदन, न्यूयॉर्क, बर्लिन, मॉन्ट्रियल और टोरंटो देखना चाहती थी। लेकिन अफसोस! तुम्हारे पास पैसे थे, लेकिन मेरी इच्छाओं को पूरा करने के लिए समय नहीं था। कितना दुखद है!'

'अपने दुख की पिछली दुनिया से बाहर निकलो। उन्हें याद करने का कोई मतलब नहीं है। उस भ्रम को भूल जाओ।'

'हाँ। तीन-चार महीने में तुम अपना सारा अतीत भूल जाओगे। और तुम आनंद ले सकते हो।'

और वह 'अलविदा' कहे बिना चली गई—शायद वह यह सब करने में सक्षम नहीं थी।

उसकी व्यंग्यात्मक टिप्पणी से वह आश्चर्यचकित हो गया। आशा के लिए अगली सुबह 7.30 बजे उठना असामान्य था।

नौकरानी ने उन दोनों को बिस्तर पर चाय परोसी। स्नान के बाद वह उसके साथ वॉशरूम में नहाया और मौज-मस्ती की।

दोनों के लिए कुछ भी नया नहीं था। लेकिन नवीन ने अपने अकेलेपन से छुटकारा पाया और व्यवसाय को व्यवसाय से जोड़ने की योजना बनाई।

(28)

कैटी को नौकरी से नहीं निकाला गया था पर नवीन ने उससे गाड़ी वापस ले ली थी। परन्तु नवीन ने कैटी को परफ्यूम इंडस्ट्री में काम करने का प्रस्ताव दे दिया था। उसकी माँ उसके इस निर्णय से खुश नहीं थी। जिसके लिए वह सहर्ष राजी हो गई थी। कहीं ना कहीं उसके मन में आशा अपूर्वा की शानदार साड़ियाँ व महंगे जेवरों के शौक के कारण उसके प्रति जलन का भाव था। लेकिन उसने अपने निर्णय पर अडिग रहने के कारण यह नुकसान उठाया था और वह उसके लिए राजी थी। उसने यह सोचा कि शायद उसकी किस्मत में ही ऐसा लिखा था। जीवन में एक ही बार किस्मत मनुष्य का दरवाजा खटखटाती है।

आशा अपूर्वा और नवीन आने वाले मार्च के महीने में यूरोप घूमने जाने की योजना बना रहे थे। आशा वर्तमान स्थिति में ही खुश थी और घूमने जाने का उसका कोई प्लान न था। वह नवीन के साथ अपने आप को खुश और सुरक्षित पा रही थी। नवीन ने उससे नये फर्नीचर खरीदने की पहल भी की लेकिन आशा ने कहा, "इसी को पॉलिस कर, इसे ही नया बना लेते हैं। फालतू खर्चा क्यों करें।" आशा एक सुलझी हुई महिला थी।

उसने सना से भी अपने संबंधों को काफी अच्छा बना लिया था और नवीन की अनुमति से वह हफ्ते में दो बार सना से मिलने जरूर जाया करती थी। कभी-कभी तो नवीन भी उसके साथ ब्रज और सना से मुलाकात करने जाता था।

जैविक चाय व कॉफी का ब्रज व्रत का व्यापार कुछ ठीक नहीं चल पाया, उसे काफी नुकसान हो गया था। लेकिन नवीन ने उसका ऋण चुकता कर उसे बैंक लोन से मुक्त कर दिया। ब्रज थोड़ा उदास जरूर हुआ था। आशा नियमित रूप से सना की देख-भाल कर रही थी। सना और आशा में काफी नजदीकियां हो गई थीं। आशा उचित समय आने पर सना को बत्रा हॉस्पिटल ले गयी। उसने एक बेटे को जन्म दिया। ब्रज व्रत खुश हो गया था। सना बार-बार अपने बच्चे को गले लगा रही थी। नवीन भी अपने नाती को देखकर खुश हुआ और उसने बच्चे को एक सोने की चैन गिफ्ट दे दी। बच्चे के आने की खुशी में गरीब बच्चों में खाना, कपड़े और मिठाईयां बांटी गईं। नवीन के फार्म हाउस वाले गाँव पर काव्या मेमोरियल स्कूल की स्थापना की घोषणा भी की गई। जल्द ही उसका उद्घाटन समारोह होना था।

ब्रज व्रत ने स्कूल के काम में दखल देना शुरू कर दिया था। उसने कान्वेंट स्कूल को नवीन सीनियर सेकेंडरी स्कूल नाम दिया था, और आईबी स्कूल अब निर्मल आईबी इंटरनेशनल स्कूल हो गया था। निर्मल व्रत अब खुश थे क्योंकि ब्रज व्रत बहुत अच्छे से दोनों ही स्कूल

चला रहे थे। निर्मल व्रत ने ब्रज को कहा, “यहां शिक्षा का व्यापार कभी ना करो, बच्चों को अच्छी शिक्षा दो, उन्हें जाति, धर्म के आधार पर कभी मत बटने दो, उन्हें सकारात्मक ऊर्जा दो और अच्छे राष्ट्रीय भक्त बनाओ।

सुसंस्कृत समाज और नागरिक बनाना ही राष्ट्रीय भक्ति है।”

सना भी खुश थी। क्योंकि उसके सपनों के स्कूल बहुत अच्छे तरीके से चल रहे थे। बच्चे अच्छी उन्नति कर रहे थे और स्कूलों का सामाजिक प्रभाव भी काफी अच्छा हो गया था। बच्चे के जन्म के ड़ेढ महीने बाद सना ने नवीन सीनियर स्कूल देखना आरम्भ किया और ब्रज निर्मल आईबी स्कूल पर ध्यान देते थे।

नवीन और आशा की जिन्दगी भी सुखमय चल रही थी। नवीन आशा को भरपूर प्रेम, स्नेह और सहयोग दे रहा था। वैलेंटाइन डे पर आशा ने नवीन की आरती उतारी और कहा, “मेरा जीवन तुम ने सम्पूर्ण किया है। मैं जीवन भर तुम्हारी होकर रहूंगी। मेरे जैसी साधारण स्त्री को तुमने अपनाकर एक नया जीवन दिया है। देखो सौन्दर्य वस्तु में नहीं देखने वालों की निगाह में होता है और तुमने मुझे बेहद खूबसूरत बना दिया है।” यह कहते हुये वह धीरे से नवीन के कान में बोली, “मैं तुम्हें और कुछ महंगा तोहफा तो नहीं दे सकती पर आज तुम्हारे लिए एक खुशखबरी जरूर लाई हूँ। मैं माँ बनने वाली हूँ। मुझे विश्वास है हमें बेटा ही होगा। जो तुम्हारे जैसा होशियार और सफल व्यक्ति बनेगा।”

खुशखबरी सुनकर नवीन फूला ना समाया और उसने आशा का माथा चूम लिया।

●●●

www.ingramcontent.com/pod-product-compliance
Lightning Source LLC
LaVergne TN
LVHW100552051026
849519LV00003B/921